那曾见的鲜活眼眉与骨肉

艾云 ◎ 著

SPM 南方出版传媒 广东人民出版社

·广州·

图书在版编目（CIP）数据

那曾见的鲜活眼眉与骨肉 / 艾云著. — 广州 ：广东人民出版社，2020.8

ISBN 978-7-218-13755-1

Ⅰ.①那⋯ Ⅱ.①艾⋯ Ⅲ.①散文集－中国－当代 Ⅳ.①I267

中国版本图书馆CIP数据核字(2019)第152112号

NA CENGJIAN DE XIANHUO YANMEI YU GUROU

那曾见的鲜活眼眉与骨肉

艾云 著

出 版 人：肖风华

策　　划：李　敏
责任编辑：李　敏　　罗　丹　　温玲玲
装帧设计：阮秋雁　　刘焕文
责任技编：吴彦斌　　周星奎

出版发行：广东人民出版社
地　　址：广州市海珠区新港西路204号2号楼（邮政编码：510300）
电　　话：（020）85716809（总编室）
传　　真：（020）83780199
网　　址：http://www.gdpph.com
印　　刷：广东鹏腾宇文化创新有限公司
开　　本：890mm×1240mm　　1/32
印　　张：9　　　　**字　数：**200千
版　　次：2020年8月第1版
印　　次：2020年8月第1次印刷
定　　价：52.00 元

如发现印装质量问题，影响阅读，请与出版社（020-85716849）联系调换。

什么东西能永恒呢？
我们的生命也会流逝的
沿着这些黑暗无光明的林荫道流逝
沿着细长的时间之流
融入混沌

目录

黄金版图

—— *1* ——
被觊觎的领土

1887年，中国的漠北地区。

刚刚进入9月，胭脂沟就已十分寒冷。先是白桦树的绿叶在一阵紧似一阵的秋风中，那原本鲜亮青葱的颜色变得灰黄，然后失色，最后，就扑簌簌地落满地了。落叶松也抗不住北方的严寒，被霜染过之后，它虽仍然倔强地举着硬硬的针叶，但那斜横的枝丫，是日渐稀疏了。

长年不落叶的樟子松还是那么浓绿俊俏。只是它新陈代谢的循环，都在悄没声响中完成。如果天变冷了，那树上先是有一小部分旧叶脱落了，待它拱出嫩芽，长出新叶，存留树上的那部分旧叶才有资格飘下。它树干的下半部呈铁黑灰，上半部土黄中带着红棕色，亭亭立在莽莽林海中，让人们不由得对它夸赞和称奇了。

樟木散发的馨香，传到林中的空地上。这里新建起了一片木楞房。圆木横卧，搭砌成四方形和长方形的木屋。这是林中人们常住的居舍。

这一天，漠河矿最高行政长官李金镛已经在木屋里待了很长时间。天大概在下午的三四点钟就已见黑。在中国的最北端，是极昼和极夜之地。时令入秋，极夜就到了。

在漆黑的夜色里，屋子里只有孤灯一盏，光线微晕。用木头做成的桌子上，早已摆上了纸张与笔墨，李金镛在东北一带做了为期五个月的实地考察，他想将考察的情况做个整理，给他的上司李鸿章写个详尽的报告。但他迟迟动不了笔，他有深深的忧虑；当然，他的信念也很坚定。

他躺在炕上，这一刻，脑子渐渐理出了清晰的头绪。在报告里，他将写出中国边界被外族觊觎，并且正在被一点点蚕食的严酷真相。

就版图而言，黑龙江以北的广袤土地，似乎不在大清帝国的管辖范围内。这里只是清朝八旗军的戍军之地。清政府禁止汉人往这里迁移，想把这里变成一个不被汉化的禁猎地。如果有一天满人必须放弃中原的话，这里可以为他们留条退路。保持这里不受汉人的影响，也是为八旗军储存后备力量，以维持清政府的统治。还有一个目的，就是要维持清政府对这里出产的貂皮、珠宝和黄金的垄断。

而在这严寒的渺无人烟之处，从乌拉尔山涌来了一批对这个富裕而又无人管辖地区的觊觎者。这就是毗邻的俄国人。从17世纪中期开始，沙俄远征军在波雅科夫的率领下大肆入侵这个地区，然后一次次与清政府签署了不平等条约。

想到这些沉重的事，李金镛觉得胸口很堵。

他推开房门，走到屋外。寒风吹着，那憋闷的肺腑暂时可以畅快地呼吸了。

他所住的房子在稍高的坡地，往下看，胭脂沟有着像一条大鱼那样的形状。在沟水两旁，已有先前采金者搭建的鳞次栉比的各种建筑。胭脂沟的水系是额木尔河的一条支流，有14公里长。眼下，河水还没有结冰，在夜色中缓缓地流动，就像贯串大鱼头尾的闪着奇异光泽的鳞影。树影幢幢，与浓密的夜融成暗紫色的黑，看不出树的剪影了。向北眺望，观音山像一个护佑的女神；但在子夜，也已熟睡。

面对着这条即使在黑夜中仍闪着金子般光泽，河床下又深埋宝藏的大河，李金镛深深地叹息着。这沟里的金子已被外族入侵者挖走了太多太多，他来到这里，从此的使命，就是要断了这些人的痴心妄想。这里的版图和财富，他必须拼尽全力去捍卫。

夜风的确很凉，他忍不住一阵咳嗽。这个夜晚，他的思路却异常活跃。中国的版图和财富被外族掠走的一幕幕浮现在他的眼前。

17世纪中叶，以哈巴罗夫为首的俄国人又踏着铁蹄杀到这里，并攻占了黑龙江中游的雅克萨城，转而向下游骚扰。后来又有俄国的斯捷潘诺夫袭来，又有巴海袭来，并占据我国领土尼布楚。

直至1681年，康熙平定了三藩之乱以后，才开始着手处理东北边防。随后，黑龙江边境的瑷珲和呼玛尔开始围建木城，与俄对战。俄国人退撤尼布楚。冬季到来，受困的俄国士兵或战死，或病死，八百多人仅余六十六人。这时，俄国信使抵达北京，接受清廷建议，举行边境谈判。1689年，中俄正式签订了《尼布楚条约》。

中国真大啊。

李金镛在是年春季4月从长春出发，沿墨尔根，也就是嫩江一带，跋山涉水来到漠北，并且勘察了这里的许多地方。他看到的几乎都是单一的辽阔和纯粹的绿。景致几乎是不变的，森林绵绵，仿佛走不到头；草地漫漫，仿佛望不到边。甚至连飞鸟都很少看到。他一路都在感叹：中国真大啊。

现在已经是光绪年间，康乾盛世已成旧梦。这年月，与外国接壤的边境分界是按"马背驮界碑"的法子来定的。比方说，骑马驮碑的人要赶往50公里外去巡逻，如果这天他偷懒了，骑马只跑了25公里，那另外的25公里就被外人先占先得了。

侍从见夜深天寒，给李金镛披上了一件袍子。这也没有打断他的思绪。

他在想，中国真大，觊觎者的胃口也真大啊。1737、1738年，俄国已两次派探险队来漠北一带勘探，他们对这里的人参、貂皮和黄金非常感兴趣。清廷禁止汉族移民的政策，使这漠漠土地一直荒着，没想到却被西伯利亚的飓风卷来的不速之客占据了。你不占别人就先占，这土地每一寸都流淌着财富，怎不叫外人眼红？

他掖了掖衣襟，再一次望着黑夜下的胭脂沟。眼下，它是那样安恬、静谧；可内里，它充满了贪婪者掠夺的血腥。白天，他曾经给自己的亲兵和幕僚们讲述了这里的一段故事。

那是十年前，即1877年，当地一个鄂伦春老汉心爱的黑马死了。他在这里挖坑葬马，突然挖出了金灿灿的黄金金苗，他又下到胭脂沟的河底捞了一把河沙，河沙中几乎有一半是金子。

老汉惊讶和惊喜着，他把这事讲给了自己认为十分信任的朋友听。但这等事情谁可能替你保密？不久，这一消息就在西伯利亚、黑龙江等地传开了。一个名叫谢列特金的俄国人，亲自带技师前来。技师反复检测河沙，他兴奋地告诉谢列特金，这里的河沙含金量高达百分之九十，白银比例占到百分之八，其他杂质仅占百分之二左右。

技师抓着河沙解释道，这条沟流的差不多全是金子啊。金子分岩金和沙金。岩金藏在矿石里，要勘探，要开采，开采出来以后要粉碎，经过许多道工序以后才能提炼出金子，金子在矿石中的含量并不高。他接着说，可这河沙里，都是沙金啊。这条胭脂沟，经过大自然多年的暴雨、泥石流的冲刷，已经在河床留下了黄灿灿的金子。因为金子的比重大，别的沙石瓦砾可以被冲走，黄金则冲不走，即使它细如微粒也不会被冲走。

谢列特金双眼放光。随即，他伙同一批俄国人来这里盗采，仅1883、1884年两年间就盗采黄金约22万两。

李金镛率众来胭脂沟之前，这里几乎是俄国盗金者的天堂。他们在这里建起了旅店、百货店、浴场、赌场、娱乐厅、音乐厅，甚至还成立了非法的矿区自治政权："市政厅"，即所谓的"热尔图加共和国"，也就是后来漠河的别称。当时胭脂沟人数多达一万。这里设有名为"鹰野"的广场，广场两边是整齐的"百万街"，街上的商铺和酒店多为圆木垒制和土木构造的欧式建筑。胭脂沟俨然成为黄金盗采者和冒险家的乐园。

李金镛把脚蹬在一个土墩子上，好让自己站久了的腿歇息一下。他嗅着北方夜风中隐含着的清冽的松香气息，继续在想他此次前来漠河金矿主政的使命。

在他踏上这块黑土地之前的1886年，清政府已经意识到东北边境胭脂沟一带的危情，并已派兵将非法采金的俄国人驱赶出境。如果在白天，你可以看到鹰野广场两侧已是人走楼空，一片狼藉。屋子在风吹雨打下，短短几个月时间就变得残破不堪。原来人们寻欢作乐的场所，那些红绿丝绸做的窗帘已经开始褪色，破絮一样在风中飘扯着。原来繁华的酒店，廊檐下那雕花的横梁也已变成灰色，后院的大铁锅仍架在木楞子上，但是再也没有热气腾腾的食物。有的屋子的夹缝处，已露出草茎，证明其已很久无人居住。

这个烂摊子，等待着他来收拾。他要对付不甘心的残余外来势力的骚扰。作为金矿的官府督办人，他更有着开工前的千头万绪。他想到，采金最关键的是要有采金人。清廷下令调集来的第一批采金人，竟是戴罪流放的囚徒。中国的东北地区，除了鄂伦春族的零星原住民，所到之人都是些被贬谪的官员和遭流放的罪犯。前者利用既有的人脉和影响，通过经商改变命运，生活得更为安逸。后者，罪行越重，态度越顽固，朝廷就会把他们往北发配得越远。许多犯人在多少年以后，从事着手工业劳动，或经营着小买卖，竟也变成了没人再追究的靠得住的、有头有脸的社会正常成员。这些都是后话，不提。

李金镛将要接收的第一批采金人，就是罪行重、态度差的要犯。

他想，天很快就要转凉了，八月胡天即飞雪，怎么着，十月也就要下雪了。接连数月的飞雪、冰冻、严寒，将为进山的人铺一条天然的道路。这里的莽莽丛林原来是郁闭的，遮天蔽日，如果不是严冬季节，林中的灌木、沼泽等腐殖质会厚厚地、安静地铺在那里，可你如果踏踩上去，那将是一个个深不可测的陷阱，人陷进去就很难再出来。大雪封山以后，冻雪白莹莹的，干净瓷实，像一条条冰路，人踩上去就没事了。尤其是调集大部人马进山，必须赶在隆冬季节，雪一融化就很困难了。

李金镛想，诸多事情，在向上边打报告之前，应该先与自己的幕僚做一番商议。他转身，吩咐不远处的侍从将自己的左膀右臂宋小濂和袁大化叫到自己房间来。

他回房，拨了拨煤油灯芯。不一会儿，二人推门进来。

这二人都是自愿跟随他从江南来这渺无人烟荒原的亲密朋友。时年，李金镛52岁，袁大化36岁，而宋小濂则刚刚25岁。

油灯映照出了三个人的模样。

李金镛面容稍长，身姿挺拔，有着江南士子的儒雅和沉着。他的一双眼睛在隐隐的忧愁中带着仁慈。一个男人，如果长年担负责任，凡事都上心，尽心尽力，对己克制，对人宽厚，时间久了，那表情和眼神就是这样的了。李金镛很有人格魅力，他周围簇拥着甘心随从听命者，正因为他的为人。

袁大化36岁，正值男人花团锦簇之年。他是安徽人氏，从淮军幕僚起家，与程文炳、马玉昆、姜桂题齐名，曾是皖北四大名将之一。他属能文能武之人，即使身着官服，也有行伍之人的利落洒脱，于彪悍中带着英俊气质。后来他的命运跌宕起伏。这是后话，先搁下不表。他与李金镛私交甚好，李来漠河开办金矿，并诚恳邀请袁大化同来，以助其事。袁大化深知边地甚远，仍奉行士为知己者死之古训，欣然赴约成行，被任命为矿局提调，即李金镛的副手。

宋小濂年纪最轻。他是吉林人，少时聪颖，工诗善书，考秀才，得第一名。他与成多禄、徐鼐霖并喻为"吉林三杰"。他俊彦毓秀，风度翩翩，倒像个江南公子。此时他任漠河金矿文书，实际上也就是既要管理内部的文案牍册，又要对外交涉一应事务，是兼及内外的重要人物。他从此也就开始了"半生心事在筹边，黑水黄沙二十年"的生涯，日后也为捍卫边关，维护国家领土完整殚精竭虑。这仍是后话。

三人坐定，李金镛谈了自己下一步的打算。随即大家议论一番，定下事务轻重缓急的顺序，宋小濂一一记下。

停笔空隙，宋小濂说："此次入冬，一干罪犯充军前来，是金矿的第一批采金人，也是阻截抗击俄国人前来骚扰边防、盗采黄金的重要力量。没有他们，凡事都会化为泡影，包括这一次官府督办采集黄金向上纳奉的这件大事。对这些人固然应该严加看管，可这荒蛮之地，群山苍莽，渺无人烟。如此恶劣的环境，又加上开工以后繁重的体力劳动，会让这里的每一个采金人吃不消。我们已经不能再拿他们当敌人了。要想稳住他们，要想使采金之事迅速见成效，一方面要改善他们的生活条件和居住环境，再就是……"

宋小濂说到这里停顿下来。

袁大化朗声笑道："小濂，把话明说了吧，这些血气方刚的男人比较馋女人那一口肥肉，只有女人才能稳住他们的身和心，你说是不是？"

宋小濂点头。

李金镛心想，这层意思自己倒是没有想到。多少年来，他一直忙着，心思已不在男女之事上了。尤其现在，他身心俱疲，胸口总堵着一块石头，憋闷得很，更没有那些欲望了。家中妻妾托人写来的信还放在案头，他还没来得及去看。男人哪，如果脑子里想的都是清廉为国、恪尽职守的大事，被重担、责任分去了心，对男女之事就不会多想。

他回过神，见二人还在等他的决断，便点头默允。

冬季来临。雪白中闪着青莹的大雪下了几天几夜以后，接着是严寒、冰冻。不久，第一支采金人的队伍开赴这里。他们穿着臃肿，棉衣棉裤破烂不堪，抵达胭脂沟时，就像来了一群野人。

再不久，一些花红柳绿的女子也陆续来到这里。她们因各种不同的原因，分别从俄罗斯、韩国、日本和中国的北方地区来到这里。当洗净旅途的风霜之后，那一张张年轻的俏脸，刹那成为装点这严寒远地的无边春色。

—— *2* ——
胭脂沟的金莲花

30岁出头的山东招远汉子来到胭脂沟成为采金人。

夏天的胭脂沟草木繁茂。针叶松仍然是很深的老油绿，以显示它才是寒地的忠贞守护者。插在松林间隙的白桦树，则袅袅婷婷。它挺直向上的树干，像裹着银灰色的丝绸，那种滑溜细致，让人都不忍触碰。这里，确实鲜见人来，它自生自长着。有风吹时，它茸茸的葱绿色嫩叶沙沙响着，没有针叶松那样耐得住寂寞。

山东招远汉子打着赤膊，下身仅穿一条短裤，正在河沟一锨一锨地挖沙。几公里的河道两端已筑了坝，引走了大部分河水。河水浅了，再挖沙金就容易了。

他干着活，汗水顺着裸裎的胸脯和臂膀流下。那一身结实紧致的肌肉，经汗水抹擦，在太阳光的照映下闪着红棕色泽，有一种男人生命力喷薄的美。

经过一段时间的摸索，他已经找到了采金又多又好的窍门。比如说，在太阳十分明亮或空气透明时，他会采到格外多的沙金。还有就是，在河流漩涡多的地方，沙金也比别处多。

他前几天发现了一个理想的采金处，就是今天他来到的这个地方。这里河流相对狭窄，河两边没有开阔地，河边长满了灌木与青草。很少有人来，因为这里过于偏僻。可是他看到这边河道的漩涡很多。这天天气晴朗，太阳明晃晃地照着，他相信自己将会有好运气。

他先是用铁锨把河底的沙子挖出来，然后蹲下来，用铁铲把沙子铲到筛网的簸箕里开始筛选。

今天的运气真是不错。簸箕里的沙子流了出去，留下不少沙金。他之所以知道太阳明亮时能多采金，是因为他瞅准了河底，哪里闪烁着耀眼波光，哪里的沙金肯定贮藏较多。河沙中的金子在太阳的映照下会反射出光来。他只要往金光闪闪处，在漩流处去挖，肯定不会落空。

他干活时很忘我，好像有使不完的力气。一晌下来，他的收获真是不少。他想起老家山东招远的金矿是岩金，采起来比这里不知要辛苦多少倍。在那里采金，先要探矿，金矿一般都在深山，不易进去。开矿挖出有岩金的石头后，又要将大石粉碎成小石，再一点点提炼出只有很少部分的金子。他在老家已经做了十几年的采金人，那份苦，无法说。他之所以流放到这里，也是说来话长。

干了一晌，他走到河边，想歇口气。他把头上盘的辫子紧了紧，然后又扎了一下布腰带。他中等个头儿，身体结实健壮，有一张方正的脸，下巴稍长，线条清晰，一看就知道是个血气很旺的壮年汉子。他脸上的皮肤黑中泛红，油油的，并不粗糙，甚至还能看出几分细腻。他双颊平展，脸上没有任何多余的肉。一双眼睛不大，却有一种坚定的、波远无限的东西。他左边的眉骨上有一道疤痕，这是他在老家开矿时，一块碎石迸溅所致。这疤痕，让他的脸上有一种很慑人的杀气。

他外表像是赳赳行伍之人。的确，山东一带自古有习武的传统。男孩子长到懂事岁数，就开始练习拳脚功夫，为的是防身自卫。在那个时代，有个好的身手，还是会少受人欺负。招远汉子功夫了得，一脚可以把对方踢出一丈多远；他伸出胳膊向前推拽时，平平稳稳，可掌控的全是内力。近得身前，对方无以招架。

而他却又在村里上过几年私塾。人如果有悟性，背诵几篇圣人文字之后，可以创造性地运用于方方面面。读孔子的书，他记住了"君子坦荡荡，小人常戚戚"，行事时便以坦荡君子之风为准。读孟子的话，"成事不说，既往不咎"，这说的是已经发生了的，无论悲喜，都用不着去后悔埋怨或得意忘形，过去就过去了。他如此，站在人前，貌似壮汉，内里却深藏锦绣。这等能文能武之人，刚毅侠气，在金矿，自然有不少人愿意追随。此次犯事，正是因为他替矿上受屈兄弟打抱不平。一个推掌，竟将近前的一官兵推得倒地不起。于是，他受刑戴枷，现如今发配至此。

他在河边站着，看着正午的阳光，那一束束琥珀色的光线，照在涟涟的浅水上。他弯下腰，掬了一捧水洗脸，觉得凉快多了。他看着自己采到的不少沙金，哼起了山东一带的莲花落儿。

下工，吃晚饭。夏季的天，在漠河黑得很晚。照现在钟表计时，夜晚九点多天才会黑。山东招远汉子不想和别的采金人打打闹闹。天仍然亮着，他没事干，一个人外出溜达。

正走着，他突然看到路边窜出一只灰色的野兔。倏地，他撒腿开始撵这活物。他根本不是想捉到它，只是觉得身上的力气还没有用完，跑动是为了释放体内的能量。

他跑到一个坡地，野兔钻进松树林逃走了。他停了下来，夕阳正斜照在旷远的坡地上，茂盛的植被散发出清香，草丛中开着一些花，他是农家出身，可以叫出的花名不少，那里有马下芹、百日红、百日紫，还有金莲花。尤其那金莲花，黄灿灿的一片。

他仿佛觉得花瓣在晃动，他揉了揉眼睛，以为是余晖照花了眼。没承想，花丛中，一个原本弯腰采撷的年轻女子直起身来。她有着一张鹅蛋脸，皮肤粉白细腻，一头秀发如同金莲花一般，散开时闪耀着金灿灿的光。

一刹那，他呆住了。他想起了自己的木屋，先前有俄国人住过，那墙壁上张贴的西洋画上的女子，就是这样的美。每每夜晚，他对着那画，想象自己正拥揽着这个不见风雨不晒太阳的好女子入怀。春梦一场，醒来时常常烦躁。

他现在已经被指定为这一片采金人的一个头儿。他对弟兄们去胭脂沟找姑娘的做法当然理解。这些盛年汉子，体内正燃着火，没有女人，他们哪来的动力去干活？他会微笑着，看临到擦黑儿那些兄弟们走进广场两旁狭窄的胡同，走到那晕红的灯笼下，挑开门帘。香气四匝、粉雕玉琢的女人身体，让这些原本苦愁的男人们变得非常满足与开心。他们心想，坐牢真比不上来这里。坐牢不自由，对男人而言，这不自由是终日终夜再也触碰不到女人的身体了。这里，却是男人的销金窟，有那么多温软艳香的身体等着，死也无憾了。

他现在还没有去找姑娘。他虽不是正人君子，却总相信一些缘分。即使与婊子之间，好爷们儿也与她们讲个情投意合，不是一上去就急巴巴把事办了。

他曾经有过女人。在山东招远金矿干活时，山脚下一个叫凤儿的妖娆小寡妇是他多年的相好。他有盈余，差不多都用来为她买柴米油盐，帮她拉扯一儿一女两个孩子。自从认识她，就放不下，媒人介绍多少花骨朵样的姑娘，他都没有动心。小寡妇有点墨般黑亮的眼睛，微笑着，遇上再大的事都不会苦凄凄的。她的男人被矿石崩没了，她背着人哭了几场后，就该干什么干什么了。他的许多话都可以讲给她听，她有主见，也有判断。他常对她说，她若是有机会读书识字，可以当女秀才呢！她的脸色不是躲在屋子里苍白的那种，而是下地干活的透着健康气息的嫣红，皮肤却是细腻的，像山东菏泽城种植的黑牡丹。

在这里，山东招远汉子常常会想起凤儿，想起她那结实饱满的腰身，还有腰凹处的纤若扶风。与他一起云雨翻腾时，她的身体常常像一条光溜顺滑的鲛鱼。他认定了这个女人。他承认他喜欢成熟的女人，对那些未曾脱涩的青杏，反倒不那么上心了。待他正准备娶这女人时，他犯事了。

山迢水远，人身无自由，以后再见这个女人，怕是难了。

正当他出神的瞬间，那金莲花般的女子已走出草丛，站在离他不远的地方。胭脂沟的女人见到男人都不会羞涩地逃走，她们来这里就是为了勾住男人的魂儿。

只见她笑意浅浅，却是站着不动。他看到的这个女子正是西洋画上走出的洋妞。她有一张又秀气又饱满的面庞，皮肤粉莲一般，头发金黄，与金莲花纠结在一起，就闪出一片金灿灿的光泽来。

汉子毕竟是渴了许多天的，他一眼看到这女子胸脯高高，像两垛白棉花藏在绿衣里。她约有25岁以上年纪，在烟花青楼这个行当中，已经不算年轻。

汉子望着她，问她叫什么名字。她用很流利的汉语告诉他叫莲娜。哦，这名字好记，比如，漠河金莲花的莲，家乡池塘白莲花的莲。他说我就叫你莲莲好吗？她点头。她问我喊你什么？他说喊哥哥就成。

这晚不提，他们分别回到了自己的住处。

却说这个山东招远汉子，次日歇工以后很想喝酒，便在沟边的小酒店要了一瓶白酒。猛灌几杯，他的舌头有些打卷，走路也有些跟跄，脑子晕晕的，像飘在云彩上。这一晚他感到格外无助和虚空，他盼望有女人缱绻入怀，否则他不知道这一夜该怎么熬过去。多少天来，他都让自己平静，但不知怎地，今晚身体里似有火蛇在蹿动着，把满地的青草、棉花、豆棵都烧着了。

跟跄中他夺门而出，他想去广场南边的排房，那里是胭脂沟男人的欢场。一个个花枝乱颤的女人就在那里。她们铺好床榻，等待采金的汉子躺下来，他们在那床榻上会遗忘屈辱、遗忘劳累，甚至遗忘死亡。他甚至觉得昨天见到的那个叫莲娜的女子一定会在门口等他。

但他倏地站住，没再往前迈步。他口里念着"凤儿"的名字，在青灰色的夜气里，一张明媚的笑脸好像浮现在眼前。他转身回去。

这几天，胭脂沟下起了夏季以来最大的暴雨。银色的雨鞭啪啪地抽打着葱葱郁郁的树木，也抽打在人身上。

山东招远汉子这天正好在一块河床上淘到上好的金苗。他没有避雨，抓紧干了一些时辰，身子被雨水浇了个透。夜里他先是觉得冷，像掉进冰窖一样。随后他又发热，滚烫中又像掉进火炉。他估摸着是这些天他仿佛赌气似的猛干活，也像是在惩罚自己，不让自己胡思乱想。他躺在干硬的床板上，发起了疟疾。在这样一个地方，再壮实的人，如果得了急病，能否挺得过来，也只有看运气了。

他躺在床上已有几天。男人生病时，平时的一条龙此刻也就像是一条虫。他昏昏沉沉地躺着。忽然，门"吱呀"一声被推开。随即，他觉得有一只柔软的手按在自己滚烫的额头上。他在迷糊中看见了那个叫莲娜的女子。接着，她从自己提来的一个瓦罐里倒出一些黑褐色的汁液，盛在碗里，然后扶他坐起，示意他将这碗里的汁液喝了。他很听话，一口气喝完。此刻，他不会怀疑她做的任何事情。即使她给他的是一碗毒药，这一刻他肯定也会喝下去。

她说，这是她热爱中国医道的祖父留给家人的药方，主要治疗伤寒和疟疾。她采集到当地的金莲花、百日红、百日紫等花朵，还有其他草药，晒干后晾放着以备所需。她听说他病得很重，在打摆子，于是煲了汤药过来看看。

她扶他躺下。他总是冷，盖了被子也觉得冷。她帮他掖好被角，没再说什么，悄声走了。

这一夜，他睡沉了。第二天他觉得身子轻松了不少。接连几天，莲娜在别人上工时都会送汤药和饭菜来。他的身体渐渐好转。在这荒僻的地方，处于无人照料的境地，一个女人的温暖与爱，使男人深深感动，他多么希望把这个女人搂在自己怀抱里。

莲娜自从那个傍晚见到这个中国汉子以后就无法放下。他的面孔黑红，咧开嘴笑时一口白牙，显得憨厚可亲。这个体形彪悍的男人，竟有那般害羞和含蓄的表情，这让她格外动心。她对中国男人有好感，是因为她身上不仅流着俄罗斯人的血，还流着中国人的血。后来，在她与山东招远汉子依偎床榻，她对他讲起了自己的身世。她的祖父在沙皇尼古拉一世时期，也就是1820年前后，曾经是骠骑兵军官，但同时他又是一个反对专制、热爱自由并准备为它献身的十二月党人。后来的命运可想而知。祖父与他的许多朋友和同道被流放到寒冷的西伯利亚，生死莫测。祖母带着年幼的父亲生活。父亲长大后，继承了祖父身上强悍勇猛的军人气质，却没有继承祖父丰富内在的精神品格。父亲随俄国军队来到中国的满洲里，后来又来到了漠河等地。战争的间隙，父亲39岁那年，爱上了当地一个鄂伦春姑娘，这就是莲娜的母亲。在动荡的年月里，他们的命运注定是迁徙、逃亡、居无定所。后来，父亲将她们母女二人带到胭脂沟采金。生活不稳定，她的婚事也给耽搁下来。前不久，清军清剿这里时，她正好到北极村走亲戚。待回来时，已找不到父母。她一进沟肯定就出不去了。她被迫开始自己的卖笑生涯。

再说招远汉子。

他痊愈后的一个傍晚，便朝着那排散发着松木香和脂粉香的房子走去。走过第五个门，他挑帘进去。莲娜正坐在镜子前梳妆，她没有扑粉，脸上有的是自然透出的红润光泽。见他进来，她洗手烧水，用金莲花为他沏上茶。他看到她葱管般的手指。他看到她的房间整洁之极，床上铺着雪白的床单，就像常年覆盖的白雪。他看到她笑靥中透着的那种威仪。招远汉子不禁想，即便她在金銮殿当皇后也够得上资格。

莲娜与他慢慢饮茶。不时地，她会抚过被风吹乱的鬓发。在洁净芬芳的气息里，招远汉子一下子搂住了莲娜。"莲莲，我的莲莲。"他无法表达自己的感激，也按捺不住自己发自生命深处的冲动。

这一夜，仿佛冰雹砸向泥泞之路，仿佛岩黑色矿石裸露出闪闪的黄金。她亲吻了他，他学会了回报亲吻，那舌尖的甘甜让他回味不已。他抚摸着她晶莹细腻的身体，他把头埋在她的胸前，像在两大朵白云里飘。在那白色幻觉时光的极点，他喷射出新的白色之波。他刚刚病好，有些上气不接下气。后来，他枕着她的胳膊熟睡过去。

后半夜，招远汉子在粼粼的水中嬉戏，他待恢复了一些体力，便又有河水憋胀着，又一次在淤塞的床道疏通。霞光大亮了。

莲娜已经坏了这个行当的规矩，后来，她一个整夜一个整夜都在守着一个男人。而这个男人也不再去光顾其他女人的香巢。他们陷入了危险的情欲里，也陷入到绝望的爱情里了。可他们有明天吗？

他们现在还来不及去想这些。

招远汉子常常是快乐地笑着。这个夏天，他采的金沙非常多。人快乐，眼就明亮，他会很老练地发现闪烁在河床深处的上好金苗。好心情就有好运道，这不是迷信。

无论他在夜里与莲娜有再多的缠绵，第二天他总能早早起身。他望着东方，地平线先是鹅蛋青色，然后是粉桃色，然后是嫣红，然后就是满天灿烂绚丽的金色了。漠北的风，是那样干净。他赤裸着上身在那里干活。他现在会往腰间扎一条围裙，他不想让河里的水总是溅湿他的裆处。他珍惜与女人的欢娱时光，也就开始珍惜自己的身体了。一个夏季，他的皮肤呈古铜色，身体结实匀称，让懂他的女人久久沉迷。

干活时，招远汉子几乎会忘掉自己是戴枷之身。他就像在家乡一样，干完活后享用自己心爱的女人。他甚至想到了日后他该怎样把自己的家庭生活经营好。

他已经攒了不少银两，这是他应得的工钱。他为莲娜买好看的首饰，比如手镯和耳环。莲娜非常喜欢汉化的东西。东方的神韵与她身体里流淌的东方的血有天然默契。

莲娜总喜欢亲吻他，亲吻他连鬓的胡须，亲吻他清晰的下巴，还有他厚厚的嘴唇。一开始他不太习惯。中国男女之间，可以一点即着，哪来那么多前戏和铺垫。渐渐地，招远汉子像在受用情爱了。莲娜总是让他很快活。

她已经坏了这一行的规矩。她和姐妹们来往得稀少了，她只有她的中国男人。姐妹们也羡慕她。风尘女子，你可不要以为给了她钱什么男人都可以上身，尤其在胭脂沟。在她们阅人无数的人生经历中，是一眼就可以透过皮囊把男人看穿的。这种本能，是凭嗅觉、触觉、听觉来辨识。

招远汉子是让女人死心塌地跟定的那种；这种跟定，哪怕是没有未来的。

莲娜依旧在没有未来中高高兴兴地过着日子。她清晨起来，把自己的房间擦洗得清清爽爽，空气里全都是芬芳。她从来没有苦大仇深的样儿，心里也没有屈辱的感觉，她年轻的身体和同样年轻的男人依偎在一起时，有的是欢喜。

有女人的地方，就有欢乐。

眼下生活在胭脂沟的采金人，虽是犯法戴罪的人，身份卑贱，但他们大都是些硬汉子。那些看管的人，对他们也是和和气气的。他们知道，即使自己手中握有武器，面对这些身强力壮的囚犯，他们也绝不是这些人的对手。来胭脂沟的女人，更是不会计较采金人的来历。女人和男人在一起，有为情的，亲哥哥叫个不停；也有为欲的，欲仙欲死，在膨胀和放松中飞翔。李金镛这些清朝官员真是聪明啊，他们调来这些女人，也就是后来被称为妓女的人，让女人的体香和妩媚，勾住原本绝望的采金人的身和心。她撩起莲花指拨弄他，他在异性的怀里，有温暖，有念想。纵是那露水般姻缘，纵是那烟花般销魂，纵是那萍踪羁旅的无常，这些采金人，有女人相伴，在无以复加的艰辛和繁重的劳作中，都可以坚持下去。

1888年夏天的胭脂沟，表面上呈现出一种富庶、安详、平等的局面。

沙金被采金人一点点淘拣出来，越来越多。

而胭脂沟的女人，也点亮了自己房子的灯，这是采金男人飞鸟般投入的香巢。

罪犯与妓女，在最原始的生存条件下，他们互不睥睨，互不嫌弃，他们实现了真正的平等。在单纯到只剩下身体时，男人卖力，女人卖肉，他们在漠北这个渺无人烟的地方，体会着纯粹到透明的男欢女爱的情色内容。这情色使他们遗忘严酷恶劣的生存环境，将苦涩如蒿草般围绕自己的绝望和死亡，远抛。

深湛而恬静的秋风吹过几场，胭脂沟的冬天到来了。河水渐渐结了冰，再接着，明晃晃的雪像白沙一样层层覆盖了一切，连天接地静卧在苍茫的大地上。

这已经不是采金的季节，采金人得歇工了。冬季到了，下午天就黑了，天亮得也晚。猫冬开始了。而在硬壮的采金人和脂粉气的女人那里，也将有一大段销魂的日子。他们没有忠诚，男人拥着不同的新鲜饱满的肉体；女人则习惯性地逢迎，卖弄风骚是拴住男人的习惯表情。

招远汉子与莲娜，却无可自持地陷入到忠诚的囚禁里。

刚刚入冬，他就为她送来劈好的木柴，这可以让她在这个严寒多雪的冬天，一直有暖洋洋的幸福。

有一天，招远汉子推门进来，他掸掉帽子上的雪花，从手里拎着的包袱里掏出一样东西，展开来看，竟是一件比锦缎面料还要光鲜的衣服。这是招远汉子用一块金疙瘩——那是他积攒了很多天的饷钱——从漠河城来这儿交换的人手里换回的一件女式袍子。

这是鄂伦春女子的衣着，它用河中鳇鱼和鲟鱼的鱼皮，经过揉搓软化等复杂的手工制作后，再剪成一块块，用细密的针线缝制成衣。这样的衣服，柔韧、挡风，而且闪着夺目的光泽。它的色彩比滑逸细软的江南丝绸更加丰富。它的外观，时而银亮，时而炫黄，时而莹紫，色泽烁烁，在这一片白皑皑的地方，有着遮掩不住的生活之美。鄂伦春女子在大自然的馈赠中寻找美、发现美，那特别的缝缀，是天然的艺术品。

莲娜把它贴在脸上，好生喜欢。这衣服，勾连着她与母亲家族神秘的血缘。她穿在身上，扭转腰身给他看。她光洁晶莹的皮肤，才衬得起这光彩熠熠的衣服。她在夺目的光晕里，像是一个皇族的公主。她抚摸着他翘翘的下巴，踮脚给了汉子一个长长的吻。

他们在一起，已经不用语言表达。只是一个叫"哥哥"，一个叫"莲莲"。然后，热烈的眼神，用箍得喘不过气来的拥抱，用心满意足的闭目陶醉，来表达他们转瞬即逝的快乐。

她含笑搂住他的脖颈撒娇。他们早就知道，生命是一场曲终人散的宴席。但在这喧腾的宴席散场之前，他们目享秀色，口嚼美味，并且小心地掐去周身满布的芒刺。

—— *3* ——

明知不可为而为之

凛冽的秋风中，李金镛站在一个高冈子上，看驻守胭脂沟的军队进行演练。

年轻的兵士个个生龙活虎，冲刺、匍匐、格斗，红红的脸膛冒着热腾腾的汗。这支军队因为训练有素，勇猛强悍，已经吓退了时时想要侵犯的俄国"老毛子"。以往每逢入冬，在北极村的黑龙江结冰以后，从山那边会有"老毛子"踩过不宽的冰路来我国境内骚扰。因为胭脂沟的驻军和金矿的发展，此时中俄双方遵奉已订条约，两边相安无事。

李金镛随即将视线转向西边一大片开阔地。它原本荒芜着，他让人清除了灌木与蒿草，种上了各种蔬菜。夏季那一垄垄的田塍上，种植的土豆、豆角、茄子和辣椒，莹莹喜人。初春播种的麦子，在东北的秋天，正等待收割。他记得家乡无锡，每个端午节之前，小麦都已经收割入仓了。这里仅有无霜期的三个月，小麦收成要晚。地里像变戏法儿一样变出许多吃物儿，这也是胭脂沟一景。他看着，菜地虽然已经荒了下来，可金灿灿茁壮饱满的麦穗，预示着今秋的收成不错。他从小在家务农，对土里的事儿知道得甚是清楚。

他屈指算了一下，金厂的收益也不错。金厂前期投入大，见效慢，可是经过两年努力，目前已走上正轨。今年年底，他让管财务的人提前算了一笔账，向朝廷上缴三万两黄金应该不成问题。他绝不采取盘剥克扣采金人的蠢办法，那样，他们会掖私藏匿，也会培养他们奸诈蒙骗的坏性情。他对那些采金人宣布，厂局得四、采金人得六的分成制。采金人看到了好处，他们干活格外卖力，也不耍滑藏奸。

入夜，下起雨，淅淅沥沥的。雨天应该是可以让人沉睡的。可李金镛却仍睡不着觉。机器、技师、分成、管理、抗俄，以及与朝廷微妙的关系，都让他的脑子无一刻可以放松。

这是光绪十五年的一个秋夜，李金镛半夜醒来，就再也睡不着了。他半靠在炕上，顺着额头捋了捋头发，就有不少的头发丝竟留在了手指缝间。他在掉发，并且头发竟在短短三年间由黑变灰，由灰变成花白了。从他这一时期留下的照片可以看出，那是一张消瘦清癯的面庞，一双眼睛中含着决绝果断和几丝忧伤。一顶黑色的官帽，两鬓的白发硬硬地钻出来，赫然在目。漠河金厂，以官府督办的方式获取盈利，所有的牵扯纠葛，以及难以想象的各种困难，让李金镛提前透支了几乎全部的心血。他手里攒着的是两件昂贵的宝物：版图与黄金。版图一寸都不能让列强霸占，黄金一两也不能让外寇攫去。这就是他此次领受漠河金矿最高执政官非同寻常的使命。他奔走于天津、上海、烟台等地，筹集资金，招聘矿师，购买机器，筹运粮食和军火，同时在招募矿丁。超负荷的工作量，让他疲惫至极，并且病入骨髓。他知道自己内里已经起了大病，他常常咳嗽，然后会吐血。一开始量不多，他悄悄地在人背后掩饰过去。宋小濂和袁大化这两个最得力的助手兼挚友，有时会提醒他，但见他总是摆手制止，也只能在心底担心，表面不能再多说什么。

在这个微寒的秋夜，他半偎在案头，脑海里十分活跃地呈现出过去的一幕幕。

1835年，他出生在江苏无锡的农民家庭。长大后，他便随父亲到上海经商，并且做得很成功。1854年之后，因太平天国运动，长江下游的贸易大受影响，中国的民族资本被吸引到上海。

李金镛精于经商。经商必须得判断准确，一件决定了的事要有头有尾，构想清楚，也要负责到底。中间任何一个闪失或糊涂，都会全盘皆输。经商必须用人得当，溜须拍马阿谀奉承之辈在官场可以混得如鱼得水，可在商场却没人理他。商场上你得学会商量，要有你能赚、我可得的通融；否则，事情办不成。李金铺在经商中更晓得，人花钱容易，可挣钱是太难了。但是从县衙到皇廷，一切官办机构，都是些会花钱的主儿。他们用各种苛捐杂税来盘剥搜刮民脂民膏，下层人活得实在太苦了。

李金铺散开花白的盘在头上的辫子，让自己的头皮放松一下，他的思绪仍然继续着。

下层人的苦，他不仅看到了，而且亲身经历过。就说他出生的乡下，那一带的农人多种水稻。他和家人先是把稻种育苗。出苗了，茎先是水嫩水嫩的白，没过几天，微风吹过，叶子变成了鹅黄，又变成浅绿。它们的根紧贴在泥水里，自己积攒够养料和力气，就会敦敦实实地长成一丛丛秧苗。农人又开始把它们分成一簇簇的，然后插在水田里。

说起来轻松，干起来可就难了。天还很冷，赤脚站在水田里，有寒气一下子就顶上了脊骨。弯着腰，一天又一天。秧苗插好了，潋滟的浅水映着行矩整齐的秧苗，非常好看。可怜许多女人在经期下田，从此落下了腰疼的毛病；那些壮汉在寒水中浸泡太久，从此关节酸疼难忍，一生难以治好。

农人看着地里的庄稼在一天天拔节、孕穗，他们是那样高兴。盛夏过去，秋收来临。没日没夜收割，累得人直不起腰来。正待扬场入仓，半夜猝不及防一场大雨，辛勤一年收来的稻子长出了霉芽。李金铺亲眼看到一个疲劳过度而又绝望的农人喷出一大口血倒在地头，从此不起。

这说的还是有收成的年月。如果没收成呢？更别提了。但李金镛从不抱怨。他不是一个革命家，他只是想做一个尽自己绵薄之力去解人并且解己困苦的人。在经商的1876年至1879年间，他几乎将大部分积蓄都用来赈济挨饿的人。

这个本不想做官的人，得朝廷重臣李鸿章保举，被提拔为知府。

李鸿章于他的确有知遇之恩。他在淮军里也任过职，李鸿章欣赏他尽力务实的为人。他也从李鸿章那里汲取到经世致用的现实智慧，尤其是学到了李鸿章上上下下的得体、稳健和隐忍。

李鸿章是洋务派的代表，可他却又得到了光绪皇帝和垂帘听政的慈禧太后的信任。他在夹缝中发挥自己的作用。他有气节，却不会因谏而不准，负气中拂袖而去，只为在青石碑铭上留下一世清名。他力争在朝廷中的位置不是降而是升。如果他不这样，那些奸佞之人就会把朝廷的官位占满。晚清自19世纪以来，写下了弱君明臣的奇异历史。李金镛自己不一定能弄明白这里面的意义，可他从中学习并且运用在实际操办中。

这一夜，雨越来越大。黑夜悄无声息地吞噬了许多人的忧伤与哀恸。李金镛却在辽阔的天地之中，回顾自己半百的人生。

无锡城里，他早已置买了自己的房产和家业，那个芭蕉绿了大半的庭院，住着他的妻妾和儿女。他娶的女人，是江南大户的美丽女儿，这是端庄贤淑的妻。当然，后来迎进门的还有可爱玲珑的妾。他来自农家，喜欢的女人，虽也娇面盈盈，却又都丰腴健康。她们伸出的手臂，玉管般白皙圆润。

　　可这手臂，终归是没有拽住李金镛做个天涯客的决心。男人一旦过了荒唐沉溺的青年时代，一旦责任和担当使他的眉峰紧蹙，做顶天立地社会栋梁之材的抱负，就会让他毅然斩断儿女情长。他不再恋夜雨频滴中的低帏昵枕，不再恋饮散歌阑后的鸳鸯香暖。即便翠娥执手、盈盈伫立，纵是姹紫嫣红、开遍憩园，他都不再沉溺。

　　国事、家事，他选择前者。他明明知道当今把持朝廷各级权力的，多是昏聩无能之辈。目前朝野上下，已是贿赂公行，贪污成风。在北京，光绪皇帝性情懦弱，基本上是大权旁落，有名无实，而由慈禧太后垂帘听政。比较起宫中那些只有贪心而无实力的人，她还算是个最有主心骨，每逢大事还能拿出个主意的主子。可惜，她的心思过多花在为保住权力而进行的尔虞我诈上。在一个新旧交替的时代，理性之光并不能全部照亮她的心房。她固然保持了一些属于女性的良好直觉，但是抵不住宫廷斗争的严酷。在猜忌和犹疑中，她对洋务派人士时重用时防范，最终在她的手下，大清的江山并没有增添多少光彩。也真难为她了。咸丰皇帝死得早，她中年守寡，独居空房，只能用繁丰的肴馔、阆苑琼楼，来满足自己的另一种欲望需求，以消磨永夜的孤空寂寥。

　　写到这里，我想起有一次在河北承德避暑山庄参观时，曾看过慈禧的寝居之处。

　　在几进院落里，慈禧住在靠东边的房子里。她的住处，中间进门是跪拜处。东侧是她的寝居之处。屋子只有正面有窗，其他地方不开窗，空气没有对流。她居住的屋子逼仄幽暗，睡的床榻设有帷帐，让人感到憋闷。靠墙处放有装衣物和首饰的柜子，上端有梳妆台。

正是在这个压抑的房子里，慈禧太后伸出长长的指甲，时对时错地指点江山。

她在梳妆台前坐下，让宫女为她别上玉簪，插上珠花，整好凤冠。她抚摸着自己精心保养的依旧莹润光滑的脸，在上边搽上厚厚的胭脂。这是个一辈子爱美的女人。可她的美并没有男人欣赏。正所谓：石上胭脂花上露，血雨腥风艳阳天。

话再说回来。

李金镛何尝不知，他们在漠河辛苦淘金然后进贡，在送往朝廷的途中，黄金已经被层层盘剥；而到京都，也未必可以拿去充盈国库，或许只够老佛爷购买脂粉的用项。这又能怎么办呢？等不得明君时，能干什么就干什么吧。人只有一辈子，个人选择不了时代。这个弱君时代，在康乾盛世过后，迎来了大清朝著名的三个大臣，这就是：曾国藩、李鸿章、左宗棠。

李金镛在无锡时，对家人反复讲述文韬武略的曾国藩，每每以清廉朴实为治家之策、为做人之本。曾国藩有言："多欲如好衣、好食、好声色、好书画古玩之类，皆可浪费破家。"他对子女再三强调，凡世家子弟衣食起居，无一不与寒士相同，庶可以成大器，"若沾染富贵习气，则难望有成"。他的总结是："莫怕寒碜二字，莫怕悭吝二字，莫贪大方二字，莫贪豪爽二字。"曾国藩在训练兵士之余，同时让他们不忘农家本色，要求他们种菜喂猪，"以无土气即无生气也，屯圃之法，请认真课之"。李金镛在漠河胭脂沟让采金人种地养畜，就是从曾国藩那里学到的。

对李鸿章的感情，他只能用士为知己者死的古训来形容。

李金镛原本是商贾之人，可以在经商一途中有很好的发展。然李鸿章深知李金镛极通商界门道，若委以任用，正可以互通官商之道。李金镛原为末位之仕，他受此重遣，来到极远寒边，手执黄金版图，他只能做好，不能做坏。

在这个凄清的秋夜，李金镛回首半百人生，没有懊悔。他嗅着雨夜拂过旷野的风，这风中含着樟子松的香气，他脸上有着无比的欣慰与平静。如果有雨恨云愁，如今都已消散。他在想，漠北不一定有很多戍边的军人，可是只要有金厂，有采金人存在，就有中国的地盘和版图在。这一次他应李鸿章之邀前来漠北，为黄金计，也为版图计。左宗棠收复新疆，已是功垂千古；李鸿章在新疆问题上，一直为人误解和诟病，恐怕将要担负一世骂名。此次李鸿章让李金镛必须看护住俄国人想要蚕食的地盘，正是他想要在世人面前表达自己对待中华领土寸土不让的拳拳之心。守住漠北，一切谣言也就不攻自破，也就无须费口舌辩解了。

李金镛觉得自己要做的事还有很多，若天假以时年，他踌躇满志的抱负，将会一一得到实现。但是现在，他常常觉得胸闷、心悸，时有吐血。他怎么会不知道，他一介江南之士，多居风和日丽的环境中，其体质并不适应这里的苦寒。可他硬是撑了下来，而且多年的奔波操劳，非语言可以叙说，他的身体内耗严重。有时候，他会感觉寒气从脚底一寸一寸往上蹿，蹿过膝盖、腹部、胸腔、脊柱，直往头顶。那些寒气已侵入周身的骨髓和血液里。寒气已成为另一种火，如毒蛇般吐着信子，咬噬着、燃烧着他的肺腑。

他挣扎着想坐起，可一口气上不来，又吐了血。他悄悄拿手帕将梅花点点般的血掩饰过去。

—— *4* ——
温暖的冬天

下雪了。

真正进入冬天后，漠北的雪下起来很漫长，那大团大团的雪霰，像白絮一样铺满了山野。建在山坳、山脚下的房子，像巨大的白蘑菇，大朵大朵开放在银装素裹的大地上。胭脂河开始结冰，冰雪像弯曲的银带穿过静谧的两岸。远处，松树高挺笔直着，松枝上的白雪犹如银色冠盖。白桦树叶早已凋尽，那青灰色的树干在一片洁白里非常显眼。

莲娜在梳妆台前坐着，她正对着镜子往脸上扑粉。听到门外有脚步声，她知道是谁来了。

"快进来。"

山东招远汉子走到她身前，望着她，然后用手摩挲她金黄色的头发。

她嗔怪道："你不是去找你的柳叶妹了吗？"

他说："好，你说的，我真的去找了啊。"

她一把拽住他，扑到他怀里。

前几天，汉子们聚在一起喝酒，这是为了驱赶走漫长多雪冬天的寒冷和空寂。胭脂沟的姑娘自然前来凑热闹。

这个酒馆是俄国人留下的。一些四方桌上摆着酸白菜、萝卜条、花生米和烧酒。中间空地上有噼噼啪啪燃着的柴火堆,店小二不时往里边加些松枝和木楞子。

这些没有明天、没有未来的男男女女聚在一起喝酒、调笑。现在,他们不会为明天和未来而痛苦。如果说灾难已经成为习惯,那么灾难就不再是难以忍受的悲剧了。采金的男人在孤寂的寒夜深深体会到的是,如果没有女人,他们才可能会疯掉。在灾难成为习惯的时候,在囚禁的相对宽松中,男人会为情欲而痛苦。当他们的身体毫无着落地空荡着时,那才是他们真正的大悲。这些正值盛年的汉子,这些血气方刚的男人,在这冰天雪地里,他们把来自不同地方的女人紧紧搂在怀里,并且深深感激着她们的陪伴。

他们都知道自己没有未来,没有明天。他们活一天是一天。他们出手大方,把挣来的金子换成女人们喜欢的首饰送她们,剩下的就拿来换酒喝。而女人们,在露水姻缘的红粉帐中,对有好感的男人,学会了享有片刻的欢愉;对上不了心入不了眼的,就只是生意上的逢迎了。

采金的男人没有明天,因为他们不可能怀揣金子荣归故里,然后妻荣子贵。胭脂沟边的女子,也不可能用挣来的钱财为自己置办丰厚的嫁妆,做个大户人家体面的长媳。这些都没可能。

他们现在搂抱在一起,清楚自己的未来:身上的每一寸肌肤都会在随后变得松弛。那男人,在不久的将来,粗壮硬实的筋骨会变得如干柴般嘎嘎作响,高大威猛的身躯会变得如大虾一般驼背;在不停的咳嗽中,他瘫在冰冷的床上,等待上天收走自己。

而女人们，无论曾经是多么风情万种、绰约迷人，最终将褪去红润光泽，变得枯黄，无论怎样的脂粉都掩不住岁月刻下的层层褶皱；丰腴饱满的胸脯，成了没有水色的干瘪布口袋；曾经春水柔情的媚眼里充满了浑浊的雾翳，曾经粗黑的发辫成为缕缕飘散的白丝。

到后来，他们都将终老于他乡，留下的只是一堆堆无人记忆的不设铭诔和墓碑的荒冢。没有后代前来祭奠，没有友人前来凭吊，有的只是一阵又一阵的坟头野风，刮过苍松枝头和白桦林，犹如悲悯的胡琴发出的呜咽哀悼之声。而后来，只有采金人和胭脂沟的女人的坟茔相连相望，他们才是生死依偎。

于是，在这一切还没有到来之前，男人抚摸女人白嫩的肉体，在她的胸前感受着误入花丛般的沉醉；而女人，眉眼含情，用无比的温暖和耐心，把男人伺弄得快活无比。在纯粹的情欲里，原本最为凄苦卑贱的男人说，这等快活之事，皇帝老儿也莫过如此了。

山东招远汉子也与兄弟们混在一起喝酒嬉闹。

莲娜远远坐在一旁看着。她看见那个叫柳叶的女子坐在他身边很久。按规矩，男人肯定得把近前的女人搂在怀里。莲娜看见柳叶把头伏在他肩上，他则为她拂去飘在额边的头发。

莲娜的脸上有几分不快了。她早已坏了这个行当的规矩，想把这个男人当成她唯一的男人。她知道这个叫柳叶的18岁姑娘是山东烟台人。柳叶腰身纤细而不失丰满，年轻漂亮，与招远汉子又是同乡。如今见他们这般亲密，莲娜心里早已经不是滋味。她怎能不知道这个男人很有女人缘呢？他不用去招惹女人，自然会有女人向他靠拢。他的仗义、侠气，还有胆识，以及他强壮健硕的体魄，都会使女人深深着迷。说句实话，他可以不花一毫金子，就会有女人走过来与他亲昵，为他铺床暖被。莲娜也知道，如果柳叶与他好上了，柳叶在这里就不是受罪而是享福了。在任何恶劣的地方，只要一男一女真心相爱，地狱也会变成天堂。她曾经听祖父讲过《圣经》的故事，那里有关于地狱和天堂的解释。

莲娜曾经听招远汉子在睡熟的梦中喊过"凤儿"的名字。她问他谁是凤儿，他向她讲述了先前与凤儿的故事。莲娜坐在那里心想，在她之前，他与其他女人的关系她都无权表示不满；可在她之后，他与其他女人的关系，她不能表示不满吗？

莲娜突然发现自己是那么害怕失去他。胭脂沟的采金人和女人恐怕都是没有未来和前途的。可她有，她的前途就在于她与招远汉子的相爱。她怕失去他，不仅仅是怕失去欢乐和甜蜜，更害怕失去力量和支撑。没有他，她不知道该怎么活下去。

莲娜有些赌气，他们有几天没在一起了。今天他来找她，她的心就像春水般开冻了。她伏在他的怀里，嘤嘤地说："你会与我好下去吗？"他说当然。她问："那凤儿呢？那柳叶呢？"

他说："如果我不是现在这等身份，我恨不得把你们三人都娶回家里。你们要以姐妹相称，按中国人的规矩，凤儿是老大，你只能屈居老二，柳叶则是老三。我相信自己完全可以养活你们。你生的娃娃会最好看，高眉大眼，皮肤白皙。可惜现在不是这样子了。凤儿与我，已是天远路遥，此生能否见面，已经不去指望。而对柳叶，同乡故里，我视她为妹妹。我去爱抚她，是对她的尊重与安慰。而你，则是我的女人。我的女人，你听懂了吗？"

莲娜把自己的手从他搂抱的紧箍中抽出，她轻轻抚摸着他眉骨上的那道疤痕，轻声说："你会不会嫌我老了？柳叶才18岁呢！正好的年华。"

招远汉子说："我从来没有嫌弃过你老。你鲜嫩的肉体永远使我迷恋。我喜欢成熟的女人。我们是可以相伴终生的人。"

莲娜这才放下心来。

随后，又是一番缠绵。不提。

冬天过完，1890年的春天到来了。

山东招远汉子与莲娜开始对未来的生活做打算了。他们想要天长地久，想要回到正常人的社会生活中去。

莲娜说，干脆我们先去北极村，从那里过黑龙江再翻过山，到俄国去吧。招远汉子不同意。莲娜又说可以跟他回山东。他说山东他是回不去了。他这罪犯身份，回去岂不是送死？说来说去，莲娜突然想起父母亲曾经讲过，顺着这边的黑龙江的水源，往西南方向走，可以走到一条叫额尔古纳河的支流，河的左岸与右岸都已经有人家居住，她对他讲起了这个地方。她说，若是可以走出这郁郁的森林，能够穿过沼泽地的灌木丛，一直跟着河道走，肯定可以到达那里。在一个陌生的地方，他们的身份无人知道，重新开始自己未来的生活，应该不成问题。

招远汉子听到这里，眼中闪出一道亮光。他直夸莲娜聪明、有见识，关键时刻主意拿得又准又好。只是，他们何时开始出逃行动呢？是夏天，还是冬天？

如果选在夏天，好处是河水不结冰，如果顺河流走，或许可以找到航运的船只，能够带上他们。可坏处是这遮天蔽日的林子让人难辨方向。还有脚下的泥泞，枯枝败叶落下的处处陷阱，都可能使人陷进去拔不出脚来。

如果选在冬天，好处是大雪落满灌木与沼泽，冰冻以后会有天然的通道。但是没有水源，再加上天气酷寒，如果不能在短时间走出去，那么饥渴、严寒会让人筋疲力尽，难以忍受，最终可能会毙命。况且，冰雪覆盖住河道，往额尔古纳河的方向难以辨识，这又是要命的麻烦。

事关重大，他们两个人只有小心揣摩，不可贸然行事，也不可以让任何人看出蛛丝马迹来。

日子一切照旧。

—— 5 ——
壮志未酬

李金铺这个夏天很忙。金矿前期的投入渐渐已有收益。临到夏末，是年的黄金产量基本可以估算出来，因为秋冬基本歇工，不再出产。

已入暮夏，他看到天空是湛蓝湛蓝的，就像铺展开来的色调素雅的大幅丝绸。白云不时变幻着，就像绣上的各种图案。天空如此辽阔，天气不冷不热，金厂势头也好，今年的产量将比去年翻倍，六万多两黄金的出产量已经是十拿九稳了。这样下去，前景无限。

可他在这个夏天，却觉得身体时时疲乏，力不从心。他仍然视察边地，督办练兵，操持金厂各种事宜。一天下来，他总觉两胁和胸脯疼痛难忍。他胃口不好，吃不下东西，晚上也常常难以入寝。一个人，如果不能吃又不能睡，那病就大了。

日渐消瘦的他，仍然苦撑着，坐着轿子到金厂视察，也在胭脂沟的街巷转悠。

他在想，这采集到的每一两黄金，都是采金人拿血汗换来的。他甚至想，这些囚犯身份的采金人，随着时光流逝，应当慢慢过上正常人的日子。他们在这里，出力流汗，并且攒下工钱。他要让这些采金人有个盼头和念想。且让别人有活头，自己才是安全的。李金镛从不鄙视采金人。他想，他们过去犯了法，已经受到了应有的惩罚，其中包括被发配到这里来干苦力。来到这里，只要他们勤恳做事，就是对采金有功的人，这就叫戴罪立功。李金镛暗想，再过些时日，待既往的历史印记淡褪一些，他会启禀朝廷，重新变更这些人的身份。

李金镛挣扎着走下轿子，他望着胭脂沟两旁一些绿树掩映下的木房子。他想，这些来胭脂沟的女人，都是活生生的人，有自己的父母兄妹，并不是妖怪狐仙。她们为生活所逼或被拐卖来到这里。这些贫贱的女人，活下去不易啊。她们不偷不抢不盗，不贪污不受贿，她们除了自己尚还年轻的身子，其他什么都没有。她们只能用自己的身子换口饭吃，挨着日子。她们在这里一天，采金的汉子就能安静一天，有活着的安慰。人们有什么理由嫌弃她们啊，如果还要拿礼教的血鞭抽打她们，也太不公平了！

李金镛外出勘察地界时，会嘱咐宋小濂记下其中的一切。宋小濂的口才和文笔，适合日后边界的谈判斡旋。在视察金厂时，李金镛则会让袁大化多听多想一些。袁大化为人爽直而不失缜密，肯吃苦、有魄力，金厂的未来，他能够担下来。这是两个与自己志同道合又品质端良可堪大任的人。李金镛有意无意中，似乎在对自己的身后事做着安排。前不久，他直接向李鸿章举荐了袁大化，说他在极边苦寒之地，在强邻密迩、诸务掣肘、人皆为畏途之地，耐苦耐劳，结实可靠。

李金镛虽说未雨绸缪，但他不相信老天就这样收走他。他希望自己能健康起来，那"兴利实边"的事业才刚刚开始啊。

入秋了。天略转凉，李金镛越发感到身上发冷，常出虚汗。那冷像从远处吹来的邪风，一丝丝钻进他每一个毛孔、每一寸肌肤。这一夜，他先是醒着，后来不知不觉就睡着了。

这一夜，是他多天来从没有过的沉睡，非常香甜和快乐。他做着梦，恍惚中，他似乎回到了无锡乡下的老宅，仍是灰黑色的砖墙和屋脊，大半个院子的棚架上，种着丝瓜和倭瓜，瓜花是艳艳的毛茸茸的黄色，农家人就喜欢栽种些能做吃食的瓜果。而院墙上，爬满了紫色、浅粉色的牵牛花。这些耐受、贱长的花儿，也受农家人待见。后来，他觉得自己又走到了村子里，看到他常去的河边，有乌篷船慢慢划过，撑船人一桨一桨地划着水；远处的苇塘开满了白色的芦花，这真是久违的江南水乡的美景啊。

迷蒙中，他又到了无锡城。他瞅见他的女人们有泪无言，正款款向他走来。他想要诉说自己国与家难以两全的歉疚，刚要张口，肺腑深处像决堤一样，热辣辣的一团喷射而出，无法止住。那是鲜红的血。

众人赶紧拿盆接住。李金镛仍然清醒，他挣扎着坐起，张开双臂，双眼炯炯，对众人道："大丈夫视死如归，没有什么遗憾。我所遗憾的是金厂刚见成效，苍天不给我年华，使我不能见到三年后的盛况。望诸君好自为之。"说完这话，他连着吐了数升鲜血。最后，血已断绝，他咽下了最后一口气。

这是1890年9月14日。

生命的引擎断了。李金镛带着遗憾与不甘，匆然离世。

在场的幕僚无不悲痛万分。

而附近金厂的把头、采金人听闻李金镛死亡的讯息，纷纷自发赶来哭祭，黑压压一片人群跪拜于地，皆泣不成声。

此时，乌云连着黑雾覆盖了泥泞的道路。白桦林在飒飒地低吟，松树垂下了头。天空中的飞鸟在瑟缩和惊悸中发出哀鸣。

一个尽心尽职、体恤人心、死而后已的好人，就这样走完了他五十五载的人生。得到他恩惠的人太多了，无论在侪辈还是下属，都在心头默默感念他对人的种种之好。

宋小濂强忍住悲痛，料理完了李金镛的后事。此后他不负李金镛生前所托，在漠河金厂又待了十年。

再说袁大化。他因联系淘金机器一事外出，在李金镛去世当天未归。三天后他匆匆赶回，只见到李金镛的遗体，当即伏地痛哭，悲痛无比。

袁大化知道，李金镛是最了解最赏识他的人，金厂刚见成效，却撒手人寰，今后一切都可谓前途莫测啊！

李金镛逝后，袁大化和宋小濂的命运可谓几经波折，这里有必要花些笔墨做个交代。

1891年初，李鸿章上奏朝廷，建议由袁大化接办漠河矿务。他上奏道：上年李金镛已禀袁大化胆识俱优，在充任该局提调时，襄助一切，极为得力。现金镛病故，工作效简，出金渐稀，支持艰危，非袁大化而无出其后，可以接替漠河矿务，以专责成。

袁大化接任后，处境十分困难，他曾向自己的老上级吴大澂诉苦道："大化肩此重任，欲去不得，虽心胆俱裂，不得不勉力支持，以待来者。"

在等待不到来者时，袁大化在保证出金量的前提下，又派人在黑龙江上下游支流，四处查探金苗，扩大生产规模。后来新开了观音山、达义河、洼希利沟等几个金厂。尤其是观音山金厂，他派弟弟袁大杰督办。其弟兢兢业业，操办上心，成效显著，逐渐开始盈余。采金人深受鼓舞。在整个漠河，除了以前的采金人，从内地各路又涌来了许多人。

此时，袁大化四十岁上下，官小位卑，为了避免其在与沙俄官员进行边境交涉时被轻视，加上他操办金厂尽职卖力，任劳任怨，1892年李鸿章上书朝廷，加他二品衔，道员用。1893年，李鸿章又启禀准奏，奖励了一大批漠河官员。

到1895年9月，袁大化承继李金镛精神，经过五年努力，让漠河金矿呈现出蒸蒸日上的新气象，受到慈禧太后和光绪皇帝的嘉勉。

袁大化埋头矿务，不善阿谀奉承，疏忽了打点逢迎黑龙江省的顶头上峰。黑龙江将军恩泽和增祺向其发难，要求整顿袁大化操办的金矿。听到整顿的消息，袁大化马上明白其中关节，于是上奏请假，要求出山休养治病。奏准。不久，湖南候补知府周冕接任漠河金矿总办。

周冕上任不久，就向朝廷狠狠参奏了袁大化一本，说他为矿留有余利过多，其三条罪状是：企业自留太多，股东利息太丰，工人奖金过侈。其实，正是这三项，才可以调动一切人的积极性。你吃肉，要让别人喝汤。如果连汤碗都收走了，谁还会拼死拼活为你搏命？

朝廷此时不加甄别，听信一面之词，下令将袁大化革职查办。

周冕到任，却惧漠北寒苦，躲到两千余里外的瑷珲，指手画脚。同时，他还挪用矿上巨款到上海做自己的买卖，却谎称带兵剿匪花银两万两。其间，金矿早已是群龙无首，人心涣散；又加上供给无着，人们忍饥挨饿，饷钱难得，金矿产量锐减。折腾了几年，原本大有希望的金矿被弄得七零八落。

好与坏，终归是泾渭分明；是与非，也终归是纸包不住火。挨到1898年，周冕被参，革职查办。此时，人们又记起袁大化不惜身不惜命，亲督矿工，勤奋有为的实情。同年，袁大化又重被启用。

再往后，袁大化被派直隶委用。1911年，他被任命为新疆巡抚，成为威震一方的封疆大吏。是年，辛亥革命爆发。随后伪满洲国成立，日本关东军派人邀请袁大化去长春参加溥仪伪政权成立仪式，袁大化以"一臣不事二主"予以拒绝。1935年，袁大化殁于天津，享年84岁。他一生大起大落，悲喜无定，是中国近代史上一个饶有意味的重要人物。袁大化另一贡献是，他曾让幕僚帮着编纂出《漠矿录》一书，该书是研究漠河金矿史、东北地区开发史以及中俄关系史的一本不可多得的珍贵历史资料。

讲完袁大化，有必要再说说宋小濂。

宋小濂在李金镛逝后仍待在漠河，办理文案及交涉事务。他的人生"半生心事在筹边，黑水黄沙二十年"。光绪三十年，即1904年，修筑东清铁路时，中国在哈尔滨设铁路交涉总局，他任总办。不久他被外务部派去总办与俄交涉的"霍尔瓦特会议"。他此次任务艰巨。先前周冕迫于沙俄势力，擅自与俄国人在中俄边境订下的购地、伐木、采煤等合同，使中国主权受到侵犯，宋小濂是要在交涉中把属于中方的主权夺回来。他与其他成员与俄相持两年，会议召开有140次之多，最终废弃前约，挽回了很多主权。

宋小濂后任呼伦贝尔副都统，为加强边疆防卫，他亲自踏察一千五百余里的国境线，写下《呼伦贝尔边务调查报告》。

尤其是满洲里归属一事，他更是功在千秋。在他与俄方会勘两国西段国界时，俄人妄图将满洲里划入俄界。他们进行恫吓，并且将军队调来，越界开挖国界。宋小濂及其随从人员不畏威胁，沉着应对。他详细陈述满洲里为何是中国领土的充分理由，字字铿锵，说理有力，寸土不让。最终，俄人哑口，满洲里终于未能落入俄人之手。

宋小濂清楚地记得，魏源曾指出，晚清的"盛世"，实际是把边境的危险置于脑后的虚假繁荣。魏源曾经亲手记下19世纪以来历次割地的条约。

先看割让给俄国的：

1858年的中俄《瑷珲条约》，割中国东北外兴安岭以南，黑龙江以北的60多万平方千米给俄国；

1860年的中俄《北京条约》，割中国乌苏里江以东包括库页岛在内的约40万平方千米给俄国；

1864年的中俄《勘分西北界约记》，割巴尔喀什湖以东以南的44万平方千米给俄国；

1881年的中俄《改订条约》及以后五个勘界议定书，割中国西北部的7万多平方千米给俄国。

除了割让给俄国的，还有其他的割地条约：

1842年的中英《南京条约》，割香港岛给英国；

1860年的中英《北京条约》，割九龙司地方一区给英国；

1895年的中日《马关条约》，割辽东半岛、台湾全岛及所有附属各岛屿、澎湖列岛给日本。

除了割地，还有许多赔款已写进条约里。仅《辛丑条约》，就赔款4.5亿两白银。

宋小濂手拿一摞摞割地和赔款的条约，止不住心头的惋惜和痛楚。中国版图辽阔，让无数觊觎者垂涎三尺，朝廷为什么就不知道心疼，而是像割肉一样一块块割给了邻国。满洲里，如果不抗不争，稍有犹疑和闪失，就将被俄国人侵占。

说到满洲里，2010年夏，我曾经到过那里。那是一座中俄接壤的边贸城市。城里到处是带有俄式风格的建筑，洋葱头的圆拱形屋顶，外观装饰得富丽堂皇；入夜，华灯璀璨。街上，随处可见前来购物的俄罗斯人。他们坐火车到满洲里，前来中国购买裘皮大衣、丝制衬衫、望远镜、高帮旅游鞋等日用品，也采购酒类和食品。然后，他们拎着大包小包，再坐车返回。

我们走到中俄边境的国门处照相留念。不同的历史时期，留下不同的几座国门。旧国门朴素一些，有着风雨沧桑的痕迹；新国门则修葺壮丽。拱形的中空处，是火车道。枕木是铁灰色的，铁轨闪着暗蓝色的光。平坦的原野，长满一蓬蓬野草和五颜六色的野花。一条长长的逶迤的铁丝网，划分出两个国家。比起我们这个现代化的、繁盛的满洲里，那不远处的俄罗斯人的镇子，它的繁荣程度比我们差远了。

满洲里大街热闹而又整洁，两旁的树不多，但商业兴旺，人流熙攘，充满生机。满洲里，几经磨难，仍是我们的，这太好了。宋小濂为此有千秋之功，当为我们后人永远铭记。

—— 6 ——
额尔古纳的秘密

李金镛去世后，采金人的待遇每况愈下，这强化了招远汉子与莲娜逃出胭脂沟的决心。招远汉子觉得再这么干下去没什么意思，趁自己身子骨还硬朗，拼死一逃，兴许还会有个明天。若不冒险，在这里耗着，甚至都不知道明天是死是活。

招远汉子和莲娜商量着在秋天开始实施计划。夏天得出工，看管得紧。入了秋，众人停歇下来，人分散了，少个把人一时半会儿目标不那么明显。况且秋天的河流将有相当长的时间不会结冰。有水流就有方向。沿途如果有野菜、蘑菇和水，人就不至于渴死或饿死。幸运的话，如果有航运的船载一下他们，那就更好了。最关键的是要躲过看守，找一条走出胭脂沟的路。只要能离开这里十里开外，凭着招远汉子在恶劣环境中顽强求生存的丰富经验，逃出去的可能性是有的。

秋风起来的那天夜里，黑得伸手不见五指。招远汉子和莲娜商定今夜行动。他们紧紧拥着，发誓生死都要在一起。逃亡之路无论有多大的困难，他们都要克服，关键是不要走失。

夜已沉，他们沿着平时早已看好的出山路线出发。

逃亡之途的险情，已经无法用语言描述了。总之，许多天以后，当他们像是从大兴安岭的密林中钻出的两个野人，在天擦黑时脚踏在一块平坦的地上，看到村落时，他们知道，他们的出逃终于成功了。莲娜踩过嘎吱作响的冰凌，一头倒下。

他们不知道走了多少天，总之是赶在隆冬降临前，来到了莲娜父亲说过的叫额尔古纳的地方。从此，他们在这个大家互不问身份、不问背景的陌生之地安身立命。他们搭起了木屋，垒起了灶台。招远汉子勤劳肯干，莲娜为他生儿育女。一代代，他们在这里繁衍生息。

遥远的胭脂沟，已深深地镌刻进脑海。对于过去，他们守口如瓶。家里来再亲密的朋友，他们都不会泄露半句过去的经历。当他们想到胭脂沟，也只是用神秘的眼神交流，彼此不去议论半句。

多少年过去了。至少是120年后，我们一行人来到了美丽的额尔古纳。这里的空气清新而甘甜，街道宽敞整洁，行人身材匀称而健康。城里一点儿也不拥挤，空旷的蓝天，让人不能不感叹，幅员辽阔的祖国河山，是如此迷人。

晚上，我们到一户俄罗斯人家用晚餐，主要是品尝当地特色的菜肴。饭菜上桌以后，男主人拉手风琴，女主人在空地舞蹈，为我们助兴，他们满脸兴奋。这对夫妻像汉人，又不大像，他们的皮肤白些，眼窝深些，性情也更开朗乐观些。

待他们弹唱完毕，问了才知道，在额尔古纳中俄通婚普遍，二人也都有中俄血统。你走到街上，看那些长得很洋气的当地人，大都是中俄通婚的后裔。他们在离边界不远的俄罗斯有亲戚，但他们说，这些亲戚甚是羡慕他们生活得富裕、快乐；而那边，吃穿用度都很窘迫。居住在额尔古纳的带有中俄两国血统的人，很是为自己骄傲。他们称自己是俄罗斯族的汉人。

我想，这些混血后裔里面，肯定有招远汉子和莲娜的子孙后代。

------- 7 -------

领土最后的守护者

李金镛祠堂经过几次修葺后，现在全由黑灰色砖块砌成，白灰批缝，不事任何雕琢，显得质朴端庄。

我站在祠堂前，心里充满感慨。

真正的历史不会沉寂，李金镛，这个当年为国库充盈大批黄金，并且以身挡住入侵者，为祖国守住大片领土的人，请接受后人久违的祭奠和尊崇的殊荣。

李金镛逝后，由李鸿章请旨，清廷颁旨，为他在漠河和原籍无锡各建一座祠堂，以示荣宠。另外追封李金镛为内阁学士，恤加二品顶戴，为其在国史馆立传。漠河的这个祠堂，正堂有李金镛的塑像，带玻璃的柜橱里展有他生前留下的遗物。正堂的两侧，分别设有"幕僚馆"和"功德馆"；西侧展示的是李金镛左膀右臂宋小濂和袁大化的生平事迹，有图片和实物，东侧展示的是当年采金人使用的各式工具以及李金镛无锡的家什物。

李金镛逝后，采金人已经开始把李金镛当作护佑自己的神灵来膜拜。每当发现了新的金矿和金苗欲以开采时，采金人首先要举行一个虔诚而隆重的祭拜仪式。他们在一根木头上拴条红绸，当绸布飘起来时，他们跪地求拜，喃喃祈盼采金人的保护神能保佑他们安康、富足。他们相信举行这种仪式可以显灵。这种仪式代代相传，直到如今。

人们总是相信那些为穷苦人做好事的人。我们在当地听到这样一个真实的故事。

1987年，漠河城内外燃起了一场旷日持久的大火。火势在干燥有风的夏季席卷一切，所过之处一片焦土。当地人讲，在漠河通往胭脂沟的路上，至今仍可看到的一个大油库，库里有32个装满油的大型油罐，在火势到来时，它们竟然都安然无恙。当时，油库有13名工人，他们用身体紧紧护住这油罐，想用他们这单薄的血肉之躯抗住火魔。可是奇迹出现了，火舌卷过，油罐与工人皆安全，毫发无损。

无法想象，如果油库里这么多贮满油料的油罐爆炸，那周边的城市，和更远处的大兴安岭将会发生怎样的惨剧。

是冥冥中的巧合吗？ 1987年的一百年前——1887年，李金镛来到漠河。是他的英灵在护佑着他梦牵魂绕的这块黑土地，这块黄金版图吗？人们说，是的。

我走出李金镛祠堂，向下俯瞰那鱼形的胭脂沟。旁边的木牌子上画着胭脂沟即将开发的规划蓝图，这里将恢复当年采金人的劳动场景及生活境况，这一切都是为了拓展当地的旅游项目。当然，那些陪伴采金人的女人们，是再也活不过来了，她们留下的只是不见坟头的荒冢，以及随风飘散的一缕缕芳魂。

从李金镛祠堂下来，穿过林间山路，可以见到已辟为游览之地的妓女坟。这山路已铺了木板道，两旁有亭榭供人歇脚。沿路竖有牌匾，上边刻着历代风尘女子流传下来的艳诗丽句。不在常规生活的女人，再遇上禀赋悟性，她们不是人们想象中的只会美目顾盼、巧笑乞怜、浪语承欢，她们其中不乏饱读诗书的绝代风华之人。

再往前，就到了展室。这里展有当年胭脂沟的女人们的日常用品，如化妆镜和首饰盒等等。这篇文章里，我一直用胭脂沟的女人而不是妓女来称谓她们。

再往前，可以看见木栏圈出的一块平缓的林地。这是胭脂沟的女人死后的葬身地。没有坟头，只有一片苍茫和荒芜，矮矮的树丛掩着一切。有阳光透进树隙，这让孤身于此的女人，可能会感到些微的温暖吧。抬眼望去，慢坡上开放着达子香野花，这是她们一生命运飘飞无定的隐喻吧。

如果人们的痛感神经还未完全麻木掉，你将会想象，这里躺着的女人，曾经有美丽饱满的脸庞，有顾盼生辉的眼神，有鬓云腮雪的俊俏。后来，在严寒、在疲惫的命运中，她们把披肩裹在胸前，用手捂着时时作痛的胸口，抚摸着已经起褶的面容；她们眼看着粉色的窗帘褪尽夺目的色泽，而那绣花的锦缎被面也撕扯成不堪的破絮。她们倚靠在破旧的门框里，看那夕阳下潺潺流淌的胭脂河水。水已不再嫣红，她们已无脂粉可洗。

她们不再绝望，依旧爽朗而妖娆地笑着。

一个人，怎么过，不都是一生？这一生，无论长短，不都是一生？

在这胭脂沟，如果有船，那船上载着的不是闪烁的黄金，而是女人曾经蝶舞飘袂而今已成尘土的瓦瓮。

这让人不由得想起古希腊女诗人萨福写给女人的那首诗：

> 我们把骨灰瓮放在船上，
> 瓮上刻着这样的文字：
> 这是小提乌斯的骨灰，
> 她的未嫁之身被送往
> 冥后珀尔塞福涅阴暗的卧室。
> 她离家如此遥远，
> 为了哀悼她，和她同龄的
> 姑娘们，拿着新开刃的刀子
> 割断她们柔软的鬈发。

文章写到这里，是应该结束了。胭脂沟又称老金沟，是盛产黄金之地，是采金人劳作的活动场地。关于胭脂沟的称谓，有两种来历：一说是这里青楼的女人们，在河边洗濯脸上厚厚的脂粉，把这河都染成桃红色；又有一说，这里的采金人进贡的黄金，都成了慈禧太后用来买脂粉的钱款。无论怎样的称谓，这条沟，这道河，这坡上的祠堂和沟下的荒冢，在这块土地上倒下去的男人和女人，都是中华黄金版图上，那日夜守护我们国家领土完整的不死魂灵。

在这篇文章里，我写了为捍卫祖国版图和财富死而后已的朝廷命官；同时，我带着想象和虚构，写了胭脂沟的采金人和这里的女人们。在那个旷野寒地，他们依偎着取暖，因热爱而出逃，在苦难的命运蹂躏中，以对生命无比的热爱，弹唱出一曲曲在积极乐观中抗争的旋律。当年在此地真实发生的一个个故事，肯定会比我的虚构更加丰富多彩。我只是试着让那已沉寂百年的往事，在今人的追怀中，变得生动鲜活起来。

乱世中的离歌

——— *1* ———
风从珞珈山吹过

1935年10月的一天，凌叔华坐上从武昌到汉口的轮渡，她要到武汉日报社去。从年初开始，她在那里任文学副刊的编辑。

她喜欢来往于这条水路。望着开阔的江面，在水天一色的浩渺中，她的心情变得空旷、宁静。可是这天，她的心头则有些烦乱不安。

刚从英国来武汉大学文学系任教职的朱利安，已经很明白地向她表示了强烈的感情。要知道，丈夫陈西滢正是这个系的主任。朱利安这个鲁莽的同事，怎么这么不了解中国的国情？

那一天，她到他的住处给他送窗帘。她家住在武大珞珈山的山脚下，朱利安住在山腰。路不远，她走过去。她把印有竹子图案的窗帘展开，突然她听到身后有沉重的呼吸。在猝不及防中，那个27岁的异国年轻人，紧紧地拥住她。他的双臂是那么有力，一时间她竟没有缓过神来。

他附在她的耳边对她说："我来到遥远的中国，我的梦里全是中国美丽的山水和美丽的女人。你貌如天人，就像是吃了仙草的东方美女。我要将你装进画框里，挂在床头，每天都看着你、想着你。不不，我要把你装进口袋里，每天都抚摸你、亲吻你。"

她挣脱了他，她望着他热情的眼睛，觉得很突然、很惊讶。但在他近前的那一刻，她发现自己身上竟有电流击撞一般眩晕、迷醉的感觉。

现在，轮渡在前行中划出一道道白色的水线，黄鹤楼在隐隐的烟波中被推远，江面上有鸟儿时而俯冲，时而高高飞起，那扑棱的翼翅上，沾着晶莹的水珠。凌叔华抚着自己发烫的脸颊，这个35岁的美丽女人，在想自己矛盾重重的心事。她问自己是不是中蛊了，本该对这场情事断然拒绝了事的，可她却为什么竟有电流击撞般的感觉，这是为什么？

一整天她都在恍惚之中度过。

下班回到家，吃了晚饭，陈西滢照例坐在他的书房里读书。凌叔华一个人躺在床上，在黑暗中，她回想起他们的婚姻。

他们相识于1925年。那时，陈西滢一方面在北大当教授，一方面主持《现代评论》和《新月》杂志。凌叔华当时作为作者，经陈西滢的举荐发表了不少小说。由爱慕、敬重而生情，1927年，她与比自己大4岁的陈西滢结婚。

陈西滢，无锡人氏，有着江浙男人种种的好品质：勤奋、苦读、儒雅、负责。从学问到相貌，都是女人心仪的好丈夫类型。

陈西滢的确是在奋斗中事业有成的。1921年，他在英国的爱丁堡大学攻读政治经济学，随后获博士学位。他的学问的确是闷头做出来的。每天，他要花大量的时间在书桌前。年轻时，女子总是对这些事业心极强的男人敬佩乃至到崇拜的地步。这类型的男子，当然是佳偶。他们会带给女人安全、可靠的保证，无论是生活上还是情感上。

凌叔华不能说不满意自己的婚姻，可她常常又觉得自己心头空荡荡的。陈西滢已将刻板和严肃化为习惯，他已经不懂得亲昵、呵护的具体细节了。凌叔华有一次在他出差前搂住他的脖子，然后吻了他。他僵僵的，好像是愣在那里，让她好生难堪。

在这之后，她就不敢在他面前流露出这种小女人姿态了。江浙男人，有好的修养，但身上火辣辣的东西很是稀薄。她如果过多表达出自己的野性，他可能会误解她。

今天夜里，凌叔华盼望着陈西滢尽快躺在自己身旁。她在心里说：亲爱的，请拥揽我，占有我，以此让我驱赶走心底冒出的那个魔。

仿佛下赌注一样，凌叔华希望与丈夫有个缱绻的夜晚。如果这样，她将从此斩断秩序之外任何跨界的念头，做个相夫教子的贤妇人。

陈西滢很晚才从书房回到卧室。凌叔华试探性地将手伸向他，而身子还没有靠近他，他如果不想，岂不是很尴尬？当她的手伸出来的那一刻，她已经预感到深深的失望。果然，他客气地拍拍她触碰过来的手说："明天我还有个重要的会议，要早些起床，睡吧。"

她的心凉透了。她不是硬要让男人对自己怎么怎么样，只是今晚，她希望他能给予她抵御那诱惑的力量，帮助她逃离难以言传的险境。

然而，他们两人中间隔了一大块儿，各不相干，一夜无话。

次日清晨，凌叔华起床后觉得脑袋迷迷糊糊的。她走出家门，沿珞珈山的草径散步。

不远处，但见朱利安扛着猎枪从山上走下来。她远远地打量着他，他穿着一身灰色衣裤，着高帮靴子，已经是深秋了，他却只穿衬衫，用皮带扎在腰际，使整个人显得是那样矫健和充满活力。他热烈旺盛的血气，让他根本没觉得冷。

他的眼睛很尖，一下子就瞅见了她，于是猛地蹿跳过坡坎，朝她走来。

他说："我们往山上走走吧。"他没容她答应，径自牵了她的手。路上有些泥泞，他牵着她的手很是自然。他不是挽着她的臂膀，那样她就像长姐了。他心思很细密，用几乎所有的细节来向她说明，他们之间不存在年龄上的差距。他牵着她的手，让她刹那觉得他就是保护她的哥哥，而她则是需要他保护的妹妹。这感觉非常美好。

爬坡的时候，他总是先上去，然后再把她拽上来。那一刻，他总是在悄悄用力，而她掌握不住平衡，会趔趄着扑到他的怀里。

此时，寒露刚过，霜降未至。山上的灌木丛中，叶子已经发黄。树上有叽叽喳喳的鸟叫，朱利安捡起一块土坷垃，扬起双臂扔去，旋即，那树上的鸟儿发出尖叫，倏忽散去。凌叔华看着这个眼里满是闪亮和喜悦的男人，她一下子觉察到自己是那样的乏味和衰老。她心里突然涌出深深的自卑和绝望。

他知道她在盯着他时，咧开嘴笑了，露出满口的白牙。那是典型的伍尔夫家族的容长脸型，有着白而红润的肤色，短短的胡须，又是那样充满了男人味。

他们一路上都没怎么讲话，但彼此心里的对话却在剧烈地展开着。

在一个坡地，他们停下来。太阳已经升起，凌叔华眯着眼睛，像是在欣赏山中的景致。其实，她心里想的则是，瞧，背枪的朱利安是多么帅！在她以往接触到的知识分子圈子里，很少有这么强壮有力的男人。那些男人，或许都功成名就了，那是些诗人、小说家和学问家，但他们所从事的，都是向内吸取男人精元之气的工作。他们每天都在室内守着、耗着，要争分夺秒地读书、思考，读不到一定时候，文字和学问都出不来。

已经35岁的凌叔华，发觉自己现在看男性的角度在变，变得不那么单纯，不那么精神化，而是有了一些秘而不宣的情欲了。

这是1935年的深秋，一年就要过去了。世界不是总风调雨顺。在这兵荒马乱的年月，她却在问：历史会过去，可是生命也会过去，有谁能为自己活过做证明？

朱利安见她一直无语，便走到她面前冒出这么一句："我的美人，我要娶你。"

她一下子怔在那里。

———— 2 ————
张开双臂，扑到的是虚无

上午学校里有个系主任的联会。散会以后，陈西滢来到自己的办公室，坐下来，他先为自己泡了一杯龙井茶。他看着那些叶片先是蜷缩着，热气腾腾的水冲下去，于是打着旋，浮上来又沉下去，透明的杯子里渐渐呈现出那种鲜亮的绿色。他慢慢呷着嘴。他发现喝茶更让人提神。在英国留学期间，他学会了喝咖啡，但喝后总觉得有热气，脑子反而更加昏沉。近些天他改喝清茶，他的嗓子很舒服，脑子也清醒了很多。

昨天夜里，他推开了叔华伸向他的那表示爱意的手。他知道她已经生气，却又不能不这么做。夫妻之间，如果躺在床上有了亲昵的前戏，就想要接下来的后续。他的身体十分安静，他的性欲十分淡薄，这也让他自己吃惊不小，很伤自尊。但是他知道，他拿自己的身体已经没有办法了。在国外这么多年，如果说别的没学会，倒是学会了实事求是，学会了绝不自欺欺人。在外人看来，他与叔华是郎才女貌，是琴瑟和鸣，是多么般配的一对。但婚后不久他就知道，他不习惯与女人打交道。他爱事业胜过爱女人。

在事业上，他已是左右逢源；但对待女人，他则显得捉襟见肘。他一路在读书，案牍生活已耗损了他的精力。他往往在看了一上午书以后，会觉得憋闷、心悸，血压也在升高，起身时头会发晕。但他并不想增加室外运动时间。他懒怠外出，书读得越多，越觉得好书读也读不完。他有的是西学背景，他对自己的专业，即政治经济学要精通，对西方的文学又有那么强烈的兴趣。光是古希腊神话，就有看也看不完的人间瑰宝。他仿佛走进一个浩瀚的知识迷宫，触及一个个卓越的灵魂；但在现实生活中，他却不愿触碰一个女人温热的手。

他呷了一口清茶，让热茶缓缓地流进喉管。在孤独一人的时候，他反而觉得十分充实。他在想，其实婚姻生活时间越长，人越成熟，越发会体验到，有些表面看似般配的东西，实质上内里并不和谐。比如他和叔华，感情越发疏远，而改进的可能性几乎没有。这都是些隐秘的东西。叔华出身豪门，有着良好的教养，从小锦衣玉食，看看她那匀称健美的骨相，饱满丰腴的身体，就知道那里是肥美的水草地。可惜，他不是一个理想的开垦者。他出身一般，五个兄弟姐妹中排行老大，从小营养不良。他的精力仅仅用于他所从事的工作，其他的，他就没精力去想了。他想有个家，但这个家是让他来休息的，他无法给这个家庭带来欢乐和喜悦的氛围。他从来不会想要更好的婚姻，他要更好的婚姻用来干什么？他并不迷恋床第之欢。在知识中耗尽心力的男人，一般都不大会在意女人。比如自己的老朋友胡适，他与原配、小脚女人江冬秀现在过得反倒是更加有滋有味了。

陈西滢把杯子端起来，凑到眼前去看茶叶在晃动中的变化。他发现人生很多时候，就如这杯中之茶，浮浮沉沉，变化莫定。

他给人的印象一向是严肃的、拘谨的，他的确一般不大去想女人之事。可今天则是有一种刺激，可以去做做这方面的思考了。

借着自己和叔华，借着胡适和江冬秀的婚姻关系，他想，男人与新式女性、旧式女性的关系，实在是有很多变数在里边。这个世纪初的新文化运动，让男女两性之间的关系变得平等，男女都有追求爱情与婚姻的自主自由。这实在是年轻时代身体有本钱时候的激情。比如胡适，无论在国内还是在国外，都遇到过他自己十分倾心的女人。江冬秀是他想甩而甩不掉的旧式女子。可是现在，胡适怎么可能一直保持最集中、最热烈的状态与心爱的女人朝夕相处，那样岂不将男人累个半死？原先那个他并不用心去爱的女人，却是老妻如宝，他不必花费时间和精力去小心翼翼地呵护，江冬秀却跐着小脚，跑前跑后毫无半点怨言地伺候着他。他对她的态度好与不好，她都不会计较，儿女已经占满她的心。况且，她还一直以为欠着他什么，赔小心还来不及，哪里再会提什么要求？男人到中年，有这样的家庭结构也很不错了。

　　新式女性当初与学养深厚的知识型、精神型男人自由相爱。男人那沉郁顿挫的气质会吸引她。有学养的男人，让她们在仰视中感到这正是与自己志同道合的伴侣。她们对政界、军界、商界成功的男人不感兴趣，认为他们粗率而鲁莽。而知识分子男人，也恰恰以为自己与新式女性的结合是天造地设呢！

　　在接下来的日子里，知识型男人担着名望与成就的光环，实际上内里已十分孱弱。长时间的伏案工作，使他的精力元气都耗在学海无涯的书本里了。人到中年，他有了学术地位和经济保障，可是身体里的无言之痛，只有他知道。陈西滢在想，比如鲁迅先生，肝火太旺，实际上是身体不舒服，总在郁结中，就想骂人了。可也许正是这易怒易躁的脾性，让他敢于写出人所共见却不敢言的中国人的种种弊端和劣根性。这些肝火，倒是玉成了他的文字与思想。

　　陈西滢不自觉地回忆起十年前，也就是1925年北京女师大的那场风波。他没承想这是他与鲁迅这个江浙同乡的第一次正面交锋。直到现在，他仍然认为鲁迅是曲解了他的原意。在1926年的"三一八"惨案中，他痛惜那些手无寸铁的女孩子在做无谓的牺牲。面对荷枪实弹的军阀，在混乱失序的中国，这些女学生手挽着手、肩并着肩，喊口号示威游行，无异于白白送死。

　　陈西滢直到现在仍然认为，在校方与学生发生矛盾时，应该坐下来，双方都能平心静气地讨论，然后去解决问题。如果错在校方，应该撤换校长及学校的主要负责人；如果学生有问题，也应该指出来，不必靠吵吵闹闹来解决问题。况且这样只会把事情弄糟，于解决问题无所裨益。中国人历来是先把声势闹大，弄出血案了，再去同情弱者，谁在低处谁就占有不言自明的道德优势。陈西滢至今无法原谅那些在暗中唆使学生把事情闹僵、把矛盾冲突激化的人。这些人为了所谓的惊醒民心，不惜推着事态往血肉模糊、伤亡刺目的程度走。

"哎。"他叹了一口气。人死了就是死了，再也活不过来了，即使日后你用尽无比哀切的文字纪念，即使逝者的灵前摆满芬芳的蔷薇，但是，那如花的生命已经凋谢。身后的哀荣，与她们又有何干？

写到这里，我停下笔，去翻看了关于陈西滢与鲁迅这场论争的文字资料。我发现，陈西滢的历史形象多年来一直是被误解和丑化的。这和他这个人的看人看事的态度有关系。他15岁就到国外读书，一晃就是十年。他已经习惯了西方万事万物都应该冷静理智对待的态度。"三一八"惨案之后，鲁迅那声声泣血般的《记念刘和珍君》，让人们的哀恸和追悼有了一种表达的共鸣点，而陈西滢还在提倡冷静地分析事件的根由。这种冷静固然可以被解释为冷漠，他也会因此激怒许多人。国人一向是喜欢热烈的反应，无论爱恨，无论于日后的事情有无补益。但陈西滢对鲁迅的犀利，却从来都是甘拜下风的。

在翻看的资料中，发现了一张陈西滢和凌叔华1926年的合影。照片中的陈西滢，眼睛细长，鼻梁高挺，嘴唇宽厚，面孔清癯中带着憨厚。他倒不像一个单薄瘦弱的学者，反倒像一个搞实业的稳重实在人。他脸上更没有长期以来被丑化的奸佞刻薄相。

无论是西学的背景，还是天性中的温良，总之，他认为个体胜过主义，也胜过伦理；而生命是胜过政治，也胜过道德的。这些观念，随后在他对待凌叔华与朱利安的那段恋情处理上充分地表现出来。

他又一次在想，接下来该怎么与叔华相处呢？他娶了个新女性，新女性也是心事重重麻烦多多。他是不是就这样陷在小事里了呢？可人又有多少大事呢？在中国，外敌入侵是大事，死亡是大事。但在这些没有成为事实之前，人总是会在小事上纠缠不清。

陈西滢知道自己刻板、乏味，不解风情；而凌叔华是内心如此丰富细腻的女人，嫁给他实在是委屈了。叔华曾经爱过徐志摩。那是个热情奔放的诗人，可以为女人写许多的情诗。哪个女子能架得住他的情感进攻呢？可徐志摩爱的是静淑娇美的林徽因。他的原配张幼仪，其实是个于风烟处，敢于担当的，有胆有识的女子，他却硬要与她离婚。林徽因并没有与徐志摩结婚，而是嫁了梁启超的公子梁思成。徐志摩命数太浅，1931年死于飞机失事，他的遗孀是风情万种的陆小曼。凌叔华为徐志摩撰写的碑铭是：冷月照诗魂。这人世啊，谁能说得清？

临近中午了，东想西想一阵后，陈西滢觉得自己紊乱的思路渐渐被廓清。

正想到这里，家里的保姆来喊他吃午饭了。他收拾一下桌面，回到家中。

他看到叔华的脸色比清早起来时好多了。他的心放下了。他看到那张美丽的脸，瞳仁闪着黑亮的光，虽有凄怨，却有迷离超然的动人。只是他的兴趣不在女色上面，家里养着这么个如花似玉的太太，他也没办法对她的热烈情感给予回应。他不习惯那些十分强烈的情感表达，觉得在心里有这个女人就够了。久而久之，他的情感和身体都安静了。

他坐下来，思绪仍然没有中断。叔华见他不语，以为他上午太累了，也就没与他说什么，只是帮他盛饭夹菜。

陈西滢现在只想这样安静地生活。他想到新文化运动启蒙下的这一代人，有不少人的情感生活都是如此波澜起伏，但他却不希望折腾。他看着快上小学的女儿小滢，眼前一下子幻化出她长成大姑娘的模样。他有些祈盼老境的到来了。那个时候，所有的欲望、炽热的血都会变冷，人就会少很多麻烦了。他对叔华的爱很深，是抱定不离不弃、厮守到底的信念，这中间无论发生什么变故，他都持守这一信念。当老境来临时，叔华也老了。老了的男女，就成了老伴，成了亲人，只是面对面地坐在墙根晒太阳，说说话。陈西滢喜欢亲情，不大习惯恋情，在妻子与母亲之间，他觉得母亲更让他感到放松和安全。

陈西滢发觉自己沉溺于心事的时间太长了，家里的空气像凝固了一样。于是他问叔华："你最近又画了什么？"她答："正在为《武汉日报》的副刊赶写稿子，作画的事已经放下好多天了。"随后，他又问了女儿小滢学前班的事。

饭毕，他们回到各自的书房，中午就在那里的沙发上小憩。

—— 3 ——
怅然若失

中午躺了一会儿后，凌叔华想，她真得好好作画了，让自己的情绪平复下来。

但她却不想动。

冷空气就要来了。上午的天气还好好的，中午过后，凄厉的风夹着雨，敲打着窗子。树叶一下子落了很多。她蜷在沙发上，用手掖紧了毯子。此刻，她感到，天气如果阴冷，人就会十分无助。寒冷中，她缩着双肩，想要依偎在男人的怀抱里。她想向秩序生活求援，在法定的婚姻里，在平常和习惯中偎靠，不热烈、不狂迷，却很熨帖、很安全。

陈西滢是个好人，但他不懂如何与女人相处。

她有时常常觉察到自己在情感上太过奢侈了。这个世界上有多少人吃穿都成问题，哪里会有这么多闲愁，这么多自寻烦恼的问题？自己的确是个富贵闲人，总是把自己包裹在情绪、感觉的虚无氛围里。因为她是个写作的女人，她只能活在自己层层叠叠的心事里。她想到了其他写作的女人，那个比自己小4岁的丁玲，早在1928年就发表了像火一样激情迸发的《莎菲女士的日记》。她爱男人，又恨男人，眼角的那滴泪，可以变成滚滚烈焰。女人的积怨和愤慨，泼辣和大胆，对性苦闷的反抗，直让人惊骇不已。她的性情带着湘女的多情与暴烈，她肯定会走向革命，走一条崎岖而多彩的路。可凌叔华知道自己不是她那种类型。她没有丁玲的那份决心和勇气。

她又想到了冰心。她们是同一年出生的，是燕京大学的同学兼闺中密友。此时此刻，她仿佛看到了冰心脸上那恬淡沉静的光。那光是如玉般温润的良善，善是和煦的，羞怯中有着满意与感谢的神情。冰心依偎在高大而爽朗的吴文藻的身边，娇美幸福极了。她的善是长在心里的，像菩提花。单纯明净的心是土壤，母爱的旋律是和畅的蕙风，不起狂飙，不起挑剔、扩张，更不可能有攻击的危险性。

凌叔华一边想着，一边坐起来，让自己坐偎在沙发上。她不能是完全平躺在那里的姿势，人如果完全放松，赖在一个地方不起身，会有堕落感。

她在想，自己是既没有丁玲的大胆不羁，也没有冰心的婉约雅驯。她常常有着突破的企图和复杂的幽怨。后来人们在评价她时，说她是"女权主义的先锋，因循守旧的闺秀"，不无道理。

凌叔华索性从沙发上起来，她得让自己振作一下。她走到画案前，铺开宣纸，她要画一幅淡泊空远的中国山水画，以冲缓自己浓郁得化不开的情感。可是，她无从下笔，脑海里满是朱利安那张笑意真诚的脸。她的精神不能集中。她得找个人说说心里话。此时，千万不能去找朱利安。她想到了苏雪林。她心头的秘密和矛盾，可以放心地告诉苏雪林，她能守住全部的秘密，也有见地，帮着分析一下她接下来该怎么办。

凌叔华在紫色夹袍外添了一件毛衣，往苏雪林家走去。她们住得不太远。慢坡连着珞珈山，平坦一些的地方建有教学楼，那楼的建筑风格是中国传统式的。楼顶是长圆形绿瓦嵌砌着鳞状排列的屋脊，楼与楼之间由曲折回廊勾连衔接。稍微高一些的地方，散落着一些教工住宅和学生宿舍。扒开树丛，是台阶小路。

凌叔华走在一级级石阶上。此时，那些丹桂树依旧在晚秋散发着最后的馨香。风吹得紧了，米黄色花瓣在风中有些飘零，她深深地嗅着，觉得郁闷一扫而空，心情变得愉快起来。

苏雪林在家。她比凌叔华大几岁，长得很美，但不怎么修饰自己。此时她在武大教授中国文学史和世界文学。另外一个女作家袁昌英，也从英国硕士毕业，在武大教授现代戏剧和欧洲古典戏剧。这三个才女，成为武大一道独特的风景，被称为"珞珈三女杰"。

凌叔华坐在苏雪林洁净无比的房间里，她的单人床上那白色的被罩和床单，都是熨烫过的。她的屋子给人的感觉是安详与冷谧。一个女人只有想清楚了该怎么度过自己的一生，在可以摆脱浪漫而磨人的性别关系的困扰以后，才能有这种宗教般的安详与淡定。凌叔华知道，苏雪林1925年从法国留学回来后，她听从生病的母亲的安排，走进了一段没有爱情的婚姻，婚后两人长期分居。1931年苏雪林来到武大任教，现在是一个人过日子。

想到这儿，凌叔华就不怎么提朱利安的事了。你看苏雪林，一个没有家庭、没有男人依偎的女人是多么强大和勇敢，自己怎么就不行呢？她转而开始对苏雪林说到自己新近写的一篇小说《无聊》。她写了一个叫如璧的已婚女子，她领受了新思想的洗礼，生出了家是怎样限制一个受过教育女人的种种感慨。她问："一个好好的人，为什么要给她戴上一个枷锁，为什么要将人像猪一样养着？"她愈想愈觉得无聊，她离开窗前，重重地倒在一张藤椅上。外边的阴雨，让她觉得烦闷之极。

苏雪林望着女友那双美丽的眼睛，她曾经评价这双眼睛有迷离而恍惚的动人，那里有诗人般的梦幻，她说她喜爱叔华的这种神情。

她已经看出凌叔华有大的心事。她说："你啊，虽然画的是中国山水画，可你的性情和形象，都更像西洋油画，那里是层层叠叠的丰富和团块一样浓墨重彩的丰富。我和你不一样。我已经习惯了一个人平平静静地生活，如果有个人在我身边晃着，我反倒不适应。而你的故事，应该说还没有正式开始。你这么美的女人，是故事让你掂起了笔；又因为你掂笔，故事到来时，你注定无法掉头离去。"

她真是冰雪聪明啊！凌叔华觉得她就像一个女巫一样看穿了她的所想，预卜了她的未来。苏雪林有清醒的判断力，日后她的确是在写作了小说《棘心》以后，又写了许多有独特见解的评论文章。

讲了些闲话，她从苏宅回家。

话说在朱利安讲授英国戏剧家莎士比亚的课堂上，系主任夫人凌叔华前来听课。在娘家时她曾经跟著名的辜鸿铭学习过英语，现在听英语授课完全不成问题。

凌叔华在最后一排座位坐下。朱利安早已瞥见了她。他的讲课愈发激情澎湃。

凌叔华很认真地听讲，并且奋笔疾书地做着记录。谁也不知道她的脑子在走神，面前总是晃动着两张面孔。一张是丈夫陈西滢的，那里虽不乏诚恳，但总是有着拘谨和严肃，一般来讲是喜怒不溢于言表。另一张则是朱利安的，有些莽撞冲动，却是热情奔放、活力四射。一个是冷的，一个是热的；一个是法定的丈夫，一个则是一次次向她表示爱慕的年轻男人。她完全可以断然拒绝朱利安，不跨出秩序生活半步。但她却是多天处在矛盾的煎熬中。或者可以这么说，如果她有矛盾，这其实已经表明了她的态度，那就是她对朱利安无法抗拒。

铃声响了，第一堂课下课了。老师和学生很自然地可以聊上几句。朱利安悄声对她说，下午到东湖散散步吧。她点头应允。

午饭过后，他们各自从家门走出，走到学校西边通往东湖的一个侧门会合，然后一起沿着湖岸走着。

好大的一片湖水啊，浩渺的湖面，似乎看不到边际。风仍然吹着，阵阵涟漪涌出白雪般的浪花。水上有帆船，正在往岸边泊靠。

他们散步的湖边小道旁种着整齐的水杉，那枝干亭亭玉立。凌叔华看了一眼朱利安，他穿着白色衬衫、黑色西裤，天冷了，他还是没添衣服，只有气盛血旺的年纪才敢穿着这样单薄。她已经穿了夹袍，还添了毛衣。她突然有些懊恼起来。

一阵秋风，又一场秋雨，一年就要过去。尤其女人，那不可抗拒的衰老正慢慢到来。她应该做好充分的思想准备，让自己在平和、体面中度过晚境。她突然发觉自己怎么这样消沉，怎么这么简单地就承认被时间打败了？

这时她听见朱利安问："凌，这几天你想念我吗？"她说："不是想念，是想过。想过我比你大八岁呢！我们在一起不合适。我喜欢做个依偎的人，并不想做一个处处要关心照料弟弟的长姐。"凌叔华发觉，自己要过年龄这个坎，不如先以攻为守，把话题点破。但凡女比男大的恋情，总是男方更热烈更主动，女方更消极更被动，否则，女方就会认为自己成了诱拐者。

朱利安急了："凌，我早就说过你是个吃了仙草的永远不老的东方美人儿。我才看起来比你大呢！我是你的大哥哥、小爸爸；你是我的小妹妹、乖女儿。我第一眼见到你就是这种感觉。这感觉永远不变。真正的大男人不会一味崇拜青春，街上到处是水灵可爱的少女。但是那从里到外都散发着无边魅力的女人，才是人间极品，是少之又少的。谁遇上了，谁都难以放下。"

他这一番急切的表白，还是让凌叔华感到了温暖。

他们慢慢走着，湖边几乎看不到行人。

两性之间，如果已经明确表达出了彼此的情愫，接下来的交往反倒变轻松了。现在，他们开始交谈起写作。先前，凌叔华曾经交给朱利安自己几篇译成英文的短篇小说。朱利安这时找到了新话题，对她说："你的小说我看过了，非常好。你的短篇，可追俄国的契诃夫，不长篇幅，寥寥几笔，就刻画出人性的奥秘。"他又夸赞她像英国的女作家曼斯菲尔德，文笔灵动，才华卓越。

凌叔华被他夸得不好意思了。她低下头，捏着衣角，此刻就像一个听了老师表扬的羞怯娇美的小姑娘，心里比蜜还甜。她又想起了丈夫陈西滢，他可能是太有学问了吧，他对谁似乎都看不上眼，对她的创作也多是挑剔，从不夸赞。她在陈西滢面前总是自卑，觉得自己在文学方面一无是处。而朱利安对她则有着那么多的也许是恭维之词，可女人最爱听这些话。天下颠扑不灭的真理是，若想掳得美人芳心，你尽管无条件地赞美她就是。

随后，朱利安向她讲起自己的姨妈伍尔夫和她的小说，又讲起自己的画家母亲范尼莎。他和母亲的关系是无话不谈的朋友。他与凌叔华的恋情，他在信中也悉数告诉了母亲。他发现凌叔华总在听他讲话，觉得自己话有些多了，他说他很想听她讲自己奇妙的大家族的历史。于是，凌叔华向他讲起了自己的父亲，那个做过京城直隶布政使的人。她讲起了自己那个像迷宫一样院落套院落的大宅子。她的父亲有六房妻妾，她的母亲是第四房。

凌叔华说母亲是广东番禺人，虽是养女，却受过很好的教育，是个知书达理的、有见识的女子。父亲到母亲娘家做客时，见到她健康、明亮的神韵，非常动心。旧社会，男人有权势，纳上几房妾是再平常不过的事。父亲是爱母亲的，但母亲只生下她们姐妹四人，没添男丁。父亲后来又纳了两房妾。

在这样妻妾成群的后院里，女人们之间争宠的内斗总在进行。但众姐妹之间，又依秉性或近或疏。比如母亲与后娶进来的五太太能说到一起，互为知己，姐妹情深。三太太刁蛮一些，在青楼待过，风尘味较浓。她和五太太争吵的舌战总在父亲回家时升级。如果父亲不在家，女人们反倒可以相安无事一些。除了大太太，其余都是妾，妾的贵贱，也都依是否添了男丁为标准。常年陪伴在父亲身边的是六太太，她更年轻、更鲜艳。父亲老了，对她有另一种肉体的迷恋。

朱利安这个年龄，荷尔蒙正旺，听中国这些旧家庭妻妾们的故事，性腺激素亢奋，禁不住燃起了自己内心的火。他说："这真是写作的原创题材。你不用多进行文学加工，只是用白描手法将这些如实叙述出来，就是上等文字了。纳妾是一种有特色的家庭现象，表现了中国人喜欢家族血缘的延续、人丁的旺盛。西方少有纳妾现象，这不是说西方男人不花心，而是说，他可以不把女人娶回家，但他遇到可心的女人，是一定要和她过甜蜜日子的，哪怕这只是一个生命阶段。否则，那乏味的生命该何处安置？"

朱利安用热切的眼神盯着她，接着又说，英国在维多利亚女王时期是太过禁欲了。女王年轻时就开始守寡，她把无尽的悲痛都转化到严肃、克制的统治风气中。她一身缟素，不喜鲜艳的衣裳，她每天都是从卧室到桌前，勉力工作，让工作把自己空虚的时间占满。她没有男人，也就不喜欢天下的女人有那邪邪的飞眼，不喜欢生命过于活跃而将世风引向歧路。她的治下，英国的经济是繁荣的，军事是强大的，但过于规矩和守成，使民众丧失了人性应有的活力。维多利亚女王之后，英国出现了劳伦斯等一大批丝丝入扣描摹人性本能等自然属性的作家，这应该是对人性桎梏所做的一次文学反动。

朱利安非常能侃，他就像在台上给学生上课一样，一口气讲了很多，凌叔华就像一个求知欲强烈的女生那样专注地听着，她也的确受到了不少启发。

不知不觉中，他们已经走了很远的路，东湖的远处，影影绰绰中，磨山就快要到了。凌叔华走得满脸通红，可她一点儿也不觉得累。但天色向晚，回去还有一段路程，他们约定下一次去磨山看看，于是便往回走。

临近校门分手时，朱利安没有再对她说亲昵的话，凌叔华心里反而有了一种怅然失落的感觉。

—————— 4 ——————
身体为什么总在背叛灵魂

天擦黑时，凌叔华在校园里走。她总是想看到朱利安住所的灯光。如果灯是亮着的，她的心里会非常甜蜜和温暖。

一切，都自然而然地发生了。

那一次，在朱利安的住所，凌叔华和他正坐在沙发上喝茶聊天。猛一下，朱利安起身，从后边把她拦腰搂住，他的胸膛似乎滚动着春雷般的吼声，她很自然地横躺在他的双臂里，闭上眼睛。渐渐地，泪水涌出了眼眶。

她知道，从此她将接受一种双重生活的烤炙。她迈开双脚，已踏上歧路，并且会越走越远。她明明知道前路危险，却为什么感到一种欢乐的旋律在冲撞心脏？

他用舌头舔开她的眼睛，她看到了满山遍野的花朵，在金色的阳光下灿烂地开放。他为她拂了一下散落在面颊上的短发，说，英国有一种鸟儿，它的寿命很短。人不也是这样，只有一季的时间吗？人要适意、畅快地活着，哪怕这时间很有限。

朱利安似乎看透了她剧烈的思想斗争，接着又说，男人和女人的感情只有在他们没有找到最爱时才是忠诚的。

这些话，让她找到了一种解脱的理由。

几天里她都处在恍惚中，原来计划要做的事都搁置下来。已经有了让人如此眩晕的飞翔，应该安心做事了，却又不知道怎么开始去做。她总在回忆他们在一起的日子。她望着朱利安住处的灯光，很想冲上去找他，但最终按住了——不能由着性子这么冲动。

　　她常常想和他见面，却又克制着。她常常想很长时间与他待在一起，那如浓酒般醇美的情感让她如登仙境，不愿起身离去。她喃喃地说：不要回到现实，不要回到现实。她的现实其实并不怎么糟糕，陈西滢依旧花很多时间在读书和教学上。她本该对有追求的、为知识为专业领域奉献出全部精力的人生出由衷敬佩才是。可当一个活生生的具有欲望和感情的女人，只是守着一个纪念碑式的让人肃然起敬的男人时，她发现了自己的不满足、自己无端的烦乱。

　　她常常觉得自己的血太过滚烫，为什么没有平静冷谧的蓝色，而是这样火红？这是一种无耻。她觉得自己是个无耻的女人。但她真的需要一个可以让她很放松地说些私房话、可以拥吻和搂抱的男人；她不需要那花大量时间在书桌前，在学也无涯的文字里，可以留给历史，却不属于女人的那种冰冷的纪念碑。

　　她和陈西滢的肉体已经分开得太久，几乎不习惯任何身体间的触碰了。每晚陈西滢都会在她睡熟以后才到床上。他在回避，他不想与她有任何的性爱生活。这不是因为他有别的女人，而是他自己完全没有这方面的要求了。凌叔华常常会很人道地想，如果有别的女人可以唤醒他生命的热情，她完全可以理解。

　　月光照进屋子里。凌叔华看着陈西滢书房门缝透出的光，一直在想，文人、知识分子，他们在精神领域的高端劳作，把自己的精元之气都献给了案牍、书斋。他们在做的是提升人的向上部分；时间一长，那向下的部分就给覆盖住了。对于人类，白天的生活需要向上的文明；而男女，在夜晚，最深入的部分，则需要放荡的言语和行为。你可能会说这是无耻。可人就是这样的。人的心，有时候会像乌云一样阴暗，像月光一样虚幻。

她问自己，明明知道献身精神生活的男人令人敬重，自己为什么不能心生怜悯，因此牺牲掉自己的种种欲望呢？陈西滢人很好。可往往女人离不开的男人，不是因为他的好，恰恰是因为他的坏。

她回想起自己的这段婚姻。她向来是以文学上志同道合的挚友来接受陈西滢的，他们之间向无热辣辣的男女之情。那时她很年轻，她写小说，他作评论，他是她的文学引路人。她读到过他优雅独到的文字，她赞叹不已。梁实秋评价说，陈西滢笔下如行云流水，有意态从容的趣味。她的女友苏雪林也称赞他文笔晶莹剔透，更无半点尘埃绕其笔端。

女人年轻时，大多对精神化的男人特别有好感，尤其对写出葱茏劲拔文字的男人，在敬仰中，不知是为这个人所迷，还是为他的文字所迷。

凌叔华回忆起结婚初衷，似乎意识到了问题，他们之间没有那种迷醉不醒的欢悦。她曾经写信给好友胡适，谈到与陈西滢的婚姻时，语气甚是含糊，全然不像一个新娘子喜气洋洋的憧憬，她说："这原只是在生活上着了另一样色彩，或者有了安慰，有了同情与勉力，在艺术道上扶了根拐杖。"

她想，其实陈西滢应该知道她并不一定是个合适的妻子。1925年她的成名作《酒后》发表，她写的就是一个心生荆棘之火的女人的潜意识。小说写了一对夫妻与朋友聚会。朋友醉酒后躺在主人的沙发上睡着了。这妻子对丈夫说："你看他睡着的样子多可爱，我真想吻他一下。"

　　她在想，自己生活的天地实在是太狭窄了吗？怎么只想到这些暧昧的心思？她知道自己的心并不宁静，那些烦闷、空虚、无聊，都是一个无心安于家庭的女人想要冲出去的前兆。如果不是像她这样的，而是更贤淑本分的，该生出多少的满意？嫁了教授这等好人家，从此吃穿无忧。可她不是。

　　深夜到了，陈西滢仍然在书房里。他究竟在忙什么？他早就对她说过他对女人并不感兴趣。说这话时，他的口气里充满着骄傲。那意思是，看，我够道德、够言行有礼了吧，绝不沾那些龌龌龊龊的花肠子事。她当时听了只觉得别扭，心里像是憋住了什么。现在想来，他说这话真是又解气又解脱。他说他对女人不感兴趣，他同时对身边这个法定的妻子也可以不感兴趣。他不是那种色迷迷对女人垂涎的好色之徒，他因此是道德的、高尚的。

　　凌叔华翻动了一下身子，捂住了自己发烫的面颊。那么，她可能是不道德的，因为她在怨恨。他们夫妻两个虽是并排躺在床上，他却很少碰她。生了女儿以后更是这样。因为没有后续，那触碰有何意思，岂不是自取其辱？他不知是因为更多的工作导致他身体弱，还是因为身体本能的减弱已成事实，他需要用更多的工作来掩饰？他是稀薄，她则是强烈。他身边放着一个如花似玉正值盛年的女人，他很少会用喜滋滋的眼神盯住她看几眼。他传递的信号是，我是责任感极强的、勤勉工作的男人，这难道还不够吗？接下来的潜台词是，只有那些心思阴暗、不守妇道的女人，才会对这样的男人不满意。

　　是啊，他们是一对让人羡慕的夫妻，几近神仙眷侣。或者是因为她的心与身被掀动了，掀动了压着的沉重石板，她知道了阳光的明媚。原来内部那草丛中，有蛇一样热辣辣的欲念在乱窜。她掐了一下自己。她恨自己，烦自己。但她同时恐惧。那些干枯的纸页，能代替男人粗重的呼吸？那些名望，与己何干？

1935年整个冬天，凌叔华与朱利安的关系在逐渐升温。

1936年元旦刚过，他们俩商定到北京去待几天，是分头行动的。凌叔华借口到北京看望一个生病的老朋友，先坐上北去的列车。只短短分开几天，凌叔华仍然写信给朱利安，描摹她沿途所见以及自己的心情。她说她看到的华北平原，树枝光秃秃的，与嶙峋的山峰相匹配，远山上有隐隐的散落的棚屋，近处的河水都结了冰，河面上泛出柔光。冬天的风，静静地吹着平原上残留的莹白的积雪和枯黄的干草。

擅长丹青的凌叔华像描摹一张图画那样，在勾画那美的景致，以及自己复得返自然的舒展心情。她和朱利安的关系，即使是像飞蛾一样扑向火焰，即使是焚烧成灰烬，她也认了。

她的这封信连同致朱利安的其他信件都有案可稽，目前保存在英国剑桥大学的现代档案馆里。

在北京的这几天，凌叔华没有去看老友冰心。她很想念她，却没有见面。冰心的生活稳定幸福，不像她心里这么骚乱不安，她不想因此而照见自己的种种不是来。

这是1936年初，这是即将到来的漫长残酷岁月的前夜。这前夜，寂静无比，那随后呼啸的子弹和遍野的哀鸿，都暂时隐匿在这寂静的深渊里。

凌叔华与朱利安在故宫旁边的护城河畔拥坐着，看天上暧靆的云层里，月亮渐渐地升上来。朱利安不知，可凌叔华心里知

道，那乱世的蓬蓬衰草正覆盖在山峦、路径和人的心中。在这让
人想要沉溺不醒的寂静里，在那想要宴享生命的糜烂企图里，也
许正隐藏着巨大的悲剧真相。在即将到来的死亡面前，生命何其
短暂和微弱，又是何等的让人眷恋与珍惜。此刻，无论做什么，
只要是你感觉到在品尝、体味、领会这活着的种种滋味，它都被
上帝允准。

凌叔华与其说是处在甜蜜里，毋宁说是处在无边的疼痛
中。她一直在问：身体为什么总要背叛灵魂？她已经思想斗争
了很多天，即使仍然在斗争中，还是义无反顾地与朱利安展开
这段恋情。

也许别的女人看着生命顺流直下，看着生命的苍老和衰败，
认为那是自然界最平常不过的事情，她们会躲开强烈感情的撞
击。可她为什么会遇上一个让她明知道有毒却又放不下的故事
呢？她像是吸食鸦片，越往前走越被吸引；每次回过头来，又有
虚脱一样的难过。可是过了几天，她又会想他，又会放不下。他
是什么样的男人，竟让女人这样难过着，情绪却又始终蓬勃着。

在北京，他们一起参观颐和园、故宫、天坛、圆明园遗址，
还有凌叔华娘家作为陪嫁送她的史家胡同的一个宅子。他们在一
起，会没遮没拦地聊天。她追问朱利安以前的恋情。这个登徒
子，他用西方人特有的自由理念对她说：每个与他有这种关系的
女子都说他好，都忘不了他。那些躲在他怀里的女人像猫一样睡
着了，那是毫无戒备的满心信任。凭本能她们嗅出他的可信赖。
他迷恋那芬芳的肉体，认为走到他身边的，都是与他有缘的，都
是他最心爱的。他们彼此馈赠着欢悦，而不是受蹂躏的屈辱。如

果她们老了以后还有记忆，他说她们会记住曾经有过哪怕是短暂的肌肤之亲的男人。因为这个男人曾经给过她温暖和尊严。

凌叔华听到这里，几乎要崩溃了。她几乎认为自己是迎接到了一个立于废墟之上的男人。这个男人的灵魂粗粝而复杂，是天地间不受任何羁绊的、铺天盖地的自在，如风一样，在时间的冷峭寒冽里，发出自己浓烈的生命宣言。如果没有极其强大坚韧的神经，听了他的这些话，几乎是要疯掉的。她为什么要问，他为什么要答？他们两个都是不可理喻的天下第一等的怪人。走向他，就是走向风险、坎坷与绝望。常常，她在绝望中想要更紧地靠拢他。她知道，从此，那些古典文人的淡泊写意将会被令人震撼的斑驳现实所取代，她很难在自己的象牙塔里，去思纯粹、思终极了。

这天下午，她很难过，发现自己几乎是过不去这个坎了。在他们共同飞翔的时刻，她情不自禁地说自己永远也离不开他了，即使他有别的女人，她说离开以后会伤心欲绝。她在啜泣中，会紧紧搂住他的脖子痛哭。哭，表明了她的原谅。但这都是假设，一旦他亲口说出他的艳遇，即使那都是过去发生的事情，她仍然有轰毁一般的感觉。这个世界，真是一物降一物啊。陈西滢拿她没办法，她又拿朱利安没办法；她折磨陈西滢，朱利安又反过来折磨她。她就像被放在了砧板上，漫漫长夜，一个人在空白和孤寂中难过，跨界以后寻找到欢悦过后也是难过。她在质疑欢悦，质疑的不是它的短暂不可靠，而是质疑它是否获得了正常性与充足理由律。越过秩序的栅栏，却在跃身而起时，眼瞅着面前那巨大的缝隙要将自己吞了去，这是灵魂的分裂。

一个女人，当她迈出违背一般伦理秩序的那一步，她的心无时无刻不在悄悄地滴血。

—5—
选择

陈西滢已经知道了凌叔华与朱利安的恋情。

他在内心的纠结中挣扎。他要求自己先要冷静。或者说他希望先有个冷静期，把此事先放一放，不要忙着在激烈情绪中做决定。要看事态的发展，让时间将它还原。

这一年寒假，他对凌叔华说母亲生病了，他是长子，应该陪护身边。于是，整个假期，他都在无锡老家度过。

连日下着雨。阴湿中，院子的马厩里传出牲口混杂的气味。越过低矮的院墙往外看，田野里一派萧瑟，在雨中更显凄凉。

这正像他的心情。他常常觉得内心一片荒凉，他不想告诉任何人，也知道不必找人去分担，这是他改不了的抑郁型气质。

他坐在窗前，从不抽烟的他此时为自己点上一支烟。坐在自己从小生活过的熟悉的屋子里，他仍然觉得陌生。从15岁离家，去国离乡，羁旅在外，多少年来，他没有在这里好好住过几天。现在，他遇上了一生最棘手的事，才发觉这里才是随时可以收留他的去处。

他望着窗外连绵的雨水，有一刻心头甚是茫然。正是在这茫然里，有一个声音告诉他，人一辈子很快就会过去，转眼成空，成这苍茫烟雨的一片。惯性、平静，这是在他脑海里跳跃的几个关键词。日子就这么平静地走着，无悲无喜地走着。在这多事之秋，是多么奢侈啊。他已经不再想有什么变动，一切变动都让人觉得麻烦。

借着这次返乡，在远离尘嚣中，他正好可以回顾一下回国后这十几年的是非恩怨，也连同对自己的所作所为，做一次理智的清理。

对，是需要理智地看待一切。西学的教育背景和文化浸润，在他的行事原则里，见人见事显然同别个不大一样。别人认为过不去的，非要欲生欲死地闹腾，他认为真不该这样。比如那年的事件，他仍然认为不该让赤手空拳的学生上街去碰荷枪实弹的不讲理的北洋军阀。那些他"素来很尊重的人会暗中挑起这场风潮"，他只能为之"可惜"。他只是用了"可惜"这样温吞吞的字眼，却惹来那么多麻烦。无论鲁迅怎样对他，他后来撰文评价鲁迅，言词间只是带着无奈，仅此而已。

这一次，陈西滢不无痛心地想，他为自己的冷漠正在付出代价。叔华是他所爱的人，可他不知道怎么去爱。他平时对她关心不多，鼓励不多，只埋头在自己的书本和文字里。她这一次是在提出反抗。夫妻之间，哪里有是与非，只有舒适与否。有一方感到不舒适了，就会起各种矛盾。现在是他咎由自取的结果。

西学的好处，在关键时刻体现出来了。陈西滢虽然在愤怒时心底也会有莫名的怨恨，并带着冷眼。但过些时间，他会反省，首先是自我反省，而不再有中国传统大男人那种"只许州官放火，不许百姓点灯"的偏执。他不会对凌叔华不依不饶、大加挞伐。

这不是他高姿态。事实是，她身上有许多优秀的东西，美丽迷人，温柔善良，谦逊爽朗，并且勤劳、有才华。许多不相干的天赋异禀，在她身上都有体现。对这样有魅力的、很少见到的女人，谁都拿她没办法。你可以不爱她、离开她，过后自然有人爱她、走近她。她不是一般的女人，她怎会缺男人爱呢？而自己，则不能想象她从此不再是自己的妻子、自己的家人。

他承认自己有叔华难以忍受的地方。

他有自己的难言之隐。知识在他面前矗立成一座高山，而生命在这高山面前，越发显得渺小孱弱，连呼吸都是稀薄。他不是不爱女人，而是身体让他在女人面前感到自卑。从理智上说，他绝不会选择离婚。因为一个女人已经知道了这个秘密，还有必要让别的女人再知道吗？他不想拆散既有的，因为他从不奢望建立新的。这就是他在婚姻上采取惰性主义原则的隐曲吧。

他突然想起许多年前，他与相交甚好的朋友胡适一起聊天时，胡适曾列出过一长串世界不婚伟人之名单，这在他的日记里有载，这些人是：笛卡尔、斯宾诺莎、康德、霍布斯、洛克、牛顿、亚当·斯密、伏尔泰、吉本等。

这些人在精神的高蹈中去思索人性，探索历史的幽微与奥秘。他们对文明世界越有贡献，他们的灵魂越壮阔，他们的肉身越可能孱弱，离自然本能越来越远。面对女人，他们无能为力，也不起渴望。放弃婚姻，让他们感到更妥帖、更少烦扰。这大概是上天的安排吧。

　　陈西滢知道，老友胡适年轻时在美国康奈尔大学读书，教授的女儿韦莲司曾对他有深深的吸引力。后来他顺从母意与不识字的江冬秀完婚。他没觉得不好，在给母亲的信中这样写道："今日女子能读书识字，固是好事；既不能，亦未为一大缺陷。""吾见能读书作文，而不能为贤妻良母者多矣。"陈西滢后来也看过胡适1918年夏在北京女子师范学校（即前文"北京女师大"之前身）的讲演文字《美国的妇人》。胡适的女性观不知是落后还是进步，他说："近来的留学生，吸了一点文明空气，回国后第一件事便是离婚，却不想想自己的文明空气是机会送来的，是多少金钱买来的；他的妻子要是有了这种好机会，也会吸点文明空气，不至于受他的奚落了。"

　　想到这里，陈西滢不禁苦笑了。窗外，雨渐渐停了。被雨水冲洗过的院子显得十分干净、清爽。他继续想：有些事情真是风水轮流转，不知到谁家。当年胡适娶一文盲女子，大家都替他惋惜，以为两人实在是不般配。没承想，文人的风光只是那短短几年的青春年少。及至中年，他毛发颓损、体力衰残；反倒是那不识文断字的妇女，身手矫健地在家中操持不停，一应事宜，给料理得井井有条。

　　胡适有心脏病，里里外外，全靠江冬秀支撑。这样的女人即使身强体健，也不会对文弱的过于精神化而本能差强人意的丈夫提出任何正面质疑。她如果有了身体的骚动，也认为是自己不贤淑、不正派，会自觉把这些萌动压下去。她不会对丈夫有任何暗中的责备。她此时会将所有的精力都投放到儿女身上。儿女大了，自己会常去寺庙烧香念佛，过得满意之极，一辈子都庆幸嫁了好人家。胡适与江冬秀真真也就做了长久的感情深笃的夫妻。

偏偏，陈西滢当年是如此风光被人艳羡地娶了才华横溢的豪门之女凌叔华。

现在，他与叔华的婚姻出了问题，他该怎么决断？一离了之，最简单，但他不愿意。他为什么要离婚？离给别人看，才不呢！日子是自己过的，干别人何事？自己如果是理智的，就知道自己在愧对一个如花似玉的女人，一个有血有肉、有着细腻丰富情感的女人。想到这里，问题就很清楚了。叔华还没有到安静的阶段，她如果要闹，就让她闹好了。她很快就会闹完，就会平静，就消停了，日子仍会按照正常的轨道走。她不可能嫁给朱利安，这是结局，必然的结局。把最后的答案想清楚了，他很快调整好自己的思绪和判断。到处是兵荒马乱，为什么要雪上加霜，毁掉这桩婚姻、这个家呢？叔华还在茂盛葱茏之年，她注定得过这个桃花劫，她不这样，会怨恨。但她很快就会闹完的。

陈西滢深深叹了口气。

他是真心盼着老境的到来。

他甚至带着可惜而不是怀着歹意，去预测凌叔华与朱利安两个人关系发展的悲剧性。这时，他不仅得到解脱，而且有了一种居高临下的悲悯。

寒假过后，陈西滢如常返回武汉。

—— 6 ——
绝望的温柔

1936年的春天到来了。在珞珈山，在武大校园，樱花烂漫，弥漫着阵阵清香。

樱花的颜色是桃红中带着粉白，花瓣比桃花要大些，当花朵盛开时，却有着素雅的灿烂，满得看不见树枝，好像要把全世界都占据。但它的花瓣却是薄薄的，如丝绸一样。樱花的花期很短，有一阵风，有一阵雨，吹落一地花瓣花蕊。层层的桃色，有飘零的古意，让人不由得生出伤春的感怀。

这像极了那乱世、那令人忧虑的1936年的时局。

这一年，中国，乃至全世界，都笼罩在一片肃杀的氛围中。

世界大战炮火连天，觊觎中国已久的日本人，野心勃勃，随时准备对中国展开全面进攻。

乱世中活着的人，该怎么办？

清新的春晨，凌叔华一个人走在满地落英的珞珈山小路上。风从身边吹过，杜甫当年吟乱世感伤、山河破碎、生灵悲苦的诗句不断在她脑海中浮现出来："穷年忧黎元，叹息肠内热""烟尘一长望，衰飒正摧颜""牵衣顿足拦道哭，哭声直上干云霄""新鬼烦冤旧鬼哭，天阴雨湿声啾啾""荣枯咫尺异，惆怅难再述"。

她望着满地飘零的绚烂樱花，有一种寂灭中华光满天的怅然。

她和朱利安依旧保持着来往。

她推不开那个迎面向她走来的高大的、英俊的、对她说着甜蜜温暖话语的朱利安。他发出的爽朗笑声，将她引入迷醉之谷。如果上帝要惩罚她，她甘愿受罚；如果陈西滢要离婚，她就像苏雪林那样一个人过活。况且她还有一个女儿，她找一个教职，可以把女儿养大，自己会很好地活着。

那时的人，不大会将这些事作为茶余饭后的谈资。每个人都有自己棘手的事，别人怎么样，那是别人的事。暂时的，她和陈西滢在疏离中又保持着和平的相处。没有谁去大吵大闹。他们平时都有各自的书房，书房搭有小床，中午可以小憩。间或的，读书熬夜太晚，也会在那里宿上一夜。现在，他们似乎更用功了，熬夜更多，那小床的利用率也就更高了。他们心照不宣的是，先不要去直接触碰对方的痛处，也不对这目前的局面做决断。等一等，再等一等，就像这晦暝不清的时局，需要时间对前面产生的问题做回答。

凌叔华发觉这半年来，她似乎赶着把自己的恋情演绎得充分而饱满，她仿佛要把自己一辈子的事做完。否则，就没有时间，就来不及了。这"千村万落生荆杞"的乱世，让人每天都担惊受怕，人随时会死掉，也许就是明天早晨。如果这样，谁能阻止生命在今天可能感受到的哪怕是瞬间的欢悦？正是乱世，让人知生命何其短暂，又是何其珍贵。在这最深重的苦难中，在这生命个体艰难的挣扎与选择中，她已备受道德的煎熬，但是比起可能随时必死无疑的真相，她想，她将自己放过自己。她对自己做过的事情，绝不后悔。如果让她即刻去死，作为女人，她已死而无憾。

她嗅着樱花的清香，突然有了一种解脱般的淡定。

她早已预知与朱利安这段发生于乱世的恋情，一开始就带着悲剧的色彩。让生命如此恣意地感受在世的舞蹈，这仿佛是对未来不可知命运的提前预支。

转眼，秋天到了。

珞珈山的秋景更美，银杏树和桂花树都开了花。金黄色的叶子扑簌簌落在地上，踩上去，有脆脆的响声。

是年10月，从上海传来鲁迅先生不幸去世的消息，令凌叔华心情悲痛。她在沉沉的夜色里坐着，独自在心里哀悼。虽然鲁迅与陈西滢之间有争执，可鲁迅对凌叔华的创作有过不俗的评价，凌叔华把这评语几乎都背了下来。鲁迅评她的小说："适可而止地描写了旧家庭中的婉顺女性，使我们看见世态的一角，高门巨族的精魂。"

这话让她感到久久的温暖与感动。她所写的都是些小题材，不被人看好，自己也常常觉得没信心。鲁迅先生说她写出了"高门巨族的精魂"，这是多么高的评价啊！凌叔华在这个秋夜，默默地为鲁迅先生燃上一炷香，祈祷他灵魂安息，在天国不再那么劳心伤神。

不久，凌叔华又听到丁玲从上海监狱出来投奔延安的事。她很佩服同样写作的丁玲那种闯荡天下的性格，但自己的性情与她还是有大的差别，她做不出丁玲那样的举动。

1936年底，张学良囚禁了蒋介石，"西安事变"发生。

1937年7月，日军挑起卢沟桥事变，发动全面侵华战争。

与此同时，遥远的欧洲由于纳粹德国的崛起而战云密布。

身为国际主义战士的朱利安，本来就是热血男儿，此时已按捺不住内心的沸腾，他决定离开中国投笔从戎，前往西班牙，加入到反弗朗哥独裁统治的战斗中。

当朱利安把这个想法告诉凌叔华时，她非常难过，心里感到深切的绝望。

她命中注定要遇上一个走极端的男人。

她早就知道她和朱利安的关系不可能终生相守。但她也没想到他们之间会以这种方式、在这么短暂的时间里结束这一切。

这个男人，与其说是告诉她想法，毋宁说是告诉她决定。这个男人，心已飞向远方。他早已迈开双腿，在枪林弹雨中奔跑。在叱咤风云中，他会有一种为壮丽事业而奋斗的崇高感、神圣感。

对朱利安来说，他在迷人的中国经历了迷人的故事。现在，另一个国度在召唤他。世界在沸腾，他的血也在沸腾。他爱这个女人，也爱壮丽无比的为正义而战的事业。他有着这个年龄的男人那嗜血的热情。他要寻找释放的地方。他不否定他在情欲中，在无可抑制的激情中，仿佛河决、海啸，在淋漓尽致的本能中，体验快感。这是多血质的男人常常会有的体验。

对朱利安来说，他是那么迷恋着凌叔华。他绝不否定在他生命的灿烂中，体验着人性极致的欢愉。而这一切，都是这个东方女人赠予他的。她身上有炫目的高贵，又有着奇怪的悲观情绪。这种特质，既折磨人，又令人窒息。这些矛盾的交缠，令她风采动人、魅力无限。他深深为之所吸引。

伍尔夫家族的一个遗传密码是，他们总在追问永恒，追问生命的本质，追问生与死的终极。

朱利安想起姨妈曾经写过《雅各的房间》。这部小说中她用哀歌的形式，去追问生与死的关系。朱利安觉得自己就像那个即将上战场的雅各，那个由大海、阳光、荒原、友谊和爱情所养育的、带着自然男性气概的勇士。这个年轻人身上有着雕像般、史诗式的坚毅，这坚毅是那直面死亡的勇气。如果有人问：生命不过是注定走向死亡的一串影子，那么，既然是影子，为什么我们会如此热切地紧抱它，带着如此剧痛看着它离去？

朱利安实在是太年轻了，年轻到可以奢侈地把一切都放在美学的想象中，这其中包括他即将面对的战场与死亡。他无法意识到一种离去，将带给他最亲爱的人那种无可言表的剧痛，这其中包括他的母亲范妮莎、他的姨妈伍尔夫和他现在紧紧拥搂的女人凌叔华。

她问，不能不去吗？

他答，不能不去。

她说，你可以回你自己的祖国，同样可以参加反法西斯的战斗，为什么非要奔赴一个陌生的国度？

朱利安无法回答，只有将她更紧地搂在怀里。他拍着她的肩膀安慰她，我会活着回来的；到那时，我再来中国，我们仍然在一起。

她希望未来是这样的：朱利安战争结束之后回到自己的祖国，娶一个年轻漂亮的女子为妻，生儿育女，过上甜蜜的家庭生活。可是现在他即将走上战场。在那里，所有事情都是无常的、恐怖的，传来的消息多是噩耗。有谁能幸免呢？她当然希望朱利安无恙归来，可是……她无法再想下去。踏上战场，很可能是一去不复返的结局。她无法想象，这个给她留下如此甜蜜记忆的帅气男人，会消失在世界的尽头，她会从此再也见不到他了。她禁不住掩面痛哭。

朱利安抚摸着她那丝绸般光滑的面颊，为她轻轻拭去眼泪。他知道自己去意已定，内心已没有语言可以安慰她。发生过肌肤之亲的男女，对隐藏的自我对方都能敏锐地看透，他们在乱世中的离别，格外令人肝肠寸断。

谁能阻止他动身？没有谁可以。

他如果不走，他会烦躁不安。这个身上有着滚烫热血的男人，不可能安躺在家中的暖床上，他不能忍受束缚。他如果不走，他会对阻拦他的女人没好脸色，会发脾气，终日郁闷。

凌叔华再一次想到，他们的恋情一开始就有着浓郁的悲剧底色。那令人迷醉的欢悦，仿佛是对这不圆满的结局，对这必然的离去与终结，所做出的提前的哀悼。乱世中的离歌，是那样悲怆。当初朱利安附在她跟前耳语时，她就听到了。

他们在湖边离别。那越来越深的夜，寂静无声，雪花在悄悄飘落。此一去，便是山高水远。他们似乎听到英国作家哈代在1915年就写下的预言：

> 战争的历史将隐入暗夜，
> 等不到它们把故事讲完。

朱利安踏上了征程。

1937年夏，当各党派人士、知识精英及政治精英们在庐山避暑，并聚会讨论如何应对民族危机时，发生了"七七卢沟桥事变"。月底，北平被日本人占领；几个星期内，战争波及上海。

同年12月13日，日军攻陷南京，制造了震惊中外的南京大屠杀，一时间尸横遍野，惨绝人寰。

—— 7 ——

哀歌与古韵

陈西滢和凌叔华也在这次庐山聚会中。

在山上，由于电讯不通，她没有马上听到1937年7月24日通过路透社传到武汉的不幸消息——朱利安在战场上被弹片击中而身亡。

下了山，回到学校，才知道校园已搭起灵堂，武汉大学几百名师生为曾经执教于此的朱利安举行追悼会。

凌叔华听到这个不幸的消息，反倒表现出异乎寻常的平静。该来的，终于来了。自从朱利安走后，她的生活就像噩梦，梦中的人竭力想从那邪恶的、无形的恐惧中逃脱，却是逃脱不掉。她无力阻止朱利安的行动，她想的是，该怀着怎样的耐心和信心等到朱利安凯旋的消息。她不要他离去，她始终跟在他后边，她设想他在浩瀚无边的海面航行，他在群山环抱的丛林狩猎，他在君士坦丁堡旅行，她都跟在他后边，不让他发现。

而今，却是断裂与沉默的哑弦。字迹模糊的阵亡通知书上，开着满页的罂粟花瓣。罂粟花在弗兰德斯的原野上摇摆，在十字架之间，一排又一排。

这个男人真狠心呢！他独自远行，折磨着热爱他的女人的心。

凌叔华自从知道朱利安不幸遇难的消息后，连续多天不能入睡。傍晚，她走到珞珈山她亲手栽种的两株二乔玉兰前，望着紫白相间的花朵，她泪如雨下。朱利安完成了自己：信仰、爱情、生命。她想，朱利安一定是吟诵着他姨妈伍尔夫在《海浪》中写下的那些话闭上眼睛的：

什么东西能永恒呢？

我们的生命也会流逝的，沿着这些黑暗无光明的林荫道流逝，沿着细长的时间之流，融入混沌。

她相信朱利安已融入混沌的时间之流，也融入到那神奇、秀美、壮阔的天地之间。

她遗憾的是，曾经答应朱利安去东湖边的磨山去看冬天的梅花，可是他再也回转不来，她的许诺落空了。

武大的追悼会，陈西滢也参加了。陈西滢在心底为朱利安的早逝深深惋惜和伤悼。这么一个生动无比的年轻人，就这样从这个世界消失了。他向来诅咒战争，奉行和平主义立场。在温和派和激进派之间，他选择前者。

朱利安微笑着、热情洋溢模样的照片悬挂在纪念会的大墙上。陈西滢对朱利安的离世，没有丝毫的幸灾乐祸。如果说朱利安曾经给他的家庭带来过麻烦，那是男人与女人间的隐情，是不必宣人的秘密。没有朱利安的出现，凌叔华仍然会有一场情感的爆发。她的气质虽然看起来明淑贤雅，却从来是敢作敢为。

陈西滢默立着。他很是庆幸不久前面对家庭危机之际的明智。他庆幸自己没有中传统文化对女性不公平待遇的圈套。所谓"饿死事小，失节事大"，男人总是失节，为什么自己不饿死自己？作为中国第一代秉承自由主义精神的知识分子，如果说对中国的新文化还有什么贡献，那就是身体力行，对不人道、不公正的东西，蔑之，弃之。自家后院冒烟起火，无论他怎么想得开，他都不可能欢呼雀跃。但是，他会尊重事实，会对事态的发展取客观态度。他甚至想，中国那"存天理，灭人欲"的哲学，都是那些酸腐的，觉得自己不行，硬要拉垫背的文人的伎俩。这也正是中国文化在积弱累贫中，在假模假式的伪道学中，习惯于对真相和真理遮蔽的根源之一。

他在想，经过了这么冷酷的变故，叔华的梦破了，不收心也得收心了。而接下来的离乱岁月，他不希望叔华从此也收住了生活的勇气。她如果一直消沉，他的日子也好不到哪里去。

冬天到了，凌叔华的确变得非常消沉。

1937年12月13日，南京沦陷，日军在南京城烧杀抢掠，造成震惊中外的屠城惨剧。

凌叔华的母亲死了。为躲避战乱，母亲从北京搬到天津租界凌家的空房子住下。她可怜那些流离失所的难民，为他们提供了遮风避雨的地方。不幸的是，在拥挤烦乱的环境中，她感染上肺炎，乱世中她难以得到及时治疗，死在陌生的难民中。

在日本人的轰炸中，陈西滢的父亲在无锡被炸死。

不久，曾在清末任直隶布政使的凌叔华的父亲，也结束了自己曾经煊赫的一生，驾鹤西去。

暮色低垂，凌叔华一个人站在冬天的珞珈山边。她想起了苏东坡的诗：千里孤坟，无处话凄凉。

她看着天空明灭闪烁，可以遥想中国遍地都在火焰与废墟的包围中，空气中隐约会传来焦煳的气味。

这一时期，她与居住在英伦的朱利安的家人——他的母亲与姨妈保持密切联系，就仿佛朱利安仍然活着，这也让她找到了一个精神寄寓处。

朱利安的母亲范尼莎收到了来自中国的凌叔华的信，信封里还夹着紫玉兰的红色种子。范尼莎在儿子生前的来信中多次读到过这个名字。这是儿子的挚爱，她从此也会把她当成自己最亲密的人。范尼莎与儿子朱利安既是母子又是无话不谈的朋友，丧子之痛，几乎要了她的命。凌叔华的来信，是对她极大的抚慰，这让她感到儿子似乎还活着。

姨妈伍尔夫呆坐在黑暗中。她似乎听到朱利安喊她的声音："我亲爱的姨妈……"她没有孩子，她将朱利安视为己出。他有才华、有魅力。他在她的房间，紧紧抓住椅子的扶手，发出朗朗的笑声。1937年底，她平静了一些，她想写写"关于躺在雪地里，关于彩色的圆环、沉默和孤独"。这是为了纪念她亲爱的外甥朱利安。

她与范尼莎和伍尔夫开始频频通信，她想借此驱赶走心头巨大的空洞与熬煎。与范尼莎之间，因为那个男人，她感到更多的是亲情，她不断地寄小礼物给范尼莎。而与伍尔夫的通信，则是文学上的，她称她为"导师"。她与在英伦的两位杰出女性，建立了特殊的友谊和生命的桥梁。

1938年之后，武大迁往重庆，陈西滢、凌叔华在那里度过了抗战最艰辛的岁月。

此时，凌叔华仍然在写，但她的眼界已投向更严酷的现实，《后方小景》的文字，描摹的是乱世中逃难的人们不堪的境遇。

她曾经托友人给伍尔夫带上一把有自己绘画的纸扇，她依旧画出中国山河的秀美、神奇，但题字则是哀恸的、沉郁的：

　　正当举国同奋起，

　　惊叹走笔意吾哀。

到处是国破家亡的景象，但人不能一味地消沉下去。在重庆，凌叔华接受了伍尔夫的建议，写写她对朱利安讲过的她的那个大家族中的人们。这就是她后来出版的家族自传体小说《古韵》。

在嘉定、在乐山，在每一次敌机轰炸的间隙，她都在回忆和书写着。她对伍尔夫说，这个时候，"能让自己想起和朱利安在这里度过的那些快乐时光"。这些话，都有信件保存，有迹可查。

"那些快乐时光"……这可不是轻轻带过去的一句话，谁能想象在这个美妇人心里，将记忆的是什么。往事，如同花瓣，在空中曼舞。朱利安在身后搂住了她，喃喃地说："嫁给我吧，我的东方美人。"

那些欢悦，已化为骨髓和血液，刻在皮肤的深处。她在想，有幽灵船吗？如果有，她真想登上去，她想看一看，海水醒着，他在熟睡；海水睡熟时，他又睁开眼睛。宇宙那么大，他却孤零零地在海上漂荡。他原本不喜欢孤单，现在却被抛在寂静中。

她想着这一切，禁不住张开双臂，扑到的却是巨大的虚无。她这一生，感情已经用完，她再也不会同陈西滢闹什么了。他们的未来已经看到了头。一起偎着，在大冬天的墙根下，晒晒太阳；晚上躺在一起，互相暖暖脚。这就是未来一生的写照了。

那万里孤坟，何处话凄凉？她再一次泪流满面。

她书写着。这是灵魂慰藉的方式，也是她对朱利安的一次承诺。在她对他的讲述中，他早就建议她写这本自传，他们商定一起来做这件事。现在，她信守诺言。书中的细微之处，随时可以看出朱利安对她的影响。

凌叔华将这些片段寄给伍尔夫。伍尔夫来信说："我现在要告诉你，我非常喜欢它，你写得很吸引人。请继续写下去，放开手大胆地写，按你的意愿写出更多生活中自然的细节。"

颠沛流离的战乱年代，凌叔华带着这部手稿辗转奔波，陆续书写。在书中，以及在她以后的写作中，几乎没有看到过有关朱利安的任何记叙，没有与他一起的任何细节场景描写。这就是奇怪却又不奇怪的事情了。也许，她对朱利安是无法叙写的，一开始是听凭一种自然力量的牵引；再接着，他帮她打开了一个辽阔的世界。那些只保留在两个人之间的秘密欢乐时光，不必道出。

彼岸有不幸的消息传来。

1941年春，被凌叔华称为文学导师的伍尔夫在口袋里装满石头，沉入乌塞河中，再也没有起来，享年59岁。

又过了几年，却有好消息传来。1945年，第二次世界大战结束，世界反法西斯战争取得全面胜利，中国的抗战也取得胜利。

1946年，陈西滢任国民党政府常驻巴黎的联合国教科文组织的代表。凌叔华从此也跟随着去到异国他乡。

但他们选择了在英国定居。原因是英国的住房和日常开销比法国便宜些。在她心底，是否觉得在这里可以找到亲情般的慰藉？又仿佛，那年轻的、粗重有力的呼吸，就在她的四匝传递。

思乡之情又是那么浓郁。

在伦敦亚当森街14号4层小楼空旷的寓所，由于雾气湿重，客厅的光线总是阴暗，屋子里摆放的是中国的古旧陈设，还有中国的字画和古玩。

1956年，56岁的凌叔华身体依然很健康。她在新加坡南洋大学和加拿大多伦多大学都有教职，讲授中国近现代文学。

1961年，范尼莎去世了。

1962年，从台湾传来不幸的消息。他们的老朋友胡适在一次讲演后突发心脏病过世，享年72岁。

陈西滢的身体也不大好，1966年退休。不久他就瘫痪了。

凌叔华仍然奔忙着，穿梭于讲堂、书桌、游地和画室前。她的《古韵》早已出版，并在西方世界广受好评。1960年，她又出版了《爱山庐梦影》。1968年以后的日子，在几近古稀之年，她举办自己的画展。时不时地，她会悄悄回到中国，在北京、广州、武汉逗留，连丈夫和女儿都不告诉。因为这是一个敏感时期。

1970年，陈西滢病逝。享年74岁。

逝前，女儿陈小滢问父亲，为什么要和母亲结婚？而在发生了那么多事情以后，他们为什么还在一起而没有离异？陈西滢只说了一句："你妈妈是个很有才的女人。"然后他不再说什么，向自己的汽车走去。

这个活力四射、才貌双全的女人，让男人不舍。

凌叔华的女友都很长寿。恬淡温婉的冰心一直在中国，风雨无侵，一直受到国家和人民的尊重，活到近百岁。苏雪林1949年到了台湾，教书之余，从事唐代诗鬼李商隐的研究，考据出"玉溪诗"第一首《锦瑟》的"千古之谜"。她眼光犀利，性情直率坦荡，百岁才仙逝。

一直梦绕魂牵想要落叶归根的凌叔华，1989年被担架抬上飞机回国。在担架上，她重游了北京的北海公园和她的出生地——干面胡同旧址。

1990年春天，凌叔华躺在医院的病床上。这一次，身体将又一次彻底地背叛灵魂。在最后的弥留之际，她说："我不会死的。"这个一生充满好奇、求知、自由、浪漫能量的女人，是多么不舍这个美妙得让人心醉的世界。她去世时享年90岁。

在最后的时刻，她的面前是北平的背景，那里交相辉映着金色和银色。有金碧辉煌的宫殿，庭院里开满了鲜花，孔雀、白鹤、金鹰徜徉其间。荷塘里游动着金鱼，牡丹花丛繁密茂盛。在远处，那些茶馆、戏院、寺庙和集市上，到处是一张张亲切和善的面孔。那其中有她的父亲、母亲。

在最后的时刻，她的面前肯定还有武汉珞珈山的景致。那里，春天的丛林开满樱花，秋天则有桂花的香味。冬天的梅花，要走到很远的磨山才可以欣赏到。在山的台阶小径上，走来扛着猎枪、英姿勃勃的朱利安。

"小轩窗，正梳妆，相对无言，唯有泪千行。"

写到这里，本文必须要结束了。我停下了笔。我在想，那段发生在二十世纪三十年代的故事，已过去八十多年了；那乱世的离歌，如今也早已随风飘散。我选择这个题材写作，开始时完全没有信心，我不知我能写成什么样子。我甚至觉得，我的这一堆臆猜，有什么意思？是臆猜吗？凌叔华与朱利安的异国恋情是真实的，陈西滢知道此事后与凌叔华没有离婚是真实的，朱利安战死也是真实的。

真实就是真相。我希望自己体己地、设身处地地深入到当事人幽微、复杂的心里。天下无新事，原本都是同情同理。我在写作中发现，我们现时代的精神处境和处理感情的方式，比较起二十世纪二三十年代，长进不大。那时刚发生不久的五四新文化运动，对个性的尊重，会在性别与伦理认知上表现出来。现代性和自由，让人变得厚道；而不是像现在，谁觉得受了委屈，非要鱼死网破地打打杀杀。应该说，这不是一段艳情，不是供人们茶余饭后作为谈资的桃色逸事，而是有着非常复杂的隐情，让人有钻心的疼痛。如果你不是那么简单化地、潦草地处理问题，你应该会感受到。

除了凌叔华和朱利安，陈西滢这个人非常值得探讨。

时过境迁，当下中国对胡适的评价发生了很大转变，肯定了他应有的历史地位，尊他为自由理念的坚守者；而对陈西滢则没有那么宽容。这个有些冷漠的人，是不讨人喜欢的。他总是坚持自己真实的主张。他克制、隐忍，在内心深处，他只是想依循西方的理性主义原则行事。他不想冤枉别人，但他也谈不上宽容别人。他只是想善待自己，无论在政治或是情感处理方面，都是如此。

这使我想起俄罗斯作家赫尔岑的一段话：

理性总是要退却的，总是很少得到重视的。就像北极之光，它照亮了广袤的地域，但它自己却只能存在短暂的一瞬。理性是最后的努力，进步几乎难以抵达的顶峰，因而它又是强大的，但它抵抗不住拳头。

摘录于此，作为全文结束。

缠绊不清的男权

　　说实话，男人这辈子如何去过，比女人遭遇的麻烦更多。他的基因、血液与骨骼，他承袭下来的远古狩猎时期的分工，使他日后的活动范围很少在家庭，而多是在家庭以外，在庙堂、江湖、市井和乡野之间度过。女人相应的可以稍稍躲过那些场面。

　　也因此，男人这辈子过得是窝囊还是得意，是失败还是成功，都由外部世界和社会做着价值评判。这大概是一以贯之的标准。

　　在这个过程中，他只要可以自圆其说，可以从中感受到欢悦和充实，这人过得就算是很好了。他不必非要建功立业、宏图大展，孜孜于政治权力；也不必富商大贾、家财万贯，汲汲于经济权力。他在积极自由和消极自由中选择后者。

　　这让男人终于可以喘口气了。他说，你有你进的骄傲与自豪，我有我退的慰藉与舒服。谁有这样的底气说这样的话啊？说这话的人：

　　呵！他看起来洒脱、利落，他的脸上洋溢着幽默的表情——且慢，这只是他现在看起来有不错的生命能量，谁能保证说这话的男人会一直葆有不屈不挠的内在活力？说不定，他很快就可能被失望、颓废、消沉所击垮。男人自恃的生命权力真能和那政治权力、经济权力比肩而立吗？他稍不留神就会陷入谍影重重的阴谋之中。

　　此话怎讲？且容我细细道来。

—1—
进与退

此人何等大胆，他竟然幽幽地说，如果拥有了三样东西：一份固定的收入，一个心爱的女人，一种自由的精神，男人此生足矣。

说这话的男人天刚亮就起床了。

这天放晴，晨曦初露的天气，先是青灰色，然后转白，渐渐地，东方涌出一片橘黄色耀眼的光，在这斑斓明丽的光线烘托中，一轮太阳跃了出来。

他穿着运动衫，换上便鞋起来晨跑。出家门，在一条靠近河流的路上跑着。这不是主干道，车辆和行人这个时候都稀少。然后穿过一片树林，他在一个空旷的地方停下来。此时他已满头大汗。他停下来，开始转身，扭腰；头向后仰，活动颈部，再扩胸，然后做俯卧撑。他很认真地练一遍自创的早操。太阳光照在这张淌汗的脸膛。他的面孔很男人气，不英俊，黑黑的一个糙爷们儿。他很会自嘲，常跟人说瞧这张老脸，瞧这副臭皮囊。他坚持晨练已经有些年头，他说他坚持晨练还真不是为了长寿，只是不想让自己太过不堪。

在他伸开双臂做扩胸运动时，那鼓突的胸肌，饱满结实，像可以随时弹奏的琴键。现在男人很少有这么耐看性感的胸膛了。他一招一式做得很投入，汗流过脖颈，脊背已经湿透，做完这些，他再沿着原路跑回。

男人的一天就这样开始。一年四季，除了刮大风，下骤雨，他每天都坚持。对了，早些年间，晚上如果有个聚会，与朋友喝酒太多，第二天他起不来，那只得另当别论了。如果他昏沉得不是那么厉害，他依旧会撑着跑上一大圈，出一身透汗，那些酒精会发散出来，难受劲儿会过去得快些。

这个长年坚持晨练的男人是干什么的呢？

诚如他所言，他有一份在体制内吃俸禄的差事。凭他的聪明，他会让自己怎么也要混个位置。但这是份闲差。

是闲差，注定了官位不高。有许多次机会，自己的仕途有升迁的可能，他都放弃了。

说远一些。某年，他在市里的一家报纸干出了名堂，连续推出的几篇大新闻很是抢眼，几乎成了市政府决策时遵循的思路。有关方面已动议调他去当市长秘书，但他给否了。他说他不适宜这项工作，他否的理由是说自己悟性不强，不能很好地领会上级的方针政策。他把自己的缺点罗列了一大堆，巴不得他不上的人自然是顺水推舟了。他乐得其所。他的性情太烈，的确不适合跟着领导鞍前马后地伺候。要与人周旋，要说套话，要学会官场各种厚黑学，要在派系斗争中看清方向、跟对人。想想这些毫无建设性的空耗，与自己尤喜自由自在的天性相距太远。他拒绝了这个上攀的机会。有人为他惋惜，说跟定一个领导干上几年，秘书往往就成了某个级别要职的合适人选。他说那也说不定，某个小事稍有不慎会惹大麻烦、栽大跟头；起落不定、莫测未卜的当今仕途，并不一定会给人一个稳定可靠的锦绣前程。

就近这次，他也可以离开他所在的小城，到高一级别的行政机关谋职。但他不冷不热的态度让举荐者有了犹豫。小城是县邑，官位怎么升也不会太高。凭他的能力，可以有更高的位置施展拳脚，但他又一次辞拒了。他的理由是到一个生活成本更高的城市不适应。况且，那逼仄狭窄的空间，到处喧嚣的街衢，哪里去找早晨跑步的旷地？在他这样的年纪，如果不再腾挪，那就注定要安隅小城，他往后的日子、他的未来基本上可以一眼看到头，不会有什么变化和不确定性了。

他已下决心偏安一隅了。

他跑着，肺活量在渐渐增大，年轻时心律不齐的症状也消失了。每个清晨，露珠儿打湿了路边的小草，清新的气息让人肺腑涤尘。如果恰恰是夜里下雨黎明放晴，一段土路平坦而清爽，鸟儿往草丛里钻，去啄食里面的食物，花瓣从枝头飘落，满满的土腥味儿让人陶醉。若是刮着风，落叶会打着卷儿，树枝相互触动，河水的波纹也会划着热烈。若是霜降以后，旷野则会愈加寂寥。

他常常会停下脚步，自己在发问：河的尽头在哪里，前方有什么远景？万物深处，真的有内部与核心吗？长长一段跑动流汗，有节奏的路，一个壮汉，一个看似行伍之人，在胡思乱想中，成为一个沉思的爱好者。

在时而闷热时而凉爽的不同季节，面对那寂静而又神秘的自然景象，他的内心涌起感动和柔软，也涌出了疼痛和虚无。在春天，可以看到那么多的繁茂葱茏；在夏天，可以触摸到那么多的炽热。可是到了秋天和冬天，再盛放的也会凋零，再火旺的也会冰冷，再形形色色的也会湮灭衰败。

但他说他不想、也没有能力记叙这些感受。人只要明白过来就行了。转身，他莞尔地对朋友说：这小城好啊，待着，赛过陶渊明的意境了，可以采菊东篱下，可以望见南山。陶渊明县令不做，归隐乡野。他每天早晨的功课不是诵读，而是把一口大瓮从此地搬到彼地，再从彼地搬回此地，来来往往共计一百次。晚上再复如此，并且天天如此。陶渊明不想做一个只会诵读的虚弱文人，他借助搬瓮锻炼体质，提升体能。此人聪明啊。如果一个人想要细细品味生活的艺术，除了舍得、放下这种境界，还得有好的精神状态。这才可以有闲心去欣赏菊花绽放时那细丝卷瓣的清隽之姿，去倾听远处传来的美妙的风声雨声，去远足时可以陶醉到山涧夹隙汩汩流出的溪水。好的精神状态是靠好的身子骨做保障的。病病歪歪的人，你纵是给他一个灿烂的金銮殿，给他绝世美女，给他珍馐美馔，他都无福消受。陶渊明的自由精神与生命意识，其实和现代人的意趣非常吻合。

这个糙爷们儿却很有自知之明，他说他可学不来陶渊明，只是心向往之那份洒脱。若放在旧时代，让他选择可心的生活方式，他说他会选择做员外。几亩薄田，够吃便是。柴扉孤径，月色荷塘，读读闲书，练番拳脚，乐得自在。也不求子嗣满堂，妻为正房，但不纳妾。此话说出，倒不是标榜道德，而是个人的私心。若细细论及中国男人，大都心术难正。他娶正房，倒不奢求沉鱼落雁之姿容，只要健康勤俭、持家有方就好。当然，男人不到老得爬不动了，就总存那份贼心。他说，若那时节欲望太炽，揣些银两，可以蹑足青楼，半醉半醒，烟花一场，拥红偎翠，云雨一番。就成本来说，纳一房妾就要有好一番恒久花销。女人分正房偏房，儿女分正出庶出，再加上伙计女佣，一大家子的费用，男人累个半死才能挣得。执拗的男人，以为妻妾成群是何等风光风流之事。殊不知，你有多少要求，就有多少付出。他白天忙于打拼，若是夜晚再贪恋那口鲜儿，贪恋那不同的女色、不同的滋味儿，他得多么强悍才成。身子累得像散了架儿，剩余的几许精力，再去喂养已经等待了长长的白天，那如狼似虎之年的妻妾，他不成药渣儿才怪呢。过去的傻男人多了去了。就连龙宫里的天子，他的三宫六院七十二妃，天下美色他每个夜晚都可尽情品尝。可男人毕竟是有限的血肉之躯。谁如果恨这个帝王，就让他陷在情欲之海不能自拔。这样，他的膏血肉脂会早早耗尽。任何仙丹妙药都救不了他已入膏肓的纵欲之病。

想到这里，怎不让人脊骨发凉？他说男人如果真是聪明，首先得保全自己。这里掺杂着许多的私心，那就是凡事要有序，功名不须强求，操劳不必过量。人忙来忙去一辈子，到终了，过去是来自泥土又归于泥土，现在是来自泥土又归于烈焰。人再折腾，又能怎么样呢？

说这话的男人，听他的口气你定会猜到他已到中年。中年男人很容易走进相对主义的巷道。他不再有年轻人那种理想和热情。他甘于小城，这里虽谈不上再无车马喧嚣的静谧，却能闻到农业文化中那软泥湿润的土腥气。他没那么小资，也没那么酸，他说他在这里可以选择不干什么，比如他可以述而不作，他可以无所作为。在生活成本低廉的小城，他可以这样；而在生活成本昂贵的都市，他就不能这样了。

他向前跑着，实质上却是退出历史。但他说，他就愿意选择这样的生活，古语曰：朝闻道，夕死可矣。

他跑着，汗水顺着面颊流到脖颈，痒痒的。他的心被触动了一下，身体发出一阵燥热。他的退思，他的闻道，可不是那至诚至善的纯粹修为，他根本不是追慕贤圣的人。如若看重生命，那必须得有人为这活过、蓬勃过、健康过的生命做出鉴定。

<h2 style="text-align:center">———— 2 ————
谁能给生命以证明</h2>

眼下，这个糙爷们儿正坐在一个聚会的饭桌上。一开始他并无言语，只是坐着，不发窘也不主动。

酒过三巡，气氛渐渐活跃起来，在座的原本陌生的也开始变得熟络起来。男人已经受了别人的敬酒，现在，他还礼似的回敬在座的诸位。他站起身来，但见他个子中等，身体结实，面容硬朗，周身上下有一种紧凑密致的男人味道。他上身穿蓝色短袖T恤，下身着水洗牛仔裤，足蹬咖啡色软皮便鞋，一身穿戴甚是休闲。他并不讲究穿着，衣服是有什么穿什么，他的模样，完全不用指望衣服装扮。一切只是他生命本身的洋溢，在内部，那秘密的骚动正在形成合力。

一些不带功利目的的聚会，显然让人的神经松弛下来。环目四匝，席间在座的若是那有意思的男女，弥漫于空中的便是暗中传递的秘密。话说秘密，这是一些不易启齿的勾当。一般来说，它都会暗暗地刺激感官，使之像活跃的麋鹿，跃过沉睡的栅栏，蹦跳于长满玫瑰的草原。秘密复苏了人的活力。

他与男人敬完酒，自然也要和在座的女士寒暄一番。他先是和那个皮肤黝黑、眼睛喜悦而闪亮的女子碰杯。这女子是搞油画的，浑身上下有着戏剧般夸饰的成分，她非常丰满，臀部和胸脯犹如丰腴肥美的水草地。接着他又和那个身着一袭大红粗布衣衫，削肩长颈，有几分狷介狂野之气，眼神迷惘却充满魅惑之气的女子碰杯。

不知道有没有人发现，女人们开始有了些莫名的兴奋。他与她们推杯换盏的那刻，空气中有了一些莫名的喜悦，仿佛灼热的故事在等待着开端。女人们目光迷离，心思仿佛分权的枝条，在不知不觉中不加遮掩地蔓延开来。

在座的女人都不家常，都和艺术有关。她们并没有特别在乎这个男人，只是本能已不在废墟的棚架底下昏睡，让她们的眼里止不住地闪过烫人的光。

在座的其他男人的地位都比他显要。他只是来自小城，来自低地。他一定是在暗中准备了一些与众不同的东西。这不一定是好东西，很有可能是不好的东西，比如他那是非不分、黑白难辨、模糊灰色价值地带的说项，他出处不详的来历，他携带着的荒唐的往事。这些都不是好东西。可女人却是怪，搞艺术的女人尤其怪，这男人身上种种不好的东西，却如邪邪的黑色暖流，让女人心口怦怦直跳，她们不由得被卷入迷离的气氛中。

他却自我禁止，马上把目光收回。

事后，一个与他关系较好的女人问他：你的目光为什么不正视对你有好感的女人？你的眼神很飘，你没有诚意。

他回答："你说得很对，我是没有诚意，我不知道自己的眼睛该看什么地方，我一看，就会出错。我看女人，下意识中会看她们的水气和肉色。我是由衷地尊重、喜爱她们啊。法国雕塑家罗丹似乎也有过这种体会，说过类似的话。或许你可以说是我这类男人的龌龊。也许在这一点上我仍然有大男子主义倾向。我认为男人可以是些不堪的东西，却不希望自己被女人盯住。很好的女人，应该是有动人的性本能，而自己却是性意识很模糊的人。如果女人的性意识过于明显，男人就像是待虏的猎物，这会让他们觉得既尴尬又难堪。再说了，一个有生命意识的男人，他从来不自恃生命能量能给他带来什么，这生命是留给他自己看的，他如果摆出来给别人看，那真正叫无耻啊。当然了，男人也不是坐怀不乱的柳下惠，他会在月迷津渡的深夜，在属于他的女人那里，享受他的床笫之欢。这却又是古语所说：床上夫妻，床下规矩。"

话既然说到这里，与他能深入交谈的女人索性继续发问：不管什么原因，若是突破禁忌的男女一旦有床笫之事，就能算夫妻吗？

他说，这只是个比喻。他指的是，有了那种深层关系的男女，今宵一梦，便是千年修得共枕眠。

女人又问，男人与女人发生的深层关系仅仅指向肉体而没有精神方面的内容吗？他挠挠头皮想了想说："你让我讲实话还是假话？"她说当然是讲实话了。他说："罢了罢了，若是讲实话，男人鸡肠狗肚里的那点儿糗事，大都摆不到台面上去，你让我如何实话实说？不说别人，只说我自己，类似我这种坏男人，是状态越好，内乱越多，但我只是会在内里扑腾，本人有很强的自控能力。男人无所谓好坏，关键是自控，清醒地把握自己。好男人是好色而不淫。当然，这是比较高的境界了。"

男人似乎有了剖析自己的兴趣，侃侃而谈："你刚才问到男女的深层关系在灵与肉方面侧重哪里。实话说，一开始肯定指向肉体，随后才有更多的精神内容。这后一种，是可遇而不可求。哪个男人有如此大的福分，让他领略有精神参与的肉体关系呢？如果那样，不要再论及有无婚姻，有无道德，他们都是神仙眷侣了。"

他接着很自嘲地说："像我这类坏男人，可以和截然不同的两类女人发生上面所说的深层关系。"

他说到了10年前的事。

某一天，他和一帮男人喝酒吃饭后来到了夜总会。

这里的灯光过于梦幻，这是一个空虚、亢奋、混乱中掺和着造次、冒犯、僭越的夜晚。

这真是纸醉金迷之地啊。墙壁由紫金色包嵌，门扉是大大的热带雨林的阔叶装饰，镂花的图案，色彩鲜艳夺目。抬头望去，四处悬挂的壁画，多是刺激人感官功能的题材，画面上的男人和女人肌肤裸露，神情迷乱。这一刻，人周身的血会凝聚成一个坚硬的内核；这一刻，欲望醒着，其他的都沉睡了。可这醒着的欲望，仿佛开放的金雀花，让人那么放松和愉快。人在日常生活中，被百般的烦乱缠绕着。这一刻，忘掉种种苦难，没有严肃，没有深刻，而迷乱的"仙境"让人如此受用。

大家开始唱歌了。男人选唱了一首《我的太阳》。虽然他刚开始唱，节奏把握得还稍欠火候，但他中气很足，磁石般具有穿透力的嗓音，浑厚的胸腔共鸣，惹得在场的人屏住呼吸，细细静听。旋即，人们都放开了唱。

这才是调动人快乐细胞的倾诉。仿佛打开了淤塞的河道，宣泄和淋漓中，奔腾、呼啸、向前。肉身酥软，像是在深秋的乡野中喝了醇香的糯米酒；又像是在春天的河岸，甩开赘臃的衣衫，沿着堤坝，迎着和煦的风在奔跑、吼叫。自然和本能偏好的是熨帖和舒坦，土层在松动，不可启齿，邪邪的却又是生机勃勃的野草，在心底疯长。

大凡欢场，总有年轻的女子过来斟酒和陪酒。

那男人借着酒力，血变得滚烫沸腾。在无力把持的迷乱时分，他拥住了身边的这个女人。为记叙的方便，这里权且称她为民女。

民女不是很年轻的雏儿，她估计有二十五六岁了。干娱乐这个行当，这个年纪算是大的。但她已经是领班了，领着小姐妹们迎来送往这些客人。这行当是卖笑不卖身，她们可以半真半假地与客人周旋，一脸的笑靥，满口的哥哥叫着，这已成了职业习惯。

他拥住了她，她则没有躲开。职业当然让她不能拒绝客人的亲昵举动，但这里面，只有女人最清楚自己是厌恶的还是自愿的。遇上有那酒气冲天的无赖，凑上前去，看似热热络络也在应酬，心底却是作呕的。麻木着，忍着，强打精神把那个晚上打发掉算数。今晚拥揽她的男人，凭女人特有的直觉，她知道这是一个爽朗、可靠的主儿。今晚，是他陪她，而不是她陪他。她仿佛找到了一个可以倾诉的知己，她附在他耳根，与他说了许多话。她说她来自山里，已嫁人，丈夫整天酗酒、嗜赌，她只得丢下两岁的女儿，出外谋生。细细端详，她的笑靥里边藏着抹不去的忧伤。她紧靠着他，今晚，她愿意成为他的女人。

她抓紧了他的手，不是轻薄，而是信任。他拂过她垂下来的长发，他把手放在她光滑顺溜的头发上摩挲着，然后抚摸了她的面颊。他做这一切非常自然。

他早就说过他不会低看和轻蔑这些欢场上谋生的女人。她们出身卑微，无权无势可以依靠，只能靠唯一的身体挣些吃饭穿衣的钱。况且，青春饭没几年好吃，贫穷的女人老得快，没几年工夫，她们就会人老色衰。夜总会的冷气开得很足，年轻的女子穿着薄似蝉翼的短裙，她们的小手冻得冰凉冰凉，血气已经被这酷冷吸干。她们还有几年的靓丽巧笑？她们的命运有太多的心酸。

可眼下的欢场，是要将所有的疼痛和酸楚都掩盖住，然后裹在欢乐的旋律、诱人的肉感中。

这个男人永远是站在善恶之彼岸。他从来不摆虚伪的架子，也没那么义薄云天。他听着民女的倾诉，没有想到要救民女于水深火热之中。他没这能力，也没这义务和责任。他以为自己是谁的救世主呢？他只是今晚光顾欢场的臭男人。他依旧肉身燥热，顺水推舟，自然而然，今夜，这个民女成了他的新嫁娘。

他待她就像待心爱的女人。他心爱的女人又是谁？在哪里？女人无论是以怎样的身份、怎样的方式枕着他的臂膀睡去，他都深深地感激她们。他们之间没有不平等，这是他唯一能做到的。这是他观念上可以赠予的。当然，在次日清晨分手时，他会将一摞钱币放在女人的手袋里。他明白，如果他想要与她维持长久、固定的这种关系，他就得在经济上补贴她。他可以做得不那么露骨，不让人看出是明显的金钱与性的交易。但钱是一定要补贴的，否则，他就是欺负人了，就是不仁不义的骗子了。

话说今夜，他紧紧拥搂着这个偶然来到他身边的女人。即使露水姻缘的须臾，即使明天便是羁旅天涯，永不相逢。

男人的以上讲述是讲给一个与他关系亲密的心爱的女人听的。

这是一个夏天的夜晚，现在，男人与发问的女人坐在一个狭窄小巷的大排档聊天。晚饭高峰期已过，人不多，环境还算安静。他们要了啤酒，边喝边聊。

他说了上边的话，女人又问，直接指向肉体的关系能称得上是深层关系吗？他说，一百次的精神思念是，仅此一次的情欲也应该是。可能这话你们女性知识分子听着别扭，可事实应该如此。让你昏迷、舒服、愉悦的事情都是难忘的，不管那情形是怎么到来的。身体的记忆和灵魂的记忆相比并不低下，并不卑鄙。

她在心里说，这男人可真是五毒俱全啊。他像旧时代的男人，可分明又和现代性语境搭了界。他的奇谈怪论，怎么听都和大家所一致认为的不一样；细细品哑，这些谵言妄语还是有些道理。正因为这样，她对他的态度里面包含着许多复杂、奇妙的内容。不是欣赏，也不是批判，像是被蛊惑。她不是幼稚的小女人，不会捂着耳朵跑开。她听他讲，他因此感到放松，知道不会吓怕她。渐渐地，她将看见另一条通道正向她打开，这通道连接着低地与高地、市井与书斋。她在书本和知识分子的圈子里，听不到这么多斑驳陆离的实情与真相。可能有人发问了，知道了实情和真相又怎么样？是不怎么样，尤其这些食色男女无关宏旨的荒唐。可如果你知识分子仅仅倡导崇高、吁请神圣、关心终极，而这只停留在不谙世事的空喊，并不了解驳杂幽暗的人性，只是纯粹、诗意和书生气，就与现实生活太隔阂，其刻意营造的所谓精神氛围也太虚假了。这里又有一问：天下事，大活人，什么事是纯净？凡事皆荒唐。

但这里不是认可，而是追问。她心里暗自思忖。

他似乎谈兴正浓，然后又接着说：在男人，如果他还有骄傲和自尊，他的心底会留一个圣地，留给他心爱的女人。这女人能出现吗？天知道。这才是真正的虚空和无望，还有悲哀。男人在进入中年时，会非常恐惧自己身体机能的下滑和衰老。在很多微妙的心理暗示下，他的生命会有不规则的律动。日子一天天溜走，他会退而求其次，会有偶然的犯晕，最不堪的就是听从了情欲的唆使。男人会看自己第二天的状态，如果他感到难受、混乱，自我价值贬低，你不让他禁止他都会禁止。但凡清醒一些的人，都会自行打住。对于骄傲的男人，实话说，民女不可能带给他活过的证明。男人如果会偶然犯晕，这与旧社会遗留下来的男人的特权有关。

渐渐地，起风了，吹散了白天的暑热，他呷了一口啤酒，谈兴正浓。

他说若是细细追究，旧时代的男权和新时代的男权是完全不同的两个概念。过去的男权，男人只站在自己的立场上，考虑自己的需要，他从来不知道站在女人的角度考虑她们的感受。这与那时候大多数女人经济上不能独立、没有社会地位有关。新时代有一段时间是矫枉过正，男女肩膀头儿一般高。过于平等的宣传，淡化了性别差异，带来了很多潜在的弊病。真正现代语境中的男权，是从对女人的尊重、领会、体贴开始的。话说得难听一点儿就是，对不管以什么身份走到你身边的女人，你都要有情有义，哪怕只是片刻。中国男人的心理有很阴暗的东西，比如他走到欢场，他挑选一排的小妹，让她们仰脖抬头，一个一个地看，像在行市挑选牲畜看牙口那样。他对她们是轻蔑、作践，是恶狠狠。他把别人不当人，也就是把自己不当人。没人硬逼他去，是他自己要去，他把自己当成了纯粹的泄欲者。这种男人，不配享有更好的命运，也不配享有更好的女人。人无所谓好坏，道德的框架不真实也不准确。人的好坏，只在观念中，看他对人是尊重还是不尊重。这是深层考量人性的试金石。

新时代，男人对生命有敬畏，对人性有敬重。他们曾经活过的证明，恰恰是在异性那里。他离不开女人，他的姿态是靠拢、依偎。生命放进去，就是性别放进去，他们希望女人快乐、幸福；否则的话，自己的生命将悄无声息，毫无乐趣可言。

说到男权，似乎有必要说到女权。他对她说，你们女人现在搞得很拧，一说女权，你们就是因为自己能干、独立，与男人势不两立。女权意味着走开、分离、两讫，与男人尘归尘，土归土。女人越有独立精神，越会发现男人的丑陋，越无法迁就他们的劣行。女人大都有洁癖，希望完善和美德。举目四望，哪有令你们十分满意的男人呢？男人如果生命力强悍些，你们嫌他粗野。男人如果是玉树临风、彬彬儒雅的君子，你们是不是格外喜欢这一类人？可他们的心全被大事占满了，况且还有许多男人因为自己形象俊朗而过于自恋。这些男人，无论是干大事还是自恋型的，对女人不会真正上心、有感觉。前者是道德楷模，灵魂占据上风的男人，生命力会稀薄；而后者是半生不熟，只让女人关心自己，而不愿意施以真情。你们总是对这种男人上心，这不是剃头挑子一边热吗？如果讲这世界还有些意思，那是世俗场景，是亦庄亦谐、亦正亦邪的红男绿女，在生命的有效期，有了谁对谁的冒犯，莞尔一笑，要有那热爱、浪漫的情趣。中国人无论男女，从来缺的都是这懂得热爱、懂得浪漫的课程。

这一晚，男人也觉得自己话讲得太多了，他讪讪地说："看我，话匣子打开就关不住了，成了我的一言堂了。"女人说："讲得很好，听君一席话，胜读十年书呢！"她接着问："你们男人对女权主义就那么反感吗？"

他说，男人比较欣赏"深度女权"的提法。这应该是一些如土地般宽广、厚重、大气的女人。她们早已经知道了男人的种种不堪，却不会轻易戳穿，让他们颜面尽失。她看出了他的伎俩，会笑一笑。男人比较中意的女人是允许男人犯错误，并且给他改正机会的女人。男人最怵的是揪住他们的把柄不依不饶，非要闹个一拍两散的女人。男人的确不是什么好东西，他的精神状态越恣意自由，他越无法恪守美德。反正在他生命激情燃烧的年月，造次会左右他。他有时不清楚自己怎么就犯错误了。宽宥的女人，真别那么较真，别那么一惊一乍。你嫣然一笑，让男人自己羞赧不就结了。有道是知耻者近乎勇。这么说，你一定会说怎么总在为男人寻找推诿的理由？总的说来，女人是比男人好，曹雪芹早就说过女人是水做的，冰清玉洁的模样；男人则是泥做的，邋遢不爽的德行。可这世界上又是一阴一阳之为道，如果离开男人，女人照样过得很精彩、很风光，那也不错。但这不算正常的生活形态。聪明的女人真应该想清楚，人只有一次生命，哪个年代可以碰到更好的、更理想的男人呢？如果女人把自己放在判官的位置，男人坐在受审之席，她会发现男人个个不堪；这样，她自己就把自己耽搁了。现在尤其是一个转折期，凡事都很混乱，女人得现实一些，取其优而弃其劣，日子才过得下去。谁说男人不苦恼，他想等待一个心爱的女人出现，山高水远，长风阔浪，他能等到吗？

夜已深，他们的交谈看来得结束了。先不要问他们的背景材料，也不要问他们的关系会发展到哪一步。这一晚，他们在交谈中，目光都闪着惊喜迷醉的光。女人听得很认真，她发现，能说这些真话的男人已经不多了。他不虚伪，也不正道，却在幽默、诙谐里，告诉你许多被遮蔽的道理。他不泛酸，她不摆谱，他们之间正在启动灵犀相通的某种东西。

他们起身走出巷子。男人顺势搂住女人；而女人，没有拒绝。

—— 3 ——
祛魅之后

大家现在一定看出来了，我正在写一个无抱负的、不合时宜的人。我在写男人。男人比女人更容易走极端，极作为和极不作为，都是他们在践行着。这样的人，不是俄罗斯文学中的零余人，不是郁达夫笔下的沉沦者，也不是鲁迅小说中的彷徨者。这个无抱负、不合时宜者，生活在现代语境中。说好听一点儿，他是伯林命名的"消极自由主义者"；说得刻薄些，是托克维尔称之的"不良的个人主义者"。所谓现代语境，就是经过我们艰辛探讨和努力，已经进入和准备进入的自由社会。这是一个由尊重个人达成共识的社会，这社会在政治、法律、经济、美学诸方面，都在强调私人领域的重要性。

对比起来看，在前现代性中，人，尤其是男人，都必须要有雄心壮志和远大抱负。于是，在西方，有凯撒大帝喊出"我来了，我看见了，我征服了"的气吞山河的豪言；"太阳王"路易十四，以自己功在千秋的夺目光辉照亮了法兰西和世界；彼得大帝，励精图治，推崇世界最先进的哲学理念和治国方略，一扫俄罗斯的积弱与颓靡。在中国，秦皇汉武、唐宗宋祖，无不彪炳史册。前现代性推崇这些魅力型的男人，这些具有"奇理斯玛权威"的领袖，让人仰望、崇拜和追随。

德国的政治思想家韦伯在二十世纪初提出了"祛魅"的概念。他至少从两个方面提出了疑问。

其一，魅力型领袖可遇而不可求，他的出现带有太多的偶然性。如果那时代碰巧出现了这样的人治理国家，他的人民会安居乐业、富裕幸运。但你也不能保证这个领袖难免有急躁烦心时的坏脾气，这时他出台的政策很可能是不理智，他的人民只能等待他的脾气变好、有所醒悟的那一天。又或者，这个领袖或是懦弱，或是昏庸，或是残暴，那时代的人民就只能在水深火热中挣扎了。

与其指望魅力型领袖的出现，不如构建那合适的、良好的政体。国家的正常运行，不再只寄托于领袖的个人能力和魅力之上。他是卓尔不凡还是平庸无奇，都不会对国家带来太大震荡，如果建构的政体是理性健康的话。

韦伯"祛魅"理论带来的第二个疑问是：人们有必要去仰

望、追随那魅力型领袖吗？凯撒大帝立下盖世之功，却使无数罗马兵士仆倒战场。他们再也不可能凯旋，去享用鲜花、醇酒与美人。伟大的功业，由无数无辜者的鲜血浇灌。那里的花朵越艳，遗骨就越多。

"祛魅"理论，撕开了许多表象，露出内里青涩的真相。人只有一次生命，要看护好自己。对任何图谋伟业而伤害他人生命的人，不必再欢呼崇拜。要让生的本能驱赶走死的本能。人不应该为任何虚幻的目标虚掷自己宝贵的生命。除非他自己想好了，他必须要这样做。这也是后来福柯、波普尔理论的实质。

也许，人类的声音真的是越来越暗哑了。它从神话、史诗、传奇，然后到散文。它们散播的地带，神话在苍茫的山巅，史诗在鏖战的沙场，传奇在险要的江湖；只有散文，它虽然平铺直叙，却可以使每个人都躲在里面，哪怕它只是一间茅屋，却可以使人安然度日。

茅屋中的人，他喃喃自语。当他走出屋子，他会去看管自己的牧场，牧养自己的羊群；而不是像过去那样被驱使，被他人牧养。

这一段交代了一些理论背景，是想对转型期的中国，人们为什么产生了那么多复杂、奥妙的心态，并且差不多是对陷入到精神的窘况和困境的事实有个大致的背景分析。韦伯很可惜，他才50多岁，就在第一次世界大战后的一场传染病中死去。他和德国其他思想家与欧洲大陆诗化的哲学风格不同。他对整体性、本质主义和历史决定论非常警惕，他反感绝对权力，对每一个个人的权利都在大声吁请和捍卫中。

没有中心，我们都在边缘，在一个个自己搭建的茅屋，在退出中心以后，回到个人生存的真实性中；没有伟人的宏图大业，我们每个人的生命都值得尊敬。这就是贯穿在韦伯慈悲淳厚内心的"祛魅"理论。

又要扯出我们的困境、我们的迷惘。仍然要请那个已经说了许多奇谈怪论的男人出场，让他带着混乱，带着谬误前来。但这至少可以撬动那僵硬、板结的土层，引出我们，其中当然也包括女人的反驳、批判，连同警惕。

—— *4* ——
权利与责任

那个夏夜的深谈之后，女人接受了那男人关于远和近、大和小都没有严格区分的论调，接受了他说的鸟儿飞得再高也飞不出鸟巢的"相对主义"；同时也接受了他的拥揽和搂抱。

一切随自然走去吧。他们注定会带着不安与歉疚上路吗？女人曾经不止一次在叙说自由与忠诚之间的冲突和挣扎。在没有找到解脱的理由时，女人鼻翼间两道苦纹在加深。她问：何以解答？男人似乎没有这种不安和歉疚。他说，这两者很好解释，忠诚是责任，是善待配偶；自由是欢悦，是善待自己。

她一定是嗅到了那股原始的、飓风裹挟着的自然蛮力的强烈气息，她的眼睛被那个麋鹿般灵动、飞快地在土塬上奔跑的男人所深深吸引。他弹跳有力，脚步轻捷；若是停下，他一个侧身翻转，稳稳落地。这张不太年轻的面容，线条清晰，眼神充满惊奇和快乐。现在的人每天都被麻木、烦乱所攫住，她非常不高兴，他却凡事都想得开，总是很高兴的样子。她受他感染。他身上的确有让女人莫名兴奋的东西。她被他裹挟着，在秋天抒情般落叶的卷帙里，日子有了茎脉的清晰纹路。

她也走入盛年，她发现自己看男人的眼光也在变。年轻的时候，她非常迷恋那口含薄荷般清香、消瘦清朗的男人。她更看重他们有无缥缈致远的精神气质，对俗世肉身的含意并不能理解。曾经见过一个女人，她有着火狐般的惊艳，白皙泛粉的面孔，厚厚的性感的嘴唇，跳起舞来，那心醉神往的姿态，给人印象深刻。但听说正是这样一个钢琴老师，与一个十分普通的男人相爱。那男人狂躁时甚至动手打她，但她却拽紧他不放。

女人那时十分纳闷儿钢琴老师为什么会这样，这疑惑存于心头多年，直到现在她才恍然大悟。那男人一定是给了她很欢乐的场面，那种穿透灵魂、致命般的场景让人深深地中毒，到最后，自己拿自己已经没办法了。

女人现在发现，这话不知道该不该说出来，她发现原先那些飘逸倜傥的男人都在下滑。那个曾经是挑逗的、进攻的、像个小公牛一样的男人，再见面时，他只是在不停地诉说他的皈依，他说神若是在人的身体里住下，那将是什么情形？他不停地说，显得不识趣和无节制，完全不容别人插嘴。他其实还那么年轻，已经开始正襟危坐。他已经没有原先的清癯俊朗，变得浑圆和臃肿。她记起第一次见面时，他黑裤白衣，衣衫束在腰间，袖口扣着，舒爽，利落，犹如春天原野上的树。那还是一个青年学子的模样。他那时还没什么学术地位，却有着心劲儿和努力，也有着年轻男人的鲁莽与造次。他以袭击的方式完成他的热爱。她全然没有思想准备，他却想用这种方式巩固他们的关系，让他们之间似乎因暧昧变得很铁。她看出了他的心思，没有揭穿。他当然知道她即使心烦，也不会怪罪和迁怒。在她，什么人什么样，心明镜似的。谁人待她什么态度，她不会计较，但会分析。她分析了，就释然了。她看出这个年轻人机心多过真心，他以为现在自己魅力正足，可以去尝试不同的女人。在两性关系上都这么功利，这种思维定势会让他走不远，因小聪明会放弃大智慧。果不其然，他日后苦心经营，但影响多来自负面而非正面。

她不是那要么全有、要么全无的凛然。她和他在不期然中还有交往。但她看到他不再有那充沛、朝气、明亮的力量，心揪揪的，有些沉。

女人到了一定年龄，她看人看事的眼光在变。她不再想与衰败和残破照面，因为她自己很快就是这副德行。她多么看重男人饱满有力的那种状态。这得推开多少懒惰、颓丧、苦难，才能这样。这状态就是境界。没有谁能平白无故的好。人得领会、省悟，才不会坍塌。帕斯卡尔说过，人是一根脆弱的芦苇，如果没有精神底蕴，一滴水也能把他击穿。说的就是这个道理。

女人有满腹的心事和挣扎，男人没有。男人本质上就是进攻，女人则是防御；男人的行止是冒犯，女人则是疼痛。即使女人在劝说自己中找到了解脱的理由，她仍然非常矛盾，这有关情感和身体，也有关她的相对主义。

有一天傍晚，她听了一阕很美的音乐，心头升起一种思念。

她打电话给他，问他在干什么。他说在上网，在军事网上溜达，也看些不健康的图片。他说，男人嘛，若是真爷们儿，哪能离开战争和女人？战争让男人血液欢快地流淌，那嗜血的本能得到宣泄。现在是在画面上去看模拟性战争场面，看世界上最先进的武器，去假设未来战争的布局，这真是太过瘾了。至于那些很香艳的图片嘛……他刚刚讲到这里，女人就心烦起来，她努力压住心头的火，说："我现在有些急事要办，先到这里吧。"随后，她把电话挂了。

过了不久，他拨通她的手机，说："你这娘们儿，我看你是明白人才愿意对你讲这些实情。有些话听起来糙，但它真。"

既然话说到这里，她就不再使性子了，且听他的一派胡言吧。

他接着说："大老爷们儿都有自己隐秘的成人游戏。你们女人是不是希望男人每个人都是圣人君子？我告诉你，中国男人现在特别不像男人，与他们自己的糟糕有关，你们女人错误的期待值也难脱干系。你尽管批判好了，可我知道男人会迷恋那春色无边的白嫩胴体、柔婉婀娜的曲线，连同那些隐秘的山谷和红果的香艳。这些潮湿的色情联想，像男人暗夜的太阳。他在周身的热情涌动时知道自己是个男人，而不是每时每刻都在讲大道理的、非礼勿听非礼勿言的圣人。圣人是拿来供奉的，而男人呢？那活生生的血肉之躯，他想什么、干什么不重要，重要的是他能在限度中看管好自己。这就是福柯说过的：性不是罪愆，而是危险。"

他听女人没有驳斥他，于是接着说：

"文明社会凡此种种都在进化，但男人不能一直进化，他应该葆有退化的某些部分。这也不能说是退化，是他自然本能的生命。他不能只向上空拔高、升华，弄成规训别人、净化自己的圣徒。这世界上若是大部分男人都成圣徒了，那就只剩青烟袅袅、木鱼声声的寺院了。这样的话，他肯定是极力倡导灭人欲、存天理的宋明理学了。

"可能你会说了，不成圣徒，岂不是让他们都成歹徒？看看，这简单化的思维，把应该深入讨论的事情一下子就引向歧路。旧时代的男权，是男人有房子有地有资产以后的妻妾成群。但他们并不清楚自己生命权力掌握的前提，是对女人的疼惜、呵护和尊重。新社会的一个阶段里，全部处在国家政治伦理之下，弄得大家都灰头土脸，男女性别不分。现在刚刚分出个性别差异，又吵得一塌糊涂。"

电话显然不是讨论问题的地方。话没说透，他们约定见面时再聊。等了好一段时间，没有他的信息，后来他说工作的单位正在进行调整，他到了一个闲差部门。她认为他会懊丧，男人没有实权，总归会觉得失落。

待到见面时，并没有看到他的烦乱不快。她问："你真不想在仕途上有所作为了吗？"他说："我当然想。我的退思，就是在独处中去思考国计民生的大事业。我会去想合乎国情的政体应该是怎么样的。孟德斯鸠提出了三种政体的区分，一种是少数人掌权的贵族政体，一种是一人掌权的专制政体，还有一种是全体人掌权的民主政体。在中国，某些人的骨子里就喜欢封建专制政体的安排，而孔子的政治学说，在某种程度上，只不过是让你在人与人之间的伦理关系中，学会妥协、周旋，中庸地、现实地、合乎规矩地把事情办得让比你位高、可以左右掌握你命运的人满意。这可能有建设性进言吗？"

他们约在某一座小城见面，晚饭后就在一条弯曲的街巷上漫步。这里四处可见私人性质的不高的楼房，一楼临街的房子被改成铺面，有卖水果、粮食、五金、百货的，也有小餐馆。

他挽着她的手。他说："幸福的生活从来不在远方，就在这平平常常的日子里，很温馨、很安顺的日子。比如这些小城百姓，他们祖上留下的房产、铺面，加上每月做小买卖的盈利，可以养活几代人，这是很踏实的幸福来源。但是听说政府很快就要强行拆迁了，全部推倒修成宽阔的大马路。马路两旁会有林荫道，但拆迁的百姓，要搬到很远的地方，今后靠什么维持生计还没着落。如果让我成为这个小城说话算数的官员，我不会去追求这些大而无当的排场，而是先藏富于民，让百姓在土里刨食的自发性秩序中，去过自己的不富但也不穷的小康日子。街道可以先不要那么整齐划一，清洁就好。过几年，条件成熟了，可以考虑旧城改造。还有偏远山区，也不要那么快地发展工业，在青山绿水间搞那么几个水泥厂、炼油厂，整个自然环境就破坏了。这些工厂和企业，或者成了当地政府的纳税大户，或者使政府上报的政绩有了对象。可那些污染的空气和水源，已经使百姓患上了各种疾病；他们如果治疗，要支付昂贵的医药费。况且，某些病，没有医院可以治好。那些早逝的人们，带给家庭以悲剧。这些事情，关心眼下政绩升迁的官员谁会去想？我觉得现在许多官员的作为，要么是空耗，要么就是作孽。像这样，还有必要在仕途上搏些虚名吗？那些忧君忧社稷的庙堂之人，不是降格为单纯的拿俸禄者吗？"

女人挣开他的臂弯，自己往前快走了几步，然后回过头来对他说：

"你可以争取在仕途经济上做些好事嘛！如果只是有想法而不付诸行动，岂不是坐观垂钓者，徒有羡鱼情？应该是尽可能地做些有益于社会和他人的事。在政治领域，可以像西方那样，做言之有理、为民代言而受人尊敬的议员；或在具体职能部门任职，践行自己认为好的意图。在商业领域，在利己的同时利人，为社会繁荣出一份力，然后把公益作为自我抱负实现的重要途径。现代社会的建立需要有抱负的人，需要精英和冒险家，而不是后退的人、消极的人，以及犬儒主义者。"

她站在那里，像背书一样一下子说了许多话。他上前想拉她的手，她甩开了。他不愠不怒地说：

"傻女人，你真是书看得太多，把自己给看糊涂了。我愿意对你说这么多，是把你当成我最心爱的女人。我们不是辩论的甲方、乙方，非要争个是非曲直。你在高门大院待久了，以为所有的人都像你们一样奋发有为。我想说的是，我可能有抱负，也可能没抱负，或没什么功名利禄，这样的话，我就不活了？人有高标准的期待，也有低标准的现实。有与众不同的少数精英，也有满世界的芸芸众生。我承认我是后者，但我让自己心里透亮些，不那么糊涂，我认为这一生就算没白活了。"

他接着说："你是挺能干，潜意识里总在试图改造我，我告诉你，我这个老江湖已经是很难改变了。你就不能换一种方式对待我们之间的关系吗？"

　　女人发现自己的心情变得很坏。正巧这时有一个电话打过来。她随后对他说，她有重要的事情要赶回去。悻悻地，他们又坐上了返程的车，然后黯然分手。

　　他们在分手以后有一段时间彼此不再联系。男女之间就是这样，如果之间有吸引力，会跨过千山万水去相逢；如果有了芥蒂，就隔远了。放冷了以后，那些往事，就像一个梦一样过去了。

　　女人在勤力做事。她一直在奋斗，奋斗到现在，已经有了收获。早年间那些奋斗的朋友，不管是男朋友还是女朋友，如今差不多都修成正果了。那一次在一个海边城市相聚，他们基本上在自己的专业领域都有了头衔和名望。这时，她的脑海里会闪现那个风趣、幽默、生机勃勃的面孔。她又很是矛盾。她越会做事，就越会睥睨不会做事的男人。

　　她决定这一段时间不再与他联系，让自己冷静一下，看有无再交往下去的必要。

—— 5 ——
被谁拽出时间的深渊

　　转眼到了冬天，冷空气一次次地袭来。湿冷中，人蜷缩在厚厚的棉衣里不想动弹，心情甚是郁闷。

　　女人在这些日子里发现自己活得并不好。她在镜子里看到一张带着厌世、刻薄、苦相的脸。她的眼神不再有波光粼粼的荡漾。凡是内心不喜悦，女人身体四周就不会发出璀璨的光芒了，她就不再可能将周围的世界唤醒和照亮。如果女人带着喜悦、荡漾的光芒，这是比深深的吸引力更为摄魂的强力诱惑。那波光粼粼的湖水，倒映着婀娜的垂柳和迎春的花朵，诱你陷进去、陷进去。在她身边走过的人不是充满邪念，而是感受到自己正在推开昏暗，在逼真的乐园，有视野之外的大雁和芦花，惊荡起一片羽毛和万般的惆怅，心被激活。女人若这样，是世俗的奉献，更是超凡的馈赠。如果不是这样，她就无奉献和馈赠那激动人心的人生细节与题材了。

她在想，事情怎么成了这样子？男人对女人真的就那么重要吗？独立、坚定的女人一旦发现男人的败笔，不可以掉头离去吗？事实是，你可以掉头离去，但你会因怨怼、愤慨而让自己变老。男人在吃不到葡萄时不说葡萄酸，但他可以退而求其次。你再骂他无耻都没有用。关键是要想想该怎么让自己重新变得好起来，而不是一天天糟下去。

在很多年前，女人就在思考这样一个问题：时间的风，尖厉地呼啸着，能将这大地上的一切繁荣吹成萧索，能将如花似玉的女人吹成薄薄的枯叶。在时间面前，敏感的女人，无师自通地成了哲学家。接下来的问题是：有哪双黑手能将自己拽出时间的深渊？

有一天，她与一位很知心的女友约着吃晚饭。她很差的心情和状态自然瞒不过这个冰雪聪明的朋友。但她们都没再说什么。

饭后，女友到她的办公室喝茶聊天。在她打开电脑为女友查找一个文件时，那男人的照片在电脑上闪出来。这是一次外出时她帮他照的。他穿着桔咖色T恤，后边的背景是一面苍褐斑驳的城墙。她替他拍照时，他还说这一张老脸照出来有什么好看。

女友看了这男人的照片，问："是你说的那个土匪吗？"她说是。

女友顿了顿说："他不是我原先想象的样子。我原想那个你称作土匪的男人可能是须髯如戟，头发乱如蓬草，或是像画油画的不修边幅的艺术家。没想到这个男人看起来很干净，也很高贵。他的下颌微微上翘，面颊容长，是个身体强健、很性感的男人。仔细看他的眼神，却有着秋水般的澄明。现在已经很少见到这种模样的男人了。"

女友说："你算是有福的。这年月，男人总是松松垮垮的样子，你能遇上这样的男人不容易。"

女友又翻看了他为她拍的照片，无论是在熙熙攘攘的店面购物，还是在米粉摊上吃东西，或是战战兢兢走过窄窄的小桥，她的神情都有掩藏不住的神往。女友说："你对这个男人用情很深，你不知道吗？"

她反问女友，能看出来吗？女友回答，当然能。他表面看起来大大咧咧，其实内藏锦绣。你读懂了他。他很感激生活。

到这时，她告诉了女友自己最近一段的失落和幻灭。

她一向认为女人之间不必谈过于私密的事情。但女友是另一类人，是非常有判断力、说话很到位的那种。人总有倾吐的某一时刻。她不会多说，但会把自己的私房话讲给女友听，让她帮着自己理清头绪。

女友听后，笑着拍拍她的肩说："我的傻姐姐，你怎么还会有这种求全责备的幼稚想法？如果存有对男人太高的期待值、太多的要求，痛苦就来了。你不是一般的女人，你不能用一般的角度想事情。"

女友说："实话讲给你听，这个男人也不能用一般意义去衡量他的价值。比如他没有在仕途上爬的机心和筹谋，并不见得他没有能力。你恰恰遇上了一个不想攀援的男人，但他有能力把自己弄得很好，你欣赏他这方面就足够了。你可不要把他推远了。你可以离开他，但是，懂男人的女人会盯上他。女人中有迷恋男人权势和金钱的，也有不迷恋这些的。"

很少有女人这么透彻地想事情，她给女友又斟上一杯茶，听她继续往下讲。

女友说："所谓新时代，根本的觉醒者其实是女人。她们自己掌灯为自己照亮前方的路，这路有时是正道，有时也可能是歧途。坏坏的、江湖气很重、胆大却又心软的男人，他们骨骼匀称，四肢灵活，勃勃英气，有某种土匪味儿，却又掺和着侠义与浪漫，颇值得懂男人的女人注目。无论是南方或是北方，总有女人被那种大团大团的乌云般的心事纠缠着、萦绕着、裹挟着。如果她正好遇上这样的男人，他即使不动声色，即使身无分文，他都会很有女人缘。他不会主动向前，更不会去揩女人的油，他如果接收到那红果般热烈饱满的生命信息，当他们的秘密通道互相打开，他们的心智与美学储备已是丰盈，这时，一般的道德桎梏已束缚不了他们。但是且慢，我不得不遗憾地说，很少有人可以走到这个境界。"

她说："生命权力如果也是一种权力，它不当吃也不当喝，不解决任何遇到的麻烦，这怎么能靠得住？"

　　女友说："你说对了，任何虚的东西都是最贵重的。我希望将生命权力引入男权。男权就是生命权力，男权政治就是生命政治，它抵达的目标是自由。如果就中国的情况来分析，必须要厘清的是：夫权不是男权。"

　　夜晚的风已经很凉，门窗紧紧关着，两人不约而同地裹紧了衣服。今宵没有睡意，她们也难得这么痛快地聊天，索性就这么聊下去，况且，她真想听听女友的高见。

　　女友受到鼓励，谈话渐入佳境：

　　"夫权，指的是1949年以前，这也就是福柯所描述的前现代性的'血缘象征'。男人的权力，尤其是那些霸气十足、枭雄的男人，他精力充沛、果敢坚定，成就了一番事业。政界、商界和军界有这样的人，乡野之间的绅士也属于这一类。这样的男人，他以旺盛的血缘延续为他成功和骄傲的资本。这些人的妻妾成群的家庭结构，也由此而来。就是现在，这也是多少中国男人的梦想。"

　　女友想到自己游历时听到的一番话，说："有一天，大家坐车前往另一个城市参加活动，车上有男有女，一个单位的，在旅途中大家讲话很放松。车上，那个嗓门儿大、喝酒多的男人一直在讲男人的企图，妻妾成群的白日梦没少做。他说，男人如果有充实的经济能力，至少希望一妻四妾。这妻是正房，即使是父母之命、媒妁之言，她也应该是端庄贤淑、稳笃沉厚的模样。家中上下一应事宜，财政、内务大权都在她手中执掌，她分派各色人等各司其职，是家族的管理者。二房的妾，应该是出身中等，粗通文墨，有历练、有胆识、有主意。还得颇有几分姿色，可以陪伴老爷游走四方。关键时刻，她眉宇微蹙，将不好说的话说出来。她头脑冷静，能应酬也能解围。到了三房呢，可能是几石小米换来的，身强力壮，能生养，在家里闷头干活，不使性子，不耍脾气。四房则来自青楼。老爷玩腻了正统，偏偏给你个离经叛道，将那妖姬花魁花银子赎身。平日里弹唱一曲，款款风流，惹得男人去尝那勾魂摄魄的迷药。到了五房，则可能是粉嫩嫩的女学生，清雅可人，是个教人疼的宝贝儿。"

大嗓门儿男人越说越张狂起来，以为天下美色他可尽揽怀中。车中一人笑道："你真是色胆包天，《红楼梦》里有官位有财道的贾政老爷，那么大的气派，王夫人之外，妾也不及你多。你倒是胃口够大，整了五个，儿女满堂。可你得挣多少银子，才能支付一应花销；你也得有铁打的身板，才能对付你那花容月貌却又如狼似虎的女眷们。看她们不把你活吃了才怪。"

众人哄笑。

女友呷了口茶，顿了顿又接着说：

"大嗓门儿男人的话，说了中国男人的贪心。这只是他们在心理上得到一番满足而已。现在年月，福柯命名为'性态部署'，这概括得很准确。男男女女，个个都守着自己的坚固堡垒，虎视眈眈。你再枭雄的男人，好女人不会乖巧地顺从你；糟女人你又看不上。况且，现在是和平年月，男人不再像过去旧时代兵荒马乱时，必须真刀真枪，才能拼杀出一条血路，成为一条好汉。通过和平渠道发展自己的聪明才智，男人不再血洒疆场。"

女友真不愧为哲学博士出身，讲起话来条理清晰，一团乱麻的东西经她剖析，被渐渐扯出了头绪。

经女友这么一提，她想起了那年夏天在腊梅园一个政府家属区看到的一些场景。她因一件事坐在广场的椅子上等人。

那是在傍晚，人们吃过饭，三三两两走出家门在小区散步。这些大都是在政府部门供职的人，白天忙着会议和公文；下班以后的他们，显然很放松。男人大都穿着汗衫和短裤，女人也着装随意。看到走过来的男人，好像是稍过了三十岁，就已腆起肚腩，腰身浑圆，脑袋浑圆。更年长一些的就甭说了。他们当然不缺请吃请喝的饭局，那些好烟好酒和膏脂厚味，让他们身体肥硕而行动笨拙。他们手中握有大小不等的权力，却没能因此把自己拾掇得利落轻捷。这种形象的公职人员，实在无法让普通民众引为楷模。

她曾经听多日不联系的那个糙爷们儿讲过，他经常成为盘问的对象。他那么强健，身手敏捷充满能量的样子，总被误认为是坏人。眼下，坏人才可能灵动跑跳，充满不安分。习惯性思维是，跑跳灵活的男人就一定是具有破坏性的。良民们谁会有动如脱兔的窜动跳跃呢？

想到这里，她的内心涌出一种很奇异的甜美，她知道了，这个男人她已经放不下了。

女友看她走神、沉默，心思转向了别处，就问："我是不是说得太多了？"

她说："不是。是你讲的话让我联想到一些事情。我也简单地概括了你的话，你听听准确不准确。应该这样说吧，旧时代是血缘伦理，因为内忧外患，朝野不明，政体也比较混乱。在失序中，在封建制度下，夫权占据主导地位，整个社会是男女不平等。现如今以及后来的不短时间，生命伦理开始引起人们的注意。"

女友说："对！对！你概括得甚是精到。只是我们讲到的生命伦理，这实在是很奢侈的讨论。这个时期，得有多少好东西去辅助才能到来。政治在这时是清明，体制在这时是合宜，法律在这时是健全，经济在这时是富庶。而这时的人，就会把自己当成上帝的礼物那样爱惜。男人希望自己挺拔，女人希望自己靓丽。这是一种心劲儿，即使他们已经到了耄耋之年，这心劲儿，化为自尊自爱的火焰，继续照亮自己人生的道路，而不会早早服输，不会把暮年当成漆黑一团的死寂。"

她接着女友的话说："可是你知道，人越美好，辐射力越强，故事也就越多，紧接着麻烦也就越多。这样，普遍的伦理说教，束缚不了光华四射的人。人越丰富，就会有越多的神秘生活。这是无法敞开的美学生活，与光天化日之下的伦理生活不是一回事。当然，不是所有的人适合美学生活，大多数人仍然希望待在规范的生活秩序里。但是少数人的美学生活，并不是非要批判的。在哲学的宽容里，人为自己做主，你完全可以选择有惊无险的生活，只要你自己可以支撑住。"

女友说："在生命伦理时期，对人的要求更严。在血缘伦理和国家伦理中，人可以被各种外部势力推着走。在血缘伦理中，女人只是嫁汉嫁汉穿衣吃饭，为谋生计，她凡事都会忍下来，不会对男人有更高的期待；在国家伦理中，男女不必考虑性别二字，糊糊涂涂一辈子过来。而在生命伦理时期，男人和女人都得有个体生命的觉悟、判断。"

女友这时转到桌前，指着电脑上那个男人的照片说："我说这男人的眼睛里有秋水一般的光。你要知道放在过去，没有女人这样用欣赏的词语给予评价。而这评价，也只能由我们女人说出来。男人之间不会有谁这么讲。他们彼此像乌鸡眼儿一样斗来斗去。况且，哪个男人敢拿自己的生命权力和政治权力、经济权力相抗衡？那还不羞死人呢！我们女人不缺吃不缺穿，又受到良好的教育，自己有能量有审美，如果对生命有领悟，自然会对男人感兴趣。空荡荡的秋风，孤枕难眠，夜漏数珠，不是我们这代人的写照。你看我们俩，大半夜了，还在替他们男人讨论权力问题，放在过去，想都不用想。我们女人有思考能力，觉醒了才会去说说这些有用的废话。而这生命伦理的话又有太多歧义。罢了罢了，回头再说了。"

夜已深。热爱思考的两个女人甚是过瘾地聊了一次。然后她们收拾了桌上的茶具，告别回家。

—— 6 ——
晦暗不明的生活

文章写到这里，我仍然找不到题旨性的东西。我借助对话，试图将那些生涩乏味的道理讲出来。时而是一男一女的对话，时而是两个女人之间的对话，用这种明白晓畅的形式，让人可以将文章读下去。可什么是男权？指的究竟是男人哪方面的权力，我不知道能否表达清楚。或许我已经悬置了他们的政治权力和经济权力，想从生命权力上做做文章，但我又发现自己掉进了一个陷阱。

面对眼下多元却又晦暗不明的生活，这或许会是一个伪命题？

先要说体制之外谋生的人们。生存的压力如山一样堵在门口，能在社会上有个位置，已经不错。人首先要生存，然后是发展，再然后才是心事浩茫连广宇，是精神世界通苍穹。生存是那么棘手，文案数据、利益得失，严峻而枯燥的事务，哪里还有闲情逸致去想风花雪月、鸳鸯蝴蝶之事？

如果干的是白领工作，每天端坐在电脑旁，现代科技用敲击键盘的方式，已榨取了多少青年男女体内的日精月华。揉着眼睛走出门口的男子，面色苍白。他们在这座气派的大楼里从早到晚地工作，很少见到阳光，也很少去干体力活，平时也没空健身。况且，中国的教育制度，让他们从孩提时代起，就与无数习题、考试捆绑在一起，逃也逃不掉。他们早已远离了男子大喊大叫跑跳撒欢的调皮和莽撞。一路拼杀，他们才走到白领之门。否则，他们只能混迹在抢锤、扛包的劳动大军行列了。那行列的人，尚难得到衣食保障和人格保障。眼下的他们，眼睛近视，肩膀窄弱，胸脯单薄，手指细长。他们可能是儒雅俊秀的，是虚静如竹的，却不再可能接受对男人腰身健壮的形容。这种形容，只可能到体力劳动者和行伍之人中去找了。

你再去看看这行当中的女孩子。她们都很聪明。现代文明社会，已经没必要去冲冲杀杀，都市生存里面的技术要求，对接受过教育的女性来说，那是得心应手。坐得住的她们，自小习题和考试也难不倒她们。她们对不如自己的异性多有睥睨。

女性里面也分强和弱。强的，非常独立，属个人奋斗型。她们往往较少学习如何做女人，在工作中独当一面，甚是出色。她们在风中站立，英姿飒爽，神情庄严，大小事情拎得一清二楚；在日常生活中往往不施脂粉，不穿繁复拖沓的裙裾，一身利落西服，干练简洁。她们环顾四方，鲜有让自己拜倒的如意郎君。于是，她们更加独立。她们有时也会惆怅；但挨过夜晚，第二天又是忙不完的工作。她们做人的理念是：工作大过天，个人私事不足挂齿。这等女子业务越出色，世界越寂寞。她们排遣的方法往往是，假日背上行囊上路，看着旅途中的山川形胜，借此解脱。

她们不再冀望异性的肩膀偎靠，会日益往中性路上走。

有相对弱一些的女子。你握着她们的小手，纤细冰凉。她们薄如细草，嘴唇失华，周身没有血气养着。

这面色无华、手脚冰凉的女子，会和没有挑衅性的男子靠在一起。女子弱，男子也弱，在这个年轻的早晨，他们走在一起，就像两只互相舐舐着、梳理着羽毛的鸟儿，彼此把头埋在对方不甚丰厚的羽翅里面，寻找些许的温暖和慰藉。世界越强悍，他们越羸弱，越需互相依偎。

此阶段，他们业余时间一起买菜做饭，然后依偎在沙发上看电视。他们周末会睡到中午，倦倦的，互为港湾。这样会过相当一段时间，直到他们在中年以后开始身体不好。这时候，身体的疼痛让人烦躁，不知他们还有无充分的耐心和爱意给对方以抚慰。

话说强男人，往往会以为弱柳扶风的女子是他的心头所爱。他以为那白皙的面孔、怯怯的眼神、单薄的身子，是别有一番风姿。男人此刻会对那挺着丰满的胸脯、眉眼欢快的健康女子有些警惕甚至是反感，以为她们过于茁壮的气息不稳重。心性和体力都强的男人，选择了娇喘吁吁的女人。多少年过去，没承想，那早年的一轮明月，成了脸色枯黄、心力不济的病妪。强男人哪里知道生命的个中奥秘？及至中年，他日子的苦不堪言，只有自己心里清楚。

那么强女人呢？年轻时她同样会对那孤独的、低吟的、有儒雅静虚之气的男人十分心仪。她说，他是多么的沉郁顿挫啊！她也没想到，他少年时期就老成持重的优质品格，与他常常心口憋闷、不想讲话有关。男人的确因闲坐而发展了丰富的内心。可他却真的是对床笫之欢的事情不感兴趣。他喜欢植物性的芬芳，对那健壮、热烈的女人，只能以厌恶和诟病来掩饰自己的无能。

对于这些男男女女，还有个体制内和体制外的区分。在体制外，大多数挣扎的人们，没有闲暇，也没有那么多活络的想法，热也好，冷也好，活着就好。无论体质强与弱，大家都能相安无事地活，直至中年、老年。甚至，在中国女人这里，她们的就业压力，以及结婚、生育、抚养的重轭，已勒得她们喘不过气来。她们早已肤色黯然失华，身体机能早衰。她们似乎更喜欢那欲望不怎么强烈的、顾家而温驯的男人。

在体制外成功的中年男人，可就不管你女人喜欢不喜欢了。体制外成功的一般是商界男人。他凭借能力闯天下，自是筚路蓝缕、白手起家的非等闲之辈。在成功的椅子上闭目养神的那一刻，他觉得自己身心疲惫，那么辛苦。那么他自我犒劳的办法，就是不受色戒之矩。自古至今，商界男人比政界男人在情欲的自由度上更大些。但他要学会的是打法律的擦边球，而不是撞到枪口上。这些分寸，情商不错的人，自会斟酌。正是这些人，尤其被天下女人一致声讨。

那么说到政界男人，体制给了他权力的延伸，给了他不动一刀一枪，只动动嘴皮子就获得诸多实惠，他就得遵循这体制的规矩。除非这体制不再是驾驭一切生活的、巨大的、如霍布斯所说的"利维坦"。如果到了韦伯在讨论现代行政管理机构时说的那样，这是一个在各种权力制衡中处在监督下的服务性机构。这机构中的公职人员，没有特权，只是拿薪水的雇员。但他必须为他的职责尽心尽力，必须为提供给他薪水的纳税人履行自己的义务和责任。到这时他会和其他行业的人一样，有自己的七情六欲、喜怒哀乐。他和所有公民一样，必须妥善地处理好自己的公事，以及私事。

关于私事，这里还得提提那个大嗓门儿男人一妻四妾的白日梦呓。许多中国男人，身在现代社会，心魂仍留恋古代社会。他们内里膨胀，从来不想知道女人在想什么，只是以为男人的性别本身就是霸道和侵占。

他们说，过去做男人好啊，起码在私生活上是何等的逍遥快活。像在上海做买办的郑观应，像红顶商人胡雪岩，他们都养着正房偏房。就连提倡新文化的梁启超，也是妻依妾偎，依红偎翠。

可是新时代里，女人不是拿来消费的，而是需要尊重的。这就是迈向现代化门槛的中国面临的新课题。

写着写着，我心力很虚，心情有些烦乱，出去闲逛了一晚上。冬夜如此清爽，跑回来，我仍坐下。

实话说，原本我想借助于上文中那些男女之间、女友之间的交谈，去生动摹状隐秘的私人空间的琐事。可某些难题总在不断干扰我，使我写不下去。我曾经写的那个健壮、亦庄亦谐的男人早已不知去向。

———— 7 ————
必须回到事物本身

我写了一个退出的男人。他在晨跑中大汗淋漓，将身体当成了图腾，将生命当成了崇拜。这种人，往往被功成名就的男人所不屑，说你不建功立业，以何颜面立世？他不正面回答，只是想退而去思，想成为一个明白人。众人都会笑他，你思？思能当饭吃吗？

不由得想起了陀思妥耶夫斯基在《罪与罚》中描写的一个场面：女仆看到一个大学生整天待在房子里不出门，就问他："你在干什么呢？"大学生支支吾吾地说："我在……我在工作。"女仆又问："你的工作就是什么也不干吗？"大学生说："我在思想。"听到这里，女仆笑得前仰后合。待她止住了笑，说："你的思想能赚钱吗？"大学生无言以对。

俄罗斯文学和思想里，历来有对功利和非功利的辩论。思能干什么？思不能干什么，这只是某一部分人的癖好，仅此而已。

中国男人，历来推崇政治权力、经济权力，独独对生命权力极其漠视，他们看起来很严肃周正，却不好玩、不可爱，整天端着架子。女人们若是依偎他，也不是冲着他自身的吸引力，而是别的功利考虑。

走到现代，人群中走出一个坏坏的男人，他可不迂腐。他认为男人在世上三种东西很重要：一份固定的收入，一种自由的精神，一个心仪的女人。

你可以驳斥他，但你冷静下来，会觉得他的话有几分道理。他可能不那么成功，可是又有多少人一定能在政治上混到高官厚禄呢？又有多少人在经济上能做到财大气粗呢？不那么执着于什么，不那么计较，不扭曲，不异化自己，保持最初的性情，这不是也挺好吗？这也许就是一个遵循了消极自由理念的人，他对生命权力的尊重，就是我想阐述又阐述不清的"男权"。

这样，我就回到我为什么写这篇文章的初衷上去了。

这应该是我在阅读伯林的文字时得到的启示。伯林在西方自由主义的理念中提到的积极自由和消极自由，引发了无数的争议与讨论，却也启发了许多思考。前者指的是，人有干劲儿，但他是被外力的宣传鼓舞推动着走；后者则是，我不选择随大众的队伍走，但我在孤身一人时也能看护好自己。伯林的这一重要思想，放在西方，也只归结于哲学认知，我在一些阐述欧洲思想史的论著中找不到对他这一理论记载的章节。他分明是从贡斯当关于"古代人的自由与现代人的自由"那里衍变而来。贡斯当可以找到稽案，是因为他的自由与宪章有了关联，这就主题宏大了。伯林的理念放到西方的思想背景中，显然也是非主流化的。

中国是能够接受积极自由主张的。而消极自由很少被人看好。被裹着走容易，随大流就是。姿态看起来也很积极作为；不被裹着走，却能不颓废、不消沉，这对人的要求更高也更难。这后一种，是每个现代人今后都必须面临的，不管你适应不适应。

这里，有必要记叙两个场景：事情在那个夏天变得不那么乐观起来。

约好了在一个车站等他。

远远地，她看见他正走过来。她没有走上前，只是在打量那个男人。她看到那个曾经矫健如豹的男人突然变得低矮而单薄。他神情寡淡，眼神中不再有喜悦的光，像是蒙上了一层荫翳。她知道，他是充满了期待去赶赴他说的这场盛宴的。可是，他硬撑着也没打起精神。他的内心仿佛被掏空，血气上不来。

走近，她看到他原本泛红的有光泽的面孔，现在黯淡发黑。他说是晒的。其实不是。女人曾经看过一些医书，知道人如果血亏，就会肤色发暗。

在这个傍晚，他们坐在一家安静的餐馆，几乎无话可说。天热，他猛灌冰镇啤酒。

有一搭没一搭地，他说他最近总是有些头昏。

他仍然有意志力，还在坚持晨跑。出很多的汗，却不吃早饭，说是多少年已经习惯了。她心里咯噔一声。流汗于男人就是流血，血已流出，又没有食物润化脏腑，化为精血，这怎么行啊？男人的精血弱了，脸色自会发暗发灰。他是少常识啊。

他仍然喝酒，喝酒以后要吃很香口的、很厚味的菜肴，味蕾在酒精的刺激下开始麻木。酒伤肝，厚味的食物让他咽喉总是发炎。他出很多汗，大白天的自汗与夜晚睡下以后的盗汗，都是肾脾亏损的缘故。

年轻的时候，男人的种种豪爽都让人入迷，男朋友欢迎，女朋友欣赏。而人到中年，不良的生活习惯会向每个人伸出惩罚之手。

女人的内心充满了担心和忧愁。曾经他走路咚咚地响，像踩着欢快的鼓点儿。他的脸上有一层红润的光，那是肝血充盈、精力旺盛的男人才有的。他的胸脯厚实，像面挡风的墙。她不要金不要银，就是要这面挡风的墙，这面美好的生命之墙。她偎在他的怀里，那是千娇百媚。他做什么事，她都无条件接受。

记得有一次他们外出，在长途汽车上。他走到那个年轻的售票员跟前买票时，几句幽默话逗得小妹非常开心，眉眼笑成了一朵花。她当时坐在后排，心里酸酸的。一刹那，她觉得自己老了，配不上他了。她的内心充满了酸楚的甜蜜。可是一旦她认为他在衰败时，她对他的感觉会变得冷淡和索然。她心里喃喃自语：这该怎么办呢?

现代社会，女人对男人生命特征的审视，目光很是挑剔。

再来看另一个场景。

树老了，人乏了，女人在镜子中看到了一个鼻翼两边苦纹很深、头发蓬乱、脸色枯黄的人。她不再骄傲，有的只是轰毁感。她没想到她的生命衰老得如此之快。她想到那些名女人，她们站在那里，光彩四溢。她们随时在觉醒和热爱中，胆有多大，她们的福就有多大。她们一定是精力过人，生命丰盈。上帝用格外的恩宠，抹平她们身上的时间印痕。那印痕曾经带给一般女人斧砍刀凿的残酷。她们躲开了，获得了比年轻貌美更灿烂夺目的东西。

名女人的恋爱不受年龄和时间的限制，因为她们没有衰败。人都是惧怕衰败的。这就是男人为什么会朝那年轻葱茏的姑娘走去的原因，那样他可以暂时遗忘衰败。名女人则使男人体会到比远离衰败要更高级、更美妙的东西。那糜烂的辉煌的沼泽里，一条清晰广阔的路，铺在眼前。

写到这里，我发现记叙的两个场景，都来自女性视角。若说现代社会男女之间互为审视，其实是她更多地审视他，然后审视自己。他对她其实不怎么审视，只是喜欢就行。而她能接受他的喜欢，是他不能懈怠，始终有很好的状态。

这时我明白，男权一定是对应着女权。双方的权力诉求，不是对抗，而是和解与尊重。或者比客套的和解与尊重更进一步的，是温暖与迷恋。他审视她，她也审视他，他们都必须有诸多的好东西，找到一些秘籍，去进行内功修炼。否则，一个闪失，都会让这温暖与迷恋发生动摇。

男人得看护好多少有价值的东西，才能成为不被体制除掉的余数。而女人又得多么洞悉事理多么美好妖娆，才能被那江洋大盗始终惦记。

在细细密密、真真切切的生命故事里，男权不指向政治，女权也不再指向运动。我逐渐理清了一些头绪，那就是，国家不应该指控个人，伦理学不可以指控美学。生命个体的讨论，必须先要悬置道德与伦理，否则，问题讨论不下去，本来，这些东西就像水草，在生命的深渊中缠绵不清。

耶稣说："你的心灵固然愿意，肉体却软弱了。"

肉体一旦软弱，还有什么心灵呢？

在我们还没有老到已经倦怠去谈论肉体，还没有对生命秘密的探究完全失去兴趣，让我们坐下来，谈谈男权，谈谈女权。男权定义模糊，很难讨论，这应该是男人们剥夺掉那些蛮横无理之后，觉醒到的那些又仁慈又厚道、又帅气又迷人的好东西，是富于合理责任的好东西。这一切，让同样在觉醒中的女人是多么欢喜啊。

有些个人的、美学的东西无从言语，秘不示人。但是福柯说："一切世界之谜与之秘密相比都微不足道。这一秘密在我们每个人身上是极其微小的，但是其密度却比其他任何东西都更严重。"他认为只有通过这一经验机制所确定的理想部分，才能达到自己的理智，这里面也包括意义的生产原则。

我说清楚一些事了吗？直到最后我心里仍是没底。

那曾见的鲜活眼眉与骨肉

——— *1* ———
关于河流的一些阐释

2003年10月的一天，我们一行人在云南的丽江古城歇息了一晚，次日清晨便驱车前往虎跳峡。爬过有些崎岖但还不算陡峭的山路，在江边的围栏处，大家纷纷拿起了照相机拍照留念。

以虎跳峡为背景的画面，的确壮美。但见那翻卷的白浪像一头巨鲸一样，从高处腾跃而下，扑向江中央那红褐色的礁石。白与红的强烈对比，在金色的、澄澈到透明的秋阳下，让人感到惊心动魄的壮美。大家来这里参观游览，正是为了欣赏这段湍急而澎湃的江流与罕见的险峻。

望着江面，我的心突然很疼。我想起了一些人，那是我的故乡人。起头的青年人叫郎保洛，来自河南洛阳。若干年前，这批来自九朝古都的英姿勃勃的小伙子们，这些普通人，他们决定要赶在日本人之前，用漂流的形式，首先去征服世界闻名的虎跳峡险滩。他们要让这征服的胜利者，首先署上的是中国人的名字。也于是，这些怀抱信念的人，他们的血液、骨骼和灵魂，注定要与虎跳峡的漩涡、波涛、暗流紧紧咬在一起，终生终世不会分开。

如果现在对人讲起他们，就有些像讲故事一样。他们的故事发生在20世纪80年代的下半期。有些人还依稀记着这件事。当时事情闹得响声大了，各种媒体闻风而动，跟踪报道。现在，许多人早已遗忘了这件事，更多的人则压根儿都不知道。

望着江面，我在想，那个举世瞩目的虎跳峡漂流事件，那个清晨的情景该是怎么样的呢？

那一天，郎保洛他们早早起身，洗漱，吃饭，然后开始检查自己身上的装备和皮筏子的性能。他们一定是微笑着做这一切的。检查完毕，他们会坐下来抽口烟，缓解一下情绪。为等待这个时刻，多少天来的紧张备战，等待的日子才是真正折磨人。人只有正式上了战场，这样的熬煎才会结束。他们抽着烟，他们知道岸上有无数的观众，有全世界的目光。这些普通的年轻人，真是没想到事情仿佛神差鬼使般被闹大了。

这些小伙儿都是在洛阳城一般的工人和市民的家庭里长大。他们原先也和大家一样过着普通的生活。只是本能中，他们感到这些憋闷、恍惚的日子太少刺激，太没意思了。他们受不了那漫长夏天里没完没了的树上的蝉鸣聒噪；他们在一斧一凿地干活，在轰响的机车边车螺丝钉和量轴承时，觉得日子太贫乏、单调了。这些年轻人，出身一般，心却很大，很想有一番抱负。和平年月，哪有什么值得自己轰轰烈烈去闯一番的男儿事业？他们常常不知道干什么才好。

洛阳城中，艳丽的牡丹花开得过于馥郁秾丽了，那香气都快要把人熏醉了。金谷园在西晋时，曾留下过歌女绿珠坠楼而去的佳话。白马寺有遮天蔽日的古树，却只回应了晨钟暮鼓的空明，羁留的是无欲无求出家人的脚步。而安乐窝也就只是安乐窝了，那些鹅黄的鸡雏，只会在窝边咕咕叫着寻食啄米，所见的也只是巴掌大一块天地。

这一天，洛阳城中的年轻男儿郎保洛他们，在推杯换盏之后，将酝酿一件让他们非常投入、激越人心的事情。他们在听了发起者的动议后一拍即合。于是，这件事就在有声有色中进行了。他们原来恹恹的表情一下子被扫除，随之而来的是超常的训练。毕竟，这是一场与水神、同时也是与死神的较量。当寒冷的河水浸过自己的肌肤，一阵打战，但得坚持下去。渐渐地，他们身上的赘肉开始鼓突和密实，他们的心也随之敞亮和旷远。

是得坚持下去。这事不承想把整个世界都惊动了。这事同时在举国上下激起了强烈的反响，被提到爱国主义、英雄主义的高度。他们的初衷，原先并没有那么高尚、神圣的目的，他们只是想做一件让他们一想起来就热血沸腾的事情，把憋闷的日子给撞一撞。他们从此不再赖在床上日上三竿还不起身，不再猜拳行令在醉醺中自我麻痹，也不再动不动就梗着脖子大打出手。那些惰懒、消沉、莽撞都被黎明即起、寒暑不歇的训练所代替。他们得有好的体能与精力去完成那事，那事要求很苛刻，得真刀真枪地干下去。因为这是随时与死神的照面。而国人，在举目四望的徘徊中，是多么希望看到这个时代有闪光的、激动人心的事情啊。这些普通的年轻人，他们必须得往前走了，他们停不下来了，他们想收住都不行了。他们已经没有了退路。

向世界宣战。

这一天，就这么到来了。

郎保洛他们检查完器械装备，然后坐下来抽烟。

就在这一刻，郎保洛他们开始打量虎跳峡的全景了。向西边望去，那段江面比较窄，两旁耸立着嶙峋的峭岩，壁仞拥偎，错落叠嶂，俨然引人入胜的幽奥神秘的仙境。过了中间这一段，江面向东，非常宽阔，江流宛转着，一些大小不等的礁石，很艺术地散落着。鸟儿拂过水面，翅翼上晶莹斑斓的花纹似乎也能看得见。过去的日子，从来没有这份闲情去静静打量，打量这即将投入的粗粝强悍而又温暖迷人的怀抱。知道这里面的暗流与漩涡充满着无数的杀机，却不恨它。没有了这些，世界何以辽阔，人生哪里还有男儿征服的壮丽？

他们登上了皮筏。一场旷世的险滩征服开始了。这一刻，一切都寂静下来。江水平缓而妩媚，像疼人的少妇用手在抚摸一个待哺的婴儿娇嫩的小脸。江面上那些鸥鸨的叫声都吞咽在了喉咙深处，礁石上原本冷傲的铅灰色变成紫罗兰一样高贵而美丽的色泽。岸上兴高采烈的人们都屏住了呼吸。

皮筏向前漂流着。

突然一阵罡风吹了起来，却听见沉寂中一声闷响。那带着诅咒的乌鸦在悬谷发出绝望的狞笑声，两边的峭壁在那游移的回荡中，发出吱吱嚓嚓的磨牙声。一个大浪打来，在空洞的闷响中，太阳破裂，波涛泛黑，阴谋的敌人收买了皮筏，耀眼的江边，訇然巨响，然后江心开出的是朵朵伤心的莲花。

什么都不复存在了。

郎保洛他们在走向皮筏的那一刻，不知想没想过成败在此一举的结局。他们可能什么都来不及想。他们既没有留下遗书，也没有设想过凯旋以后该怎么过活。他们不会先想到前者。怎么会那么悲观呢？这不好，这会先从意志上就把人摧毁了。他们也不会想到后者。凯旋之后，他们还会重新回到既往的生活吗？辉煌过后，人对后续生活总是抓耳挠腮地不知怎么是好。他们还能重新筹划和设计自己的人生吗？还能为了得到一个电大文凭，下了班以后，在昏暗的教室里背诵考试科目吗？他们还会为保住一个位置和薪水，去向自己的顶头上司阿谀奉承吗？他们原本就不喜欢这些，然后挣脱了；如果之后还要重新把那奔腾不羁的马再套上笼头，那份郁闷啊，比先前更甚。这些血气方刚的年轻人，他们实在是不适应眼下这世界、这社会的生存法则。他们不喜欢那些酸文假醋的礼仪，不喜欢说话时先要清清嗓子，然后慢条斯理地斟酌词句，他们也不喜欢为每一笔利润去费心费力地思考商场规则和成功办法。这些都太累人了。还有家庭，也是累赘，那些配偶的唠叨和生儿育女的琐屑，想想都后背发寒。这一切，哪能比得上那汹涌的波涛和壮阔的江河？他们在搏风击浪中双颊通红。他们后来实际上也适应了上岸之后不停闪烁的镁光灯和媒体的追踪。

他们实际上已经把日后必然要过的庸常日子的路给堵了，他们不可能再忍受那像潮湿的火绳一样，只是冒烟的乏味日子。他们没有了后续生活下去的自我规劝和妥协的理由。他们那一去不复返的结局，其实从决定去险滩漂流的那刻起，就好像已成命定。

2003年的秋天，我站在虎跳峡的江边，为那些年轻的故乡人凭吊，没有酒樽，却是把酒临风还酹江月。时隔六年，2009年的夏天，我躲在南方闷热的房间，去追叙他们。我不知道我还想再说些什么。

话匣子一旦打开就暂时关不上了，我还想再说说与水有关的另外一次见闻。真的是年龄大了，往事总会时不时呈现在面前。

我接下来要说的仍然是故乡的事，有关黄河，有关黄河岸边那些逐水而居的水上人家。那是1987年的冬天，当时开封市文联召开了魏世祥以"水上吉卜赛"命名的系列小说研讨会。风度翩翩的汴梁公子魏世祥，他实地考察，并为那些逃逸于文明之外四处迁徙的水上吉卜赛人家放达爽朗的生活所迷。他的小说一经发表，让文坛为之一震。想当年，关于自由生命的所有话题，都会让人深深地惊愕与激动。开完作品讨论会，我们几个人余兴未尽，决定到那个有人物原型的地方走一遭。魏世祥当向导，同行的有当时发表他小说的《青年文学》的编辑黄宾堂，有用诗歌与足迹丈量黄河的诗人孔令更，我也随行。坐着颠簸和四面透风的长途汽车，我们到了兰考的东坝头，然后就去寻黄河岸边的水上人家。穿过一些土路，拨开已是土黄色的苇丛，但见前边有几排窝棚。这是打了几个木桩，然后用草苫子搭建的一些临时住处。我们掀开厚木门帘钻进去。见到熟人老魏，他们甚是热情，一大溜人盘腿坐在床上，屋子里也没什么空地，很逼仄，我们也顺势坐在床上。这里边几乎转不开身，除了睡觉的床铺，就是做饭的灶台。窝棚很幽暗，抬头，见顶棚处留有一个一尺见方的洞口，权做通风和透光的窗户。大风雪天的时候就用木条钉上。墙壁上挂的是一些气枪，灶台上边挂的是风干的雁肉，以备过冬时吃。

小说的原型船老大从另一个窝棚进来了。他个子不高，黑红脸膛，握手时手掌粗硬有力。他看起来结实而健壮，人也很热情。进来聊了几句，就让他女人张罗着给大家弄菜喝酒了。女人红扑扑的容长脸，一笑眼睛像弯月一样，明亮又喜庆。河风很大，但她的皮肤非常柔细，属于白里透红的那种。北方的女人总有好的基因，即使是粗茶淡饭，风餐露宿，却也养出了粉雕玉琢般模样。女人腰肢一摆，不大会儿工夫，爽爽利利地就端上了几个小菜。都是水上人家储存的过冬食物，蒸风干的雁肉是其中的一道主菜。

吃喝完毕，便是下午，船老大拖出了一条小木船，说要带我们到河上转悠一圈。

这段河床不甚宽阔，有些蜿蜒曲折。电影《黄河在这儿拐了个弯》便是在这里拍摄的。这是河流纵横的一个弯口。夕阳下，河面上像洒满了碎金一般。船平稳地划着，却是天也萧瑟，河也萧瑟。冷风吹打着面颊，却觉脸上微微热了。

船老大伸开粗壮的双臂，紧着划了几桨，然后就让小船在河上飘着。不时地，河面上会掠过一些挨着水面低飞的小鸟；不宽的河，两旁有灌木丛和芦苇荡。我的心猛一沉。

我们这些文人墨客，来到这里是为了欣赏原生态的美；可我们能理解这里面令人发怵的内情吗？这些水上吉卜赛人家，他们除了到河里捕鱼，基本上是以打雁为生。大雁是候鸟，它们可能来自俄罗斯的西伯利亚。为了躲避那里无法活命的寒冷，它们在初秋季节，就开始由北往南，往暖和些的地带迁徙过冬。不到深秋，它们就飞到了黄河流域的中原，它们不会选择在城市的上空飞翔然后栖居。它们靠着黄河，会低下身子啄食河里蹦上来的小虾小鱼，也会寻觅芦苇荡和灌木丛里的小虫豸。夜晚它们会歇息在那里。有时在黄河滩地有草丛的地方，它们也聚居而眠。傻傻的大雁不知道不远处隐蔽着拿枪射击它的人。扣动扳机，大雁成了打雁人的猎物。收拾好拎回它，为的是换取一些钱财，以备日常开销。

老百姓的生活从来都是很具体和严酷的。为了谋生，他们采取的是自己活、大雁死的方式。这哪里是我们用美学态度去赞颂的？我们赞颂，那不拘世俗的放逐生活是多么自由自在啊。其实不是。那苍穹之上，雁阵惊寒。大雁从来都是成双结对的。如果其中的一只母雁被射杀，那公雁就成了离群索居的孤独巡更者。它夜夜哀鸣着，让黑夜更加无边，直到它死去。水上吉卜赛人干的这糊口的营生，实际上充满了残忍。

我一直有个疑问，他们是怎么集结起来的？听说这些人大多来自安徽、山东，本省也有一些。他们是出于种种原因走到这步田地的。有的是黄河改道他们丧失了土地，有的则是带着出逃的性质。这里面不乏性情桀骜之人，而不是逆来顺受的主儿。这性子很得罪人，如果不是实在待不下去，如果不是被逼无奈，安土重迁的农人，怎么可能携家带口地四处游荡呢？这些被迫自我放逐的人，肯定是遇上了大麻烦。在一个月黑之夜，他们悄没声响地出了村，踏上颠沛流离之旅。在当时，迁徙完全不自由，再加上控制极严的"户籍制"，敢于冒这份险的，不是等闲之人。或者这队伍中的确有那种仍怀了"江湖情结"的人，他们就是不喜欢面朝黄土背朝天的生活，就是想在无拘无束中，放开嗓子在黄河滩狂吼；或享受出手极快、枪法极准的那个爽劲儿。

他们虽然是爽朗的乐天派，但这种生活却是没有前程可言的。他们四处漂泊，没有恒业，也就难有恒心。他们过了今天不虑明天。因为没有明天。他们的未来令人担忧，子女长大了读书受教育的问题怎么解决？他们总在迁徙，在一个固定的地方待不上多久。这里边还有一些光棍，哪有姑娘愿意嫁给居无定所的男人？这些水上吉卜赛人家，一定有自己的难言之隐，不是他们不想过普通人的生活，而是这条路被人为地阻断了。这些人随时可以领着妻儿老小返回到原来的村庄和土屋，只要那里的村干部不再对他施展报复。他只要有属于自己的土地，他会在寒峭的初春，双脚踩在依旧彻骨发凉的水田里去插秧；也会在麦收季节的傍晚，把手中的镰刀磨得锋利无比，第二天他会赶在雷雨到来前，把大片成熟的麦子收割完毕。而眼下，他打鱼、猎雁，都是为了活命。他们有最低的目标：活命。这也是信念，很自我，却也很贴己，与民族大义似乎不相关。他们本来就是芸芸百姓，是构成社稷江山的一分子。他们不想那么多，就像柔韧的野草，给个地缝也能活着。

　　相比较，郎保洛他们已将个人行动上升到了民族、爱国、英雄主义的高度。他们退不下来了。主要是他们的行为，在各方面的关注下，已不再是纯粹的个人行为，而是被赋予了高度。

　　个人的行为一般来说只能在悄没声响中暗暗进行，这里面肯定包含了私心、私利的打算。比如那些种田人和修鞋匠，他们的行为从来不可能大张旗鼓被宣传。再比如广告商和制衣厂老板，他们的行为也是在谨慎小心中谋着一单生意的盈余。个人行为的谋小利而又不损害他人，这事一般可以继续下去。郎保洛他们的行为，已经不再是属于个人。若是有人指斥他们说这是为了赚大利，为那千古留名的念想，但这以万世的牺牲为代价，谁能做得到，谁还存有这大勇气？豁出命来的事，就已经与利益全无干涉。

—————— *2* ——————
我将补充另一个关于河流的故事

接下来我很想记叙一个我听来的仍然是关于河流的故事。

我认识的这个朋友曾经在东北生活过多年。他说多年前那一天，母亲家来了一个阿姨，人称花婆。她盘腿坐炕与他唠嗑。她显然是见过大场面的人，她和一个年轻的后生一边就着咸花生一边喝着烧酒。她对他说："你长得像我年轻时的一个男人。那男人是撑船的，沿着这些大江总是飘来荡去的，寻不到个踪影。"

花婆讲话的时候，脸上突然出现了一层少女般石榴花一样的红晕，眼睛里漾着羞涩的神情。花婆穿戴不像普通的年纪大的妇女，她衣着讲究、很洋气，腰身也匀称，一点儿也不臃肿。朋友说完就放下了，我现在借这由头，把我想表达的意思引申下去。

花婆那时还叫花妮。这大江两岸，叫花妮的女子很多，她就是这其中的一个。可她真就长得像花骨朵似的。她面庞黑而细腻，小脸儿甚是俊俏。大凡北方，以及北方以北，男女的面庞都呈长型，很少看到圆胖满廓那种。尤其满族后裔，多是容颜清秀，带着贵气。这其实关乎人种的自然淘汰与进化。在严酷的征伐岁月，骁勇者一路杀将而来，所向披靡。取胜之后的男儿，必然会把那如花美眷娶回家。若是见到那男人和女人长得十分性感，其实并不是他们的精神有什么出格之想，而是身体内部原来就火旺葱茏，皆因那血脉顺畅流淌，全无淤塞。人因为健康，男人才有宽厚的胸脯，他会扬着脖子咚咚走过，身手矫健轻捷。而女人也多是柔软婉约、明眸照人。排毒功能很好的人才会有一张容长清爽的脸孔。

话说花妮那一年在四月的清晨正倚靠江边的柳树发呆。她隐隐约约觉察到左边有一年轻男子正盯着她看。她正想发怒，却见男子拿了一包东西"嗖"地投来，她下意识地接了，是一包五颜六色的日本糖果。这只有走南闯北的人才会得到的稀罕物儿。俗话讲：狗还不咬送礼的呢。那边厢有礼，自己也不好发脾气了。本来，东北女人就是吃软不吃硬的主儿，她最见不得有人对她好。她后退一下，端详那人，是个年轻男子，面孔糙黑，显然是风里雨里翻腾惯了的，眯着一双细长的眼睛，露出一口白牙笑着，让人觉得他憨厚中有几分邪。他人长得敦实，在尚冷峭的天里，却把一件黑色棉袄敞开了怀。

民间男女之间根本不用多言闲语。像现在的人，一天到晚在一起讲啊讲，把什么都讲跑了。民间男女，最了解生命本相，他们只一个眼神，就相互跌到情网中。

这天，夜色如梦，男人引女人到他岸上临时的租屋。花妮知道他就是那撑船的男人。这些男人春天到来，在开江的时候，沿江会把一个地方的物品运到另一个地方，有时是皮草、人参和灵芝，有时是脂粉、茶叶和丝绸。他们没有家，没有固定的居所。这些以江上为生的男人，哪个女人愿意跟了他，去忍受那生死无定的揪心日子？索性，他们也乐得自在，在哪儿靠岸歇脚，就在哪儿找个相好的，过几天露水夫妻的生活。他们见过世面，也出手大方。撑船的汉子给了花妮玉镯和披肩，还给花妮讲许多口外的见闻。

一灯如豆，晕晕的光照在花妮脸上，她脂粉轻敷，别有一番娇艳。她身着红棉袄红棉裤，脚蹬红色底衬的鸳鸯戏水绣花布棉鞋。她就是要着一身艳艳的红，要用这喜庆之色，去驱赶走男人江上行船时的一切厄运，去让江中的密密蔓草自动让出一条顺畅的河道。

她端坐在炕上，扬起她粉嘟嘟的唇，她双手揽住那汉子的脖颈，摩挲着那连鬓的胡须和糙野的脸。她温热的手赶跑了那荒凉男人心底的冰冷和辛苦。他是偶然来搭讪的男人，却命定成了她的男人。

她一转身便又下了炕，她整上几碟小虾和熏肠，就着烧酒，女人陪着男人喝。她要让他感受到家常，哪怕只有片刻，转瞬即逝。她在炉灶上炖着小鸡蘑菇和土豆酸白菜。香味儿弥漫在房间。

喝到微醺，便走到梦一般的恍惚，肉体就是爱的因与果。她解开衣襟，她穿的也是大红的肚兜。一匹野马，就被这红色套上了辔头。她紧缩着双臂躲在他的怀里对他说："我要为你生七个娃，五男二女。儿子可以长得像你，黑不溜秋也没关系；女儿的眉眼可得随我。"他说："随你随你，一切都随了你去。"他们笑作一团。这个浪子，仿佛回到了家园。他们彼此进入，就像月亮进入黑夜，就像大海进入港湾，就像白云进入蓝天。

春天的北方，天依旧很冷，窗外的夜雾升了起来。她说她要为他再温壶小酒。她掩上衣襟，扭转腰肢，轻盈地蹬上红鞋，身姿灵动如林中的小美狐，骚媚而迷人。她让男人在下了船以后，感觉是踏上陆地、岸上的那种实实在在的活着。她的鼻翼微微沁汗，面颊愈发红艳。

他们推杯换盏。她温热了一个前路未卜、没有后续和未来的男人那荒凉苦寂的心。

这一夜过后，他就又要与他的一帮兄弟远走他乡了。下一次的见面，可能是来年的春天。离别在即，却不用悲悲切切。女人妖妖娆娆，她用加倍的温存和加倍的俏丽，让撑船的男人对岸上格外眷恋。他行船时会分外小心，他会珍惜生命而不是随意挥霍。女人与这样的男人相好，她必须既柔肠百结又铁石心肠。

以后，在每一年的春天，开江以后，即使江面上的冰凌还没有完全融化，还有一层薄薄的浮冰，她都会在傍晚去等他。他的船划来了，她一下子就成了个喜气洋洋的小媳妇儿。他带给她很多好东西，吃的、用的都有。男人出手大方，他挣了钱，不花在女人身上又能花在哪里？他看女人拿着一条上面绣着凤尾花的桃红色披肩，在自己身上比划来比划去的陶醉样，他在旁边托着下巴很满意地笑着。

民间男女自有他们的交往规矩，那就是，你敬我一尺，我敬你一丈。记住，这里面叫一个"敬"字，而不是交换。男人风里来雨里去地挣钱给女人花，他高兴。女人让他知道了活着时千般万般的美好滋味，羁留住他漂泊苦寂的心，这多么好。虽然他们只是露水姻缘，他不可能娶她。在他走后，她会与岸上的一个老实巴交的男人结婚生子，去过她自己的普通生活；但今夜，她就是他终生终世的女人。

在女人，也不是眼窝子浅，男人记挂着自己，出手不吝，女人心底美滋滋的。如果光是嘴上功夫，把个女人哄得天花乱坠，却是出手窘涩，一时半会儿的女人可以不计较，可以原谅他不懂事；可时间长了，女人就会有活思想，就会很难过。他这么不看重我，我何苦去千娇百媚让他开心？民间仍然要论的是充足理由律：男女这厢，你敬我敬，这层敬，用男人对女人的舍得表达出来，女人由衷地喜欢他，这就把不合礼法的事情给了个现实的可以被普遍认同的解释，就成为天经地义的了。否则，就说不清了，就成了男人的骗、女人的浪，这不好。

这就是民间所遵循的规矩。

以后每年的春天，在报春花黄盈盈地开着星星般的花骨朵时，女人会每天到岸上等这个相好的。她的心总会撞鹿一样扑腾腾地跳。这一年能等到他吗？如果等不到，她宁愿他有了一个新欢。他在另一个岸边，躺在一个更绝色、更爽利的女人怀里缱绻不舍，因此他顾不上别的了。这样想时，她会难过一些日子，然后就会释怀。女人多么希望男人的平安。她念叨菩萨保佑他平安无事，大江大海之上，总是波涛平静，顺水顺风。肉体是爱的因与果。他们已经有了水乳交融，这就有了深深的牵挂。粗粝的风吹打在她脸上，她用桂花香油搽抹得纹丝不乱的头发也给吹散了，她宁愿想，这个坏人，怕是跟了新相好的跑了。她哪会记恨他？只要他好生地活着。

男人过的是很漂泊的生活，是没有后续的日子。这生活，这日子，都还不是他的明确选择，而是偶然中成了目前这样子。

写到这里，我忽然发现，在过去的岁月，在前现代社会，职业的自觉选择实在是件困难的事，尤其在民间。如果离开家庭外出做事，做的又是一桩不担风险的营生，在城市，只能是某公馆的管家、花匠和佣人；在农村，只能为有田产的人做长工、短工或拉大板车运货。职业一词，只能产生在现代社会，工商业的发育和成熟，造就了外企的经理人、银行的职员、电讯业的接线生和工厂的工人。譬如1949年之前的上海、广州、青岛、天津等地，职业的从事者，借助外力之依托和延伸，发展自己的智力与技能。前现代社会，很少有职业，多是角色，这就有点像唱本所写的传奇与故事，是戏剧人生了。在这个阶段，女人还有天职，如结婚、生育、抚养。她如果成了家，就可以一直在灶台前后忙来忙去。在这阶段，坊间男人只有赤手空拳讨营生，比如扛抢打仗，闯荡江湖，以及水上的艄公和撑船的汉子。

扛枪打仗也是男人成年以后的一个出路，所谓当兵吃粮。但这里充满了风险。若说这种生活充满刺激，那只是远离战场的人的一种不伤自己皮毛的廉价想象。再老的兵油子，他怎么能保证子弹长了眼睛，次次都饶过他呢？江湖中人，也不仅仅是风高月暗之夜，一袭黑衣，飞檐走壁，飘逸洒脱。到处是明枪和暗箭，到处是杀机。江湖处处，生死未卜。而这撑船的汉子，他岂能料到，白天明明是风和日丽、船平缓安然地驶着；却是半夜，江风狂卷，人何以为生，只是眼睁睁地等待着命悬一线的无常。

无后续生活打算的男人，在耀眼的美学阶段，他凭借自身过人的能量才能干那些行当，他得有健康的体魄和敏捷的身手，才能让生命不那么短暂地消逝。事实上也不全是他个人的能量能保证他的活。他纵是练就了超常的体魄，一粒子弹和一个浪头随时都可能葬送他。他留在人们印象中的，将永远是那英气袭人的年轻面容。

美学阶段之所以不会有后续，是因为这里面男人从事的行当，都不能日复一日、年复一年地进行。仗不能总打，否则人还活不活？也于是，之所以称为美学，那就是说它犹如电光石火，必然要由辉煌转向暗淡，它不可能始终延续着，它必定有闪耀着却又转瞬即逝的稀缺性。扛枪的人，最后能当上将军的毕竟是少数。有多少无名者早已长眠地下。江湖的概念是个虚拟，这里暂时搁下不论。就说那撑船的汉子，纵使他年轻时有幸活下来，但是到了中年，他的每寸骨节都会肿大，他会被风湿病折磨得走了形，再没有当年嬉皮笑脸的幽默，再没有了千金散尽的豪爽。他在江河之上早落下了浑身的病，等不到晚年，他就会像一条掉毛的老狗，蜷缩在一个阴暗的房间，等待和忍受的将是没日没夜的疼痛。他下不了床，他会拿出早年积蓄下的一些钱雇人照看自己。他没有娶过女人，他从来无法给一个女人许诺未来。想要去过正常生活的女人注定要伤心和绝望。他的命定就是这样。

反过来说，有后续生活保障的人，日子单调、琐屑和庸常，却是安全、稳妥，无惊无险。却是那些年月，并不提供给男人这种生活。更何况，在任何时代，都会有激情昂扬的男人，对这生活提不起兴趣。

渐渐地，我发现我正在接近这篇文章的主旨。我原本想写的不是人类整体性那历史概念的恢弘主题；而是想触及个人的时间。这可持续的和不可持续的时间里，那些眼眉，那些骨肉，多么鲜活、生动。我是一个北方女人，无论迁徙南方多少个年头，我的下意识中，对很漂泊的生活充满了好奇和探究的热情，即使我知道它的虚幻。

接下来，我想再记叙一些有关这方面的场景。

—— *3* ——
马上倥偬

2007年9月，我们一行人采风到东三省及塞外。这一天，参观沈阳故宫。

沈阳故宫是清王朝还没有入关进京时所建，但其规模已是峨峨嵯嵯，透着万千威仪的皇廷气象。它与北京故宫的不同处是，在象征着皇族至尊的琉金建筑色彩上，沈阳故宫的外观墙面和大殿上边，四面总少不了镶嵌一圈绿色的琉璃瓦。这是正在骁勇作战的努尔哈赤与皇太极，想把他们对辽阔草原的眷恋永远刻上去。

清王朝是骑在马背上将江山打下来的。一代开国父子，个头不高，刀条脸，骑着高头大马。他们双腿紧紧夹住鞍鞯，腾起飞跃，马儿飞一般跃过大漠、山川、河流。男人骑着骏马，才显得雄风凛凛。在马上，若是一场白刃之战，马儿嘶鸣着，纵横着左右突围，一种嗜血的热情，让战扬上你死我活的游戏规则变成至上的价值标准。在撤离阵地以后，信马由缰在塬上，风低低地吹着，流沙旋出半弧形神秘玄奥的波纹，像经书的卷帙被掀开了。

这掀开的经书必然是一场历史的大变局，这变局说的是，在原野之上狂啸奔驰的剽悍男人，打败了在庙堂上高谈阔论的优雅男人。

于是，在明王朝苍白闷热的皇廷，那帷幔密叠的后宫，顿时有血性的男人闯了进来，他一扫绮靡。

努尔哈赤只在梦中勾画了一个北京，那一字排开的大雁，从关外飞到关内，最后落在灿灿的金銮殿的屋脊之上。他的铁骑还没有踏上入关之路，他自己就长眠于草原。

儿子皇太极登上皇位。他不负众望，将父辈事业引向辉煌，入主京城已是笃定之事。这一天，皇太极召集各旗军政高官议事。他的双眼虽然有着鹰一般锐利的光，他的面孔则是带着微笑，那是即将执掌江山社稷的胜利者的信心满怀。白天一直很忙，没有任何不祥的征兆，却在是夜，皇太极无疾而终，享年52岁。

我们就站在皇太极当年议事和寝卧的地方。这是一座东西长形的屋宇，比起现在的轩敞广厦，这地方显得逼仄很多。窗户不大，大厅里光线有些暗淡。从不大的一个门楣走进去，靠西的大部分地方是公共议事和祭祀处。往东隔开，进一小门，便是当年皇太极寝居之所。南北两端各垒一土炕，冬暖夏凉，就寝舒适。

我站在南向的窗边往里边看，眼前仿佛浮现出当年的场景。皇太极殁后，密不发丧。传说，端宁大气的孝庄皇后那一天叫住了多尔衮。她对他说："你今晚到我的房里，我让你品尝极其美味的晚餐。"皇嫂的美色和智慧早在多尔衮的脑海中挥之不去。皇嫂将准备什么样的美味佳肴？

晚上，撩开帷帐，美味呈现，那是皇嫂娇艳雪白的胴体。皇嫂把自己给了他，条件是他从此不再与侄儿争夺帝位，智勇超群却又重信重义的多尔衮从此遵守诺言。

清朝开国，靠的是骠骑、弓弩，他们从关外一路袭来，这血拼靠的是实打实的硬功夫。当然，在传说中，还伴有凄美的故事。

接着我们又往东边一片开阔地走去。这是一个校场，分东西两翼各设四帐，是琉璃砖瓦结构的四方陪殿。这是当年沙场点兵，八旗军事将领议事之处，分插各旗红白黄蓝等色旗帜。现在八个殿已分做了不同的展览厅，其中展出的有清代服饰和冷兵器。

我在陈列冷兵器的陪殿伫立，墙上挂满了各式各样的刀剑矛戟。随岁月流逝，那些曾经闪烁着蓝宝石光泽的冷兵器上面，已经黯然无光，灰褐色的剑戟上面已见铁锈斑斑。当年，它可是男儿须臾不离的随身物件。无论贵胄公子，还是白面书生，倜傥风流中自有英武勇猛的气概。他往往膂力过人，起身上马，威风凛凛。正所谓"男人何不带吴钩，收取关山五十州"。有雄才大略的男人都是扬眉剑出鞘，为的是收取江山。现在的人们常说江浙一带吴侬软语，是天下第一的温柔富贵之乡；却不知当年这里，各路英雄云集。苏州城里，至今还保留着以民间铸剑高人干将、莫邪来命名的两条大路。

那是冷兵器的时代。在冷月幽幽之夜，大地一片寂静，男人拿着手中的剑，在磨刀石上蘸着清水，耐心细致地磨着。过了一会儿，他会用手指轻轻地抚一下刃口，就知道磨得到不到火候了。入夜，他们枕戈待旦，等待天亮之后一场残酷的短兵相接的厮杀。

现在我就站在展览这些冷兵器的地方，这些戟戈都起了很好听的名字，它们做工精良，造型很优美。门口左侧的木架上，插了一些长矛长剑，我试着去拿一下，根本就掂不动，这些铁家伙太沉了。我想，即使是男人，也得多么过人的膂力，才能拿得动这些兵器啊。况且，还要骑马奔驰，挥戈向敌。同时展出的那些征战铠甲，有的是用薄薄的铁板和柔韧的皮革所制，穿到身上很重。遥想当年，男人得有多么充盈的精元之气，得有多么威猛健壮的身躯，才能纵马驰骋，所向无敌啊。

在同一展览厅里，我还看到了一些精美绝伦的战袍和鞍鞯。这都是手工刺绣的艺术品。打底的是铅黑靛蓝等很沉的颜色，但上面绣的则是五彩斑斓的图案。后方的女人们灵巧的手在飞针走线，在用鲜艳夺目的丝线，为这征衣和鞍鞯绣上牡丹、芍药和菩提等繁复的图案，花瓣裹卷着，枝叶缠绕着；还有一些鹊儿和大雁，生动无比，美不胜收。这精湛的手艺活儿，为的是让自己的丈夫、兄弟去体面地奔赴战场。她们的心在滴血。但在昏黄的油灯下，她们要赶制出来，让明天的壮士穿上。

最危险的则是最优美的。这是怎样的美学逻辑？要知道，战令一下，冲进敌营中间，自己的血和敌人的血都可能迸溅在这美丽的征衣之上，强烈的太阳光照过，就污渍斑斑了。或者他们倒下，躺在土沟中，男人的面孔和征衣都沾上污秽。知道可能是这样一去不复返的命运，知道即使这战袍、这鞍鞯的使用时间可能极其短暂，那繁复、细致的手艺用在这上面也是值得的。什么能比生命更昂贵、更无价？可是这里又有一个悖论，生命在战令发出以后，就变得不再属于自己，不足珍惜了。这又是男人们的逻辑。

继续向前走着，我们想看到的是北方以北的更深处。那是敖包、祷文和长调构成的，连呼吸都是吟唱的地方。

漠漠的土地上，有清冷袭人的远山。在连绵的起伏中，轻纱一样的白雾，在太阳没有升起时，弥漫在蒲公英、牛蒡花和苜蓿生长的地方。我们很想看到那依旧骑在马上引吭高歌的男人。但是眼下，很少看到放牧的马群，更别说骑马高歌的男人。辽阔的土地上，倒是可以不时看见骑摩托车和开吉普车的人。导游说，现在很少有人养马了，因为用途很少了，除非在部队的军马场还可以看到成群的马匹。

却是平畴无边中，想象白色的蒙古包现在已用来发展成旅游业的专用房舍了。稀落的聚居处，看到的是一排排整齐气派的砖瓦平房和小楼，外边有围墙和门廊，隔出一家一户。现代文明潜移默化之功，渗透到每个生活的角落。

见到一个二十多岁的小伙子，他面孔微黑泛红，两颊有被风吹后起的小红粒子，那是血气正旺的青年男子的特征。那里的男人五官都长得很周正，额头饱满，眼睛晶亮。尤其那一笑里露出一排雪白的牙齿，憨厚可爱。但是他们不再骑马了。他们的日常，少了风险，也少了一些风采。那曾经马上纵横的男人，他们身手矫健，翻身上马，身子随着马儿的一路狂奔，有时低伏，有时昂首，总在呼啸的风，让人领略飞翔般的快感。旺盛的生命能量，需要食物补给。大块吃肉、大碗喝酒。然后，又一次跃马扬鞭。作战便作战，歌唱便歌唱。这便是那时男人的日常。

草原上本没有素食主义的男人，若果素食，就是村西头私塾里的教书先生了。他单薄消瘦，手无缚鸡之力，却满口之乎者也的文辞儿。

草原上仍然没有素食主义的男人，可是风向变了。风不再凛冽，而是绵软。男人依旧是大块吃肉、大碗喝酒，可男人却日益变得烦躁不安。再贵的鹿肉也吃得起了，一盘盘的炒的炖的都端上来，就着白酒。秋冬季节什么也干不成了。男人如果早早地在自家炕上睡下，那将是一件很折磨人的事情。男人们很郁闷，于是，稀落的几户人家，就近的几个老少爷们儿，就聚拢起来喝酒了。天真冷啊，原来喝酒是为了暖暖身子，拉拉家常。酒过三巡，就放开了。拍着胸脯子斗酒，总是一饮而尽。酒热得爷们儿恨不得满地打滚。鹿肉也冲头，让热上加热，头痛欲裂。醉酒中，呕吐，沉默或唱歌。外边有翻卷的雷声和雨暴。男人醉眼蒙眬，那样子可爱又无助。那些难过和爽快，借助滚烫的酒，流淌到肺腑间那块脆弱腹地。

腹地堆满酒精和高能量的食物，化为膏脂，找不到可以稀释和挥洒之处。男人不再有马上马下长风大漠之中的灵动矫健，那能干什么呢？不知道。去从事布道和精神生活吗？这是僧侣和文人的事业，并不适合所有的人。和平年月好像不适合男人似的。这话猛一听似乎有道理，但一定要戳穿这不费脑筋就发呓语的诳言。战争就注定是男人从事的最好事业吗？非也。强梁的男人发动战争，普通的男人成为炮灰。出征那刻，猎猎旌旗，鼓角动天，那年轻英俊的面庞随着队列一闪而过。所谓悲歌一曲，狂飙为我从天落，这诗意的表达从来是对这一残酷事件的美化。炮灰一词真是形象。匍匐倒地，很快就像炮弹上的一粒灰尘随风而逝了。贵为天子的皇太极也难逃厄运。《清史稿》记载，他52岁那年"无疾，端坐而终"，其实是在连年鏖战中，已耗尽了最后的血。他应是死于心绞痛和心脏病突发。只是那时没有现代医学这种诊断而已，以为是神意将他收走。

曾经的马上民族，皇太极的后裔们不久便入关称帝封侯。原来骁勇善战、开疆拓土的八旗子弟，在紫禁城中乐得优哉游哉，终日里猜拳行令，玩鸟斗鸡，成为身穿宽松大褂的纨绔子弟。他们不再习武弄剑，轻制铁器也掂不起。人真的是难逃生于忧患，死于安乐的宿命吗？

和平年月里，男人似乎真的不知道要干什么。而女人的天职仿佛就是生儿育女、操劳日常，乱与治的年代，她们都是这样。生于乱世，男人戎装佩剑，英姿勃勃。长于治世，男人四顾茫然，颓靡不展。骑在马背上的男人落在地面，他心思惶惶，虚无损伤着他的肠胃和心脏。他脸上原来硬朗英气的线条不再清晰，脖颈肩胛都开始横肉丛生。他没有办法把过多进食的酒菜转化为积极的能量。他的脑袋总是不清醒。他如果增加运动量，减少高脂高盐食物，少喝酒，就会改善；但他却反其道而行之，更加倍地灌酒，醉酒时有片刻的喜悦、兴奋莫名，随后，就是更大的沮丧和空洞。他处在身体的恶性循环里。

年轻男人，过几年无节制的生活还看不出什么，他仿佛豪爽不羁，为人称道。但是他内里已为今后积下病灶，攒到一定年纪，整体报复就会到来。40岁上下的男人，刚进中年，就开始神思萎靡了。心脏病、痛风、糖尿病、高血压都会找到他们头上，而且有着高发病率。

现在，冬天还没有到来，他们会闷坐在场院里晒太阳，不大想动弹。头沉、痛风病也犯了。自然的老化还没那么厉害，不知如何是好的空虚，像那不可阻挡的泥石流滚滚而来，就那么一个夜晚，就摧垮了一个壮汉。他原本鹰隼般的眼睛逐渐蒙上一层白翳，或是变得血红。这都是酒后伤肝的征兆。男人被病痛攫住，就开始有心无力，想玩也玩不起来了。他蹲在那里，隐约可以看见远处苍茫的群山和峡坳。上午阳光不甚强烈，照在一丛丛龙胆草和茵陈草上。打一个盹儿，会梦到年轻的红脸膛的自己，在和一个腰身柔婉一脸媚气的女子打情骂俏。现在什么都不想了，他不再想旁的女人了，只想守住他的婆娘，让他日后有个亲人可以指靠。

现在我终于理解作家张承志总是在草原上歌唱母亲了。在草原，母亲最伟大。草原的男人也可爱。他们年轻时矫健如鹰，奔腾似马。但他们总像游戏中的孩子，他们喜欢到外边撒欢，这里面有着不计后果的危险。家中的女人总在为他担惊受怕。直到有一天，他一身疲累地回家，家中的女人依旧会收留他。他心情不好时会朝她发脾气。她不吭声，由他去。孩子不知哪一天长大了。他只是把种子撒下来，就不管不顾了。女人孕育、抚养。她手不停歇，挤完牛奶翻晒青稞。家里的被褥洗濯得干干净净，散发着柠檬的清香。晃荡了一圈的男人回家了。在漫天飞雪的荒野之上，这盏橘黄色的灯亮着，这是他永远的家园。女人犹如母亲，她会把贪玩的、疲累的男人拥在怀里。

男人蹲在那里，蜷缩着。他没有力气再去想别的女人了。对异性始终都有感觉，那得多么热烈沸腾的血才行啊。在自然中的男人，他们只习惯于恋爱、唱歌与喝酒，而不大习惯社会与历史的要求，不大习惯在组织与阶层里，找一个合适自己的位置，学习管理和政治的技艺。

说到这里，需要补充一句：女人实际上都比较现实。虽然时有不理智，但这不表明她不现实，而是太现实。男人则可以分出极现实和极不现实的两端。前者，产生了律师、金融家以及城市管理者；后者，产生了诗人、空想家和倚墙发呆者。不现实的男人中，如果是诗人，他摹状南方：是那烟花三月梦中换羽的喜鹊的啾啁，是煦光初照青山那隐隐的窈窕，是桃花香瓣倏忽的飘过。他摹状北方：是那中原之地车马萧萧的狼烟，是长漠阔阔渭城朝雨的伤别之泪，是垂柳岸边、杏黄旗下青梅煮酒义士的畅饮。如果是空想家，他每天都绞尽脑汁，发明出理想国、太阳城和乌托邦的制度建构。他描述出一个未来世界的美好蓝图，男女如何分工，子女如何托管，财富如何执掌。疏密繁简，一应事宜，他都必须设计周全。诗人与空想家，其实都是把虚事变成了实事，他们无论是黎明即起生活规律，还是昼伏夜行生物钟颠倒，都是以勤勉艰辛之日常，进入劳作的精神领域。他们每时每刻都毫不懈怠，把最好的精力用于思索他们认为的于人类有意义的事情上。

只有倚墙发呆者是真正的虚无。曾经，在生命最年轻、最耀眼的那一段，他们听从驭使的长鞭，一路狂奔。他们过着水上和马上的生活，很飘忽，很炫迷。自己不去主动想什么，连命都可以交给不可知者之手。他们不懂筹划与设计。后来的和平年月，他们愈发不知怎么办才好。他们只有在恋爱、喝酒和唱歌时，才会两眼发光。他始终想要寻找飞翔的感觉，但人总得落脚在地面上。一到这时，他就瞠目结舌地站在那里，又一次发呆。社会的竞争让他恐惧。他也没想通过努力读书去跻身到一个高处。他别无所长，基本上不了解社会生活的运转方式。他不知道今冬明春的抗灾备荒的准备，应该从哪个最薄弱的环节抓起；他也不知道组织一个大型会议，运作时该怎样补遗细节；他不知道城市的生活污水怎么处理；也不知道要杜绝化工企业污染下游的水质，必须要从源头抓起。这些在他看来都太费脑筋，太不好玩了。他不玩心眼，也不玩深刻，他只玩游戏。他永远不想承担为他人、为社会的责任。

现在，生命的有效期即将过去，他只好蹲在墙根发呆。

写到这里，我问自己，我到底想写什么呢？写历史转头空去的吊诡，写命运不可捉摸的无常，还是写时间转瞬即逝的有限？说得具体一点，历史就隐含在每一个人的时间里，人如一季的麦子，夏风吹来，麦穗结实了、沉甸甸的，就开始挥镰收割入仓了。这时间作用于族群就成了历史。命运则如岸上的石头，有的是那山巅险峻的危石，很可能一场暴雨和泥石流会将它冲到谷底。但它被观赏时，充满了危险奇崛的美学效果。有的石头是平铺在半坡上，虽然挤挤挨挨的，却在无惊无险中光滑圆融，过了一年又一年。这仿佛天意作用下的性格，从而形成命运。

我以上记叙的是些过着漂泊生活的人们。接下来，我得说一说在稳定秩序下生活的人。

—— *4* ——
地上的人们

我到离家很近的小区菜市场买东西。天气太热，我去买些煲汤的食材。卖煲汤食材的这个档口，是一个中年男子在经营。他已经在这儿经营多年，我以前买完就走，没怎么搭话，这次，我想多问他几句天热降火祛湿却又不是太寒伤胃的汤料该买些什么。他好像一个中药师，给我详细介绍了几款夏季汤式用料材质及功效。他的店铺不大，全都敞开着，放满了用透明袋子装好扎口的像茵陈、北芪、当归、枸杞、桂圆肉、益母草、百合、天麻一类的东西。依南方人的习惯，这是药材也是食材；依四季不同，以瘦肉、骨头、鱼头为主料，辅以不同的食材煲汤，可以滋补强身或祛病慢疗。在广东人看来，吃一般的饭菜就可以了，但汤水要靓，要适宜。

与他多说了几句。他操潮汕口音。潮汕一带多有人来广州做水果、鸡蛋、糖烟、酱醋一类的小本生意。还有就是煲汤材料。这不是获利大的买卖，却是每家每户每天不可或缺的东西。

这个潮汕男人长身瘦面，他穿雪白短袖衬衫，黑色的裤子，配一双皮鞋。这装束原也没什么特殊，只是比起市场周围其他做生意的汗流浃背的人，他有一种迥异于整个环境的洒脱。他坐在一条凳上，默默吸烟，面前放一小茶几，上面放着工夫茶具。他不怎么与顾客寒暄，也不会热热络络地揽生意。来了人，就起身。没人时，手上的烟卷散发着袅袅细雾在指间缭绕。没人知道他在想什么。

闲话几句，问他生意好做吗？他说生意还行，不好也不坏，有得做总比没得做强。每次出门，有事可做，谋生食饭，就已足矣。

以后每次再见到他依旧这样。可以开档，至少可以维持养家糊口的水平吧。

每每在想，这个潮汕男人应该有些来历与出处，他从衣着到谈吐，都非俗常之人。但他以前不管是干什么的，或许有类似于虎跳峡郎保洛他们年轻时的热血经历，或者有打雁人浪迹天涯的倔强不羁，或者有撑船汉子潮头挺立的平生快意。总之现今他已收缆归岸。他结束了刺激又漂泊的生活，回归平实、冗长的日常。这日常不率性而为，不血气方刚；这日常也不打打杀杀，不波澜壮阔。它在习惯性中绵延着。他已经习惯了早早起床，开门拉闸。天很热，他早些来，这里总比闷在家里要凉快。晚上，他关门也迟。家人已将饭菜送来。他关门太早，临睡前那段时间也乏味。

过不了几天，买菜时看到有穿制服的城管和工商人员光顾此档。潮汕男人耐心和气地向他们解释着什么。随后人走了，他照样抽烟、喝茶、做买卖。过去他无论有怎样的火爆脾气，他现在都得清醒判断自己所处的境地，得学会适应当下的生存环境。比如刚才来的城管和工商这一拨，他得说清消防火道在哪里安装，税收明细表格该怎么查看。如遇刁难，他仍得耐着性子。即使他很有理，也不能高腔大嗓，更不可正面冲突；否则，除非他不害怕被吊销营业执照，准备关门停业。

这就是收缆归岸的后续生活，平淡无奇，而且麻烦棘手。它在磨你的性子。你只要准备干下去，即使是个江湖汉子，也得学会妥协、忍让，没有人会去惯着你的坏脾气。对掌管自己命运的上一级部门是如此，对左右生意同行，也得态度和善。他的左边是一家水果档，右边是卖牛奶饮料的。他不能把自家的纸屑草根扫到别人的门口，哪怕他是无意。他不能和人结怨，哪怕是做同样生意的竞争者。一旦结怨，他每天不爽，就像慢性吞毒药那样难受了。当然，从根本上他还要留住顾客。他得诚信，汤料要质靓价平，不能以次充好，更不能缺斤少两。做的都是街坊生意，是回头客，骗人就是骗自己。

仅仅就这么一个菜市场，就已经成了一个小社会。潮汕男人在这里学习耐心、诚信、责任。这些在世的品格，怕是以往他不屑的，但社会逼他学习，逼他适应。

不知大家意识到没有，所谓后续工作，大致上都必须与盈利目的挂钩，哪怕是小本买卖。

可能有人会说了，怎么又说到利益了，有道是君子言义不言利。其实，在文明社会的发展进程中，以盈利为目的，才是正当的人生助力。仅仅言义，仅仅依据利他主义的高尚原则，可能只会在家庭、小部族和朋友的圈子里可以有效地发挥作用。我想起曾经读过一本德国人写的《制度经济学：社会秩序与公共政策》，作者柯武刚、史漫飞在书中说到这方面的内容，他们讲到个人私利实际上是人类发展行为的基本前提。书中说，不谈个人私利的情况，适应于小型部族和友人，以友爱、团结为激励，事情就办成了。因为那里无须高额协调成本和监督成本。

多少年过去了，利他行为已成为某种不言自明的社会运作条件。在大群体中，国家的运转不能像家庭的运转那样，只依靠温情、无偿奉献。社会发展动力必须包含私利。自己获取利益，需要谨慎小心，需要纠正自己的许多坏毛病。这里应该指明的是，这种获利，应该与两种情形区分开来。一是某种获取利益的渠道，只参与到分配权力之中。当社会只强调分配的平等而忽视财富是否匮乏时，获利者只有不惜践踏别人而挤进仕途才可能奏效。不谈私利只高唱公益的赞美诗，大众过的将是在虚饰和偷懒中的低生活水平。获利者只能是握有公器的人。二是获利者如果依靠权钱交易，一夜暴富，他无视市场规则，是不按常理出牌的投机者，那么，人算不如天算，他得到多少，最后将被收回多少。

　　排除了以上两种非正常的获利渠道，正常的清明社会秩序中，勤劳朴实赚取钱财养家糊口者，他要趋利避害，日子才能安安生生地过下去。自己赚钱养活自己的人，又是渴望法律健全并被法律保护的人。一方面，他希望他的私产不会随时被无端没收；另一方面，他希望有强势的人敲诈勒索他时，他可以从法律中得到护佑。

　　后续生活以生活为中心，男人不需要再去打打杀杀了，有人就说，男人的性格变得没有光彩了。以往男人扣动扳机的手，现在去拨动秤砣；以往男人去宣讲社稷、救亡的道理，现在他去推销金饰，不厌其烦地向顾主讲解其成色和比重。

　　如果做个比喻，非后续生活，人生如唱本；而后续生活，人生如账本。

　　唱本里面有各种角色，唱念做打，各显功夫。人一说江湖，马上两眼放光，真以为有那么一个地方，到处崇山峻岭、层峦叠嶂，好汉占山为王，劫富济贫，大块吃肉，大碗喝酒，兄弟豪情干云。这其实是前现代社会中的在野之人制造的一个生存乌托邦。实际情形是，好汉们啸聚山林，日子也从不消停，内部也有尊卑贵贱之分，火拼起来，也是血溅水泊。而且时时官府追剿，哪有快意人生的半点滋味！

　　现代社会的人手握账本，时时在算。他除了讲盈利，讲价值，他还会问：江湖好汉华山论剑，月月比武，他们吃什么喝什么？他们不需要厨房和厨师，不需要购买或种植？他们晚上有住处睡觉吗？瘴疬山野，夏季蚊虫叮咬，他们一夜不曾合眼，次日与另一帮派比试武艺，会不会感到头脑发晕、发挥不力？那可不是演戏，状态不好会招来杀身之祸。江湖之人的经济来源靠谁供给？实际生活中的庸常琐屑的真实，唱本里从不书写，听书人口口相传，也从不深究。

手握账本的地上人则实际得很，他的观念与行事，都要的是成本较低的那种谋生方式。过去的人打杀之时，也不仅仅是为了唱戏，为了游戏，还是为了谋取利益，无论是大利如江山，还是小利如钱财。但火拼冲突，要付的是过于高昂的代价。目眦尽裂、血渍满身的形象不美；况且硝烟散去，在断壁残垣前苟活下来的人们，在依稀的薄雾中发愁，今后的生活更是雪上加霜啊。

将心比心，设身处地去想想吧！

现在是七月，酷热难当。想想看谁愿意在闷热烤人的战壕里去等待冲锋的集结号吹响？谁愿意在跌宕的波澜里划船，把自己的命交给不可知的水妖？谁愿意四处躲匿，面对野兽和偷袭者的侵犯，在一个山洞里几天几夜不吃饭不睡觉？

谁愿意去过那乱世朝不保夕的日子？

地上的人们，如那个潮汕男人，他们在自觉不自觉地告别不可凭恃的美学生活。即使在漫长的无起伏的日子里感到非常憋闷，他们宁愿甩掉冬天的棉袄，跑到宽阔的草原上奔驰，也不愿意成为一个威风凛凛的对人有生杀权力的狙击手。因为别人会死，他也会死。

唱本里讲的是死本能；账本里讲的则是生本能。

—— 5 ——
丛林与都市

　　我试着对水上、马上、地上的人们进行描述。文章写到这会儿，思路上横陈的枝蔓和覆盖的草屑也在逐渐得以廓清。我又试着追问人类进步和文明得以生成的条件，我的目光必须要从丛林穿越到都市。

　　前文明时代，我们面前出现的将是一群赤身裸体或衣衫褴褛的人。这是因为丛林时代原始人类的生存环境极其恶劣。这是依据自然法则生活的时期，这就是：弱肉强食、优胜劣汰。

　　丛林里面优胜劣汰的原则，是以体格强壮与否为存活或淘汰的唯一衡量标准。这里的自然法则，带着单纯而透明的直接性。男人累累伤痕的面颊，却是虎背熊腰，挥斧射箭，猎杀取食，凭借的全是一身的好武力。强壮的男人，在险恶的环境中生存下去并且打败敌手的男人，被拥戴为首领。并且可以拥有很多女人。很多女人又可以为他生育繁衍很多子嗣。

　　这是讴歌勇敢的时代。战士以及王者重要的秉性，是血气。

　　在古希腊雅典城邦，非常有智慧的诗人和剧作家欧里庇德斯则冷静地判断血气，在人们都狂热地赞颂血气时，他说血气是柄双刃剑，它能使人高贵，也能使人野蛮。

　　之后，都市建成，文明到来了，然后几千年延续至今。文明的法则依旧是优胜劣汰，但这里的优，指的是"智力属性"；丛林中的自然法则之优，指的是"体力属性"。

　　读者诸君，请耐心一些，听我将这些书袋子掉完。

都市及其文明法则，首先得说明，它最大的特点是人道：那每个有幸降临这世界的生命，都可以被鼓励和扶持着活下去，家人和社会都强调并贯彻着这份爱心与仁慈。无论老弱病残，都理所当然地应该给予赡养、照料和关爱。这不像在丛林的自然淘汰中，过于羸弱的人，很可能在寒冷肆虐的冬天，在北风狂吹中毙命于原野，或者被更强悍的同类所翦灭。现代社会，将存活许多体能中等的人，而不见得每个人都在体能上强悍无比。这比过去人道多了。

在都市，智力属性为其择优标准以后，原来那些体能并不怎么健壮的人，在某个时期，或许可以获得更大的成功。

那些智力发育较好的，首先一点是必须能够坐得住冷板凳。无论酷暑，还是严寒，他拼命奋斗，读圣贤书，求知解惑，这都要花时间、花工夫。知识的融会贯通，是缓慢而艰辛的日积月累，才能在某一时段豁然开朗。血气不那么旺盛的人，反倒可以安心读书，可以博取功名。在丛林之中，女人只是从属的配角；但在都市之中，女人的角色可重要得多。这里先说男人，容随后再用多些笔墨说说女人。

男人在他幼年时期，身材单薄，力气一般。他在同伴们的游戏里，总会受到欺负。那些虎头虎脑的小男生总会以胜利者自居。单薄的男孩在学习上会更加发奋，考试成绩得了高分，那些壮实的平时欺负他的男孩败下阵来。单薄的男孩知道知识可以给他另外的延展性力量。日后，他的生活和事业都会令人羡慕。

那些智力发育较好的男人，他们推崇都市。他不再受体格的限制，而是借助自己所供职的社会组织与机构，延伸着自己。尤其那位高权重的人，他可以动用许多社会资源，他获得了在丛林中在自然中的男人无法想象的强势。单凭膂力与肉搏，丢弃防御机能，杀出一条血路的生存能量不再重要。这些，在和平年月，只交给了野战部队和特种兵。他们被训练在荒山野岭里活下去的能力。只给你三样东西：指北针、火柴和匕首。你拿着这三样东西，辨别方向，用各种办法获取食物，让自己活着走出丛林、沼泽等险恶之地。

但这仅限于军人。一般别的行当的男人，他们不再重视锻炼自己的体质。他们可能是大腹便便，但这些并不影响他们对女人的苛刻挑选。他因为延展的权力，不需要借助生命的自身美感与魅力，就可以得到许多东西，比如财富与美女。在中国男人这里，从来不准备把生命权力当作一种需要图腾崇拜的伟大原则。

有一次，我们一行人到深圳的小梅沙。在细滑若绸的金色沙滩上，无论是坐着晒太阳的，还是在海边嬉戏的，男女老幼的体态与体型都一览无余。对老与幼不应该苛刻要求。但是让人无法恭维的是那些男士。这些前来度假的人，多少说来都是有悠闲自在理由的人，也就是说，都多少是带些身份的人。但这些走来走去的男士中，你很少看到有身段挺拔、结实紧凑、充满动感类型的人。他们中的许多人看起来还很年轻，却已是肚腩突起，腰围浑圆；他们的脖颈和脸被脂肪堆积在一起，已分不出线条和轮廓。这些人显然是有很多应酬的人，很吃得开。但显然也是膏脂进食过多的人。

这可能是些学成毕业的人，他们到了一个握有权力的部门工作。许多人的奉承巴结，如果他们没有警觉，浑吃浑喝，就会成为今天这样了。这些人往往患有脂肪肝、糖尿病。他们蜷曲在一个让人羡慕的天鹅绒沙发里，气喘吁吁，胸闷头胀，但他们一想到外边那些在烈日下干体力活的人，又在内心里满胀着得意与优越感。

再说说我看到的另一个场景。那一天，我到广东的虎门采写一篇报告文学。在服装批发市场转悠时，我看到一些搬卸服装包裹的男人。天热，他们打着赤膊，但脖子上会放一条毛巾以备擦拭。但见这些干粗活儿的男人，他们有发达的胸大肌，胳臂上也有腱子肉，那古铜色的皮肤上淌着亮闪闪的汗水。

因为是服装，显然这活计不是太吃力。他们弯腰抓起货品甩到肩头，扛走装车。然后再回来，再重复这样的动作。他们很投入地干着。车开走了，他们会在树荫下歇着抽烟，面孔显得很平静安恬。车来了，他们又干起来。

我发现，男人其实都是喜欢干些力气活的。整天待在房间对着书本，是很耗气血的。这些读书人有些步履滞重，身体虚胖，很难跳腾起来。他们固然有功成名就的欣慰，但很多时候身体会"不开心"，会陷入亚健康状态。

男人比较恣意的是干些力气活儿，但活儿又不是太重，太重了就伤人了。譬如那些挑担上山的重庆的棒棒军，那些在建筑工地挖土抬石的，这会让男人伛偻着腰，脸上早早爬满皱纹。像这些扛包的，出力流汗，又在体力可以承受的范围，他们也压根不想读书这档子事，干活时，节奏和韵律的东西就出来了。

但是这些健壮男人此刻的体魄和他们擦汗时的淡然，也只能是我这个闲人旁观者的闲扯罢了。干体力活的人，谋生并不是太容易。在民间、在底层，任何靠力气吃饭的人，尤其是男人，都得靠个好身子骨，这是他们的本钱。身体在有效期，在强健的壮年，他们可以有吃喝；但以后，人的身体不是铁打的，总在消耗，也有枯竭的一天。那满脑大汗，原为血之液，出汗太多，又没有很好的食物补给，人后来红彤彤的脸就会变得灰暗。原本厚实的胸膛也会收缩，不再结实饱满。没几年工夫，出力的男人就显出老相了。

那些在沙滩上大腹便便的男人，他们在前期的智力博弈中赢了棋局，他们在公职上如果不出大错，他们的后来会有保障。社保和医保起码可以让他们这辈子没有后顾之忧。但他们也绝不是令人羡慕的人。

都市的演变，让男人们不再以强悍为美质了。那粗野的风越不过都市耸入云天的高楼，他们也不遗憾。有人说，我活得好好的，我要那矫健的四肢、那鼓突的胸大肌干什么？我借助各种权力，可以呼风唤雨。人一旦说出这话，可就差矣。人活着是灵长类动物有尊严而高贵的造型，物种的体能退化，一定是一个民族精神的令人痛心的坍塌。古希腊哲人有言，随着肉体的垮掉，灵魂也随之堕落。

当然，在城市文明度高的地方，仍然有洁身自好的男人，这一般在城市白领中可以见到。男白领，他们讲究仪表，衣着洁净，说话斯文，在公交车上为老弱者主动让座。他们无不良嗜好，明白烟伤肺酒伤肝，因此远离这些。他们讨厌战争，但会对电脑游戏中的白刃、追捕、格杀等"虚拟战争"特感兴趣。他们到了一定年龄也谈恋爱，但不会很热烈。成就成，不成就算了。

他们性情平淡，社交圈狭窄，傍晚时会躲在房间里看影碟，或是听西贝柳斯或肖斯塔科维奇的音乐。

有段时间他们会主动辞职，把自己关在房子里享受宅男的生活，于是越发对社会的竞争纷扰心生恐惧。他们不大跑动以后，会格外地发展精神而遗忘肉体。他们不会对异性露出色迷迷的贪婪的目光，夜半也无自慰习惯。

这是男人的楷模吗？与女人再也没有历史性的纠缠，于这个物种的未来更堪忧虞了。

这里终于要说到女人了。

在都市，女人才可以如鱼得水地活着，这里的一切好像都是为女人预备的。她买回了商店里薄如蝉翼的丝绸衣衫，她端坐窗前，在紫檀木的茶桌上，用青花瓷器斟茶品啜。精致细腻的生活，就是文明的特征，她在这样香氛弥漫的背景里，显得多么协调。况且，她凭借的是自己的才华。在丛林时代她是附属品，因为她体力不行。但在都市，她的智力发展良好，她受到较高的文化教育，自己也谋了个不错的位置。都市里的许多工作好像都适合她，因为她的责任感和细心，让她工作得比男人还出色。她暗自开始睥睨起逊色于自己的男人来。

她觉得男人的动手能力太差。和平年月，又不用男人手掂枪杆，他们的双手就没好好用过，每天就是在电脑上搜索，娱乐时去打打牌，摸圈麻将。人不动手，就不知道责任，就没有时间观念。动手去做这事，心里头就会思忖着那事，干着活，脑袋里的乱麻也就条理清晰了，就会有紧迫感、有计划、有责任心了。

在她待嫁的年龄，她逡巡了周遭的男士，发现可托付终身之人不多。

那些洁身自爱的男人，有些人讲究外表比女生还甚。他有着狭长苍白的面庞，羞涩闪烁的眼神，单薄却又秀美的身体。这时代的风尚，偏偏追捧这类模样。嫩芽鲜荷般的小女生尖叫着"哇"，以为这就是最理想的小爱人了，实际上，这些男子没几年就可能因身子骨太过单薄，因为供血不足，阳气太虚而被病痛缠身，他们的脾气很快就会变得古怪。独立成熟的女子，眼睛很毒，一下子就把内幕给看穿了。她们与君，只是"相看两不近"了。

而那些颇有些欲望的主儿，他们说，哥们儿相互聚一聚吧，如果找女人来玩，不要带丑的、老的。男人真是又粗俗又无耻啊！女人不会找这种价值判断还停留在史前时代的男人交往，她不会自取其辱。

都市女人的节假日和业余时间，会一个人背包，独自旅游。又或者，她将自己的房间打理得十分温馨。在淡淡的薰衣草的清香里，她看好莱坞影碟。她希望的男人是乱世中的白瑞德船长，盖博将那个邪气又仁慈的男人演绎成旷世经典。他叼着雪茄，狡黠而又深情地望着女人时，平静低处的水流开始沸腾，让人不由得跟他到海角天涯。可这坏男人令人目眩神迷的魅力，会同时招惹许多女人，自己能受得了吗？那个绿狐般魅惑人心的赫思嘉，终于没有消受他的福气。她希望的男人或许是《罗马假日》中的派克那种型男，颀长儒雅，一双眼睛有着空想社会主义者的渺茫与赤诚。飘然若仙的公主从宫廷里偷跑出来，那令人柔肠寸断的美好记忆，已抚遍罗马的每一道街衢、广场和码头。可惜，这只是假日一梦，转眼复又归于山高水远。

女人越想寻找理想的类型，越是沮丧。越是在都市，男人的问题也就越多。这主要是女人独立判断了，而男人又跟不上女人的高度。女人希望的男人是既强悍又丰富、既性感又忠诚。她成了完美主义者，他则仍是一堆缺点。男人也抱怨，过去一个撑船的汉子走到哪里，哪里就有他红衣红裤温柔如水的岸边女人。他们虽不能厮守一世，却也痴狂一季。女人听到这里，会反驳："呸，亏你说得出口，你有那撑船汉子的重情重义吗？"

都市文明让女人愈发不落俗套，她不再去迎合男人对女人仅仅是年轻貌美的直接要求。她在怅然若失的暗夜，仍然坚定地说，要么全有，要么全无。她消极地对待婚姻，连同生育。

看起来，都市生活让女人得到的实惠更多，信心和价值感也增强了。

事实果真如此吗？

都市在工作的意义上给女人以施展的天地。她们不那么在意男人的目光时，在两讫的心理驱使下，将不再直接把自己的美丽迷人发散出来。她们躲在房间里，对着镜子梳妆打扮，目的是为了悦己，而不再考虑悦人。她们不想委曲求全，不想降格以求，她们下决心不再让自己像那红果一般饱满结实地挂在树枝上。

而男人则在女人和历史的双重目光盯视下，浑身更加不自在起来。

—— *6* ——
一叶扁舟泛水中

我仍然没有信心说我表达清楚了什么。

下午我在小区的树荫下坐着。天太热了，外边猎猎的阳光，热得像烤锅。每当我在外面，在大太阳下，我就感到虚无，觉得自己躲在房间里的一堆呓语有什么必要？人不就这个样子吗？热也好冷也好，活着就好。可我总爱杞人忧天地去琢磨人应该有更好的活法。任何活着的人都有充足的理由和优越感。譬如不普通的人会说，我有实权，我可以好吃好喝，我可以很方便地办许多事。而普通的人会说，我靠劳动吃饭，一个人的一天，莫不是三餐饭一张床。那些有权有势的人，吃得过了头，人身体哪能消化得了，还不是吃出了一身的病？再说了，方便办事不是更累吗？社会只要清明了，有正常渠道办事就行了。中国人差不多都有阿Q精神胜利法，这也不错。

活着就好，的确不是件简单的事！人类是经过了多少的血雨腥风，才把"生本能"化为文明时代的共识？而过去的"死本能"，无论有怎样的瞬间的悲怆壮丽，它都只能是野蛮时代的逻辑。活得更好，当然是更理想阶段的人之诉求了。但这里一定不能忘记交代一些背景材料。想到这里，我起身回家，翻开曾记下的笔记，其中有英国政治思想家密尔这方面的相关论述。

他在《代议制政府》一书中讲：民众的智力属性在长期的专制压迫中会逐渐退化，而独夫统治所喜欢的，恰恰是消极被动、智力平平类型的民众。那具有意志或气魄以及内心活动自由的人们，绝不是统治者手中单纯的工具或材料。他们也有秩序和服从的精神，但这是在自由秩序中的服从，而不是在专制秩序中的服从。

远在异邦的密尔竟然讨论到了我们中国，这里不妨再多说几句。密尔谈到人如何活得更好需要外部条件，他说："埃及的等级制度，中国（古代）的父亲式专制政治，对于把这些民族提高到它们已达到的文明程度来说，都是很合适的工具。但是一经达到那种程度以后，由于缺乏精神自由与个性，它们就永远停止下来了。把它们带到目前状况的制度，使它们没有能力取得更进步所需的条件。并由于该制度并未崩溃和让位于别的制度，进一步的改进就停止了。"

密尔在讲这番话时，中国还在封建末期的清代。事实上，以后中国的政治变局，制度设计的很多偏颇，都在逐渐改造与成熟中。

社会生活的确是变得让人舒服、惬意了。但随即新的问题又出现了。人在外部环境的险恶、恐惧中撤离以后，他懒洋洋地蜷缩在沙发上，呈麻痹松弛状。如果起身，也是去玩"娱乐至死"的游戏。

我记得《狼图腾》《狼道》的书销量很好。这时人们终于认识到，文明成熟以后如果往尽头走，人类的未来就堪忧了。狼的形象，那是警觉机敏、奔突的族群，狼在各种考验面前，都顽强地活了下来。

康德谈到过这种对抗性，他说："大自然使人类的全部禀赋得以发展所采用的手段就是，人类在社会中的对抗性。"

他接着说，如果仅仅在一种美满和睦、安逸与互亲互爱的阿迦底亚式的牧歌生活中，人类的全部才智会永远被埋没在它的胚胎中。

康德并不喜欢人像被驯养的羊群那样温顺，他说，如果这样的话，人就无法填补理性和有造化的大自然为他们留下的空白。

如果一个更舒适的适合人类居住的环境实现了，人就必须是自我对抗了，与自己的懒怠、麻木对抗。

这一切留待现代哲人来解释。

法国早先的哲人贡斯当提出了"消极自由"。人要有悟性，要在混乱、从众中，在不可为、不必为中而为之。这种消极自由会让人的个性更加积极主动。

法国现代思想家福柯则提出"自我呵护"。他想告诉人们的是，在"生本能"的社会，人脱离了死恐惧，可以去培养美好丰富的性格，把身体当成图腾般去爱护与崇拜。

我又忍不住引述了一些外国哲人的话。我觉得，这些西方哲人，愿意替人类的前景挂虑和忧心，他们想拂开生活现象的土层，了解和探勘本质的东西。

可话说回来，人真是贱啊，恐惧的社会，人怎么样都能调动起全部体能与智能顽强地活着。康德也忍不住说："人类活得那么悠久，其罪行就必定会上升到一种高度，以至于除了一场普遍的洪水把他们从大地之上消灭干净之外，他们就再也不配享有更好的命运。"

人生一世，草木一秋。如果是这样，那活在这世上的人，怕是要提早搭建起在洪水中救生的小舟。这大概是中国的"小乘佛教"的意思了。在苍茫的水面，一个人的救赎。这也是现代哲学所提及的：自我选择、自我呵护。

台风来了，暑热消散了不少，我也终于要结尾了。

我想我得说说为什么要为这篇文章起这样一个题目了。那是汉娜·阿伦特在讲到本雅明可以"聆听未完成消逝于过去，却又思考着当前的传统"时的话，我拿来改用了。我想，对于历史，我们都是蜉蝣般渺小。人都在时间的风中，他无论是怎样地活着，是电光石火般的激闪，还是颐养天年的平静，却都有过那曾见的鲜活眼眉与骨肉啊。

民间在哪里

　　现在，我终于有能力去回望我的中原，我的古城了。

　　转过身来，总是闻到飘散在古城上空槐花的清香。那大片大片的槐树，在城墙外绕匝栽种。城墙外，偎着墙根儿的是漫漫黄沙，细滑如绸的沙子，在春天的阳光下，闪着金子般的光泽。风刮起来的时候，它慷慨地飞扬。在古城，最先接受这春风馈赠的，就是这一棵棵高挺的槐树。它有着银灰色的树干，树冠阔大茂盛。枝头上那黄绿色容长的小片叶子，像梳齿一样整齐地排列；叶茎部分，垂挂着一串串长长的槐花。它的花蕾小小的，却是白嫩的、饱饱的、肥盈盈的。花不要完全盛开，捋下未全开苞的槐花，拌上面粉，佐以油盐，是上好的吃食。暖暖的春风，才能吹来这些隐而不开的花蕾。

　　还要等着一场春雨。我仿佛又闻到潮湿的下雨的味道。槐树叶子沾上水迹，亮晶晶的。它的颜色不会变成油绿、老绿，只是这浅黄的绿。鹅黄色的形容甚是贴切。这样，它与洁白的槐花才匹配。

　　这一场风一场雨，就将槐花那半开半合恰到好处的姿容给装扮出来了。

　　2010年4月，我回了一趟老家开封。

　　故地重游。在龙亭，在潘杨二湖午朝门的甬道，在相国寺、在铁塔、在城墙。这些地方，小时候常去玩耍，一点儿也不觉得它有多煊盛、多神秘。眼下，这些地方都已辟成旅游观赏地。入夜，我沿着新近重建的宋都水系的河畔走着。不久的将来，开封将把市内五个大湖连起来，将重现张择端在《清明上河图》中描绘的逼真的东京容貌。现在，这些已挖通的湖泊在迷离的灯光辉映下，那湖边的水榭、亭台、拱桥等雕栏画栋若隐若现，仿佛置身梦中。

然而我的回望，不在前世的宫殿、兰楫、经书的翻卷里；也不在昨日马匹、灯盏、羽箭的纷沓中。那紫金色的璀璨，只照耀在帝王侯门的石阶玉级之上。

我闭上眼睛，深深地吸了一口气。我知道我的回望，只在市井引车卖浆者的吆喝声中，在普普通通的院落、胡同、旧址里，在黄河水带来的泥浆味儿和满树满树飘来的槐花的清香里。

— *1* —

院落

当初，被四周城墙环绕的古城，分别有东西南北四大城门。南边的叫大南门，北边的叫怀远门，西边的叫大梁门，东边的叫曹门。曹门向西，是石桥口，这里是集市贸易之地。再往西，在大路以北平行的内巷，就是我们居住的院落。

当年，古城的院落都是有些来历的，都那么美。譬如我们这个大院，是长长的南北方向的三进院。每一进院都有一个圆拱门，两边是东西厢房，分别有六间以上。走到第三进院，先是一个照影墙，木质结构的厦檐上，雕有花鸟图案。靠墙两边，放两把椅子，供人们歇息。

在我们这个大院，没有槐树。第一进院宽敞些，有园子，种的是美人蕉。长长的大阔叶，簇拥出红艳艳的华贵炫目的大花朵。第二进院没有栽花。第三进院的北屋两边，用木板条箍扎起圆形大桶状的树盆，里面栽种的是夹竹桃和石榴树。青砖的房舍，青石的地砖，与红花绿叶相衬托，整个院落显得十分雅致。

这个十分讲究的院落，是以前一个很有钱的大户人家的私第，后来充了公。搬到这个院子住下的人家，来自不同地方，背景、成分构成都很复杂。这就像一粒粒的麦子，不知道随怎样的风被吹到这里，然后展开各自不同的命运。

这个大院的南屋，住的是投诚的国民党团长孔大爷一家。他眼下在东司门的菜店卖菜，当着分店主任。孔大爷有威信，他讲话公道、服人。谁家有不对劲儿的地方了，邻里有不和气的了，找他评个理儿，大家释然，顺着台阶就下去了。孔大娘胖胖的，是丰腴肥美那种。她显然是享过福的，脸上的皮肤细白红润，一口糯米白牙，油油的红唇，亮晶晶的大眼睛，是气血很足的女人。她自然也是见过世面的。她说，梳完头要用篦子再篦一遍，这样不长头屑。她说给客人沏茶端上时，手心不能扣着茶杯口，要用手托着杯底。她说晚饭后要吃一个苹果，这样助消化。她用紫檀木柄、油绿丝绸做拂尘，她用搓衣板洗衣以后再用开水烫一遍。她家里干净得不带一点儿土腥。她与孔大爷只有一个儿子。有好事的邻居私下窃语，这儿子不是她亲生的，而是抱养的。

她和孔大爷都是安徽人，平时她嗓门大，但心肠好。我5岁时害伤寒病，年轻的母亲手足无措。她背起持续高烧的我径直往北道门私人行医的盖大夫的家里跑。我母亲说手里没钱，盖大夫说没钱也要先看病，等以后有钱了再说。盖大夫说，再晚两个时辰，这孩子就没命了。孔大娘救了我，我在心底永远感谢她。

我还要感谢的就是盖大夫。我很后悔，在我长大以后的多少年里，我怎么就没有到他家去谢谢他呢？即使有一句话也好啊。如今，我到了这把年纪，才想起感谢这恩重如山的人。这一次回家，我特意走到北道门。记忆中盖大夫的家和行医处在一起，是当街门面房。但现在道路扩宽，两边的房子早已拆掉，住户也迁走。盖大夫的家不知搬到哪里了。他现在该是耄耋之人了，他还好吗？

院子里还住着戴右派帽子的古大爷一家。他在一家私立学校教书。每天烟不离手，又每天不停咳嗽。傍晚时他坐在家门口拉二胡，多是很凄美的曲调。他家的床上，棉絮到处是洞，墙壁黑黢黢的，墙上挂着他与古大娘西式的婚礼照片。那时他一身西服，结领花，英俊倜傥；古大娘着白色曳地长裙，头发烫成大波浪，非常时髦。眼下，这一对不走运的夫妻有五个孩子。古大娘一饿就犯精神病。她总在咀嚼。她说顾不了太多了。她的大儿是个傻子，古大娘最疼爱他。那年傻子死了，她抚棺恸哭，让人动容。古大爷后来也死了，死得很突然。那天早晨，他们学校要去学农。他早早起来，想煮碗粥吃。一看火炉灭了，他点燃火柴，抓起一张纸引火。谁知这纸包过"六六六粉"，他对着炉口吹气，被烟呛住喉管，只有出的气，没有进的气，不一会儿就窒息身亡，倒在自家门口。他终是没有等到平反的那一天。

住在大门楼改成的逼仄房子里的一对夫妻，是拉板车给人送蜂窝煤的老蔡与他的小脚女人。老蔡曾经在山西做买卖。他身材瘦高，腰弓得像虾米，但每天都去煤场干活。

学过法律的北大毕业生靳大爷，白面、身长，人很儒雅。就是这样一个有学问的美男子，他的妻子是乡下的原配。靳大娘个子不高，团团脸儿，一般人才。但她身子滚圆结实，腰部有凹窝，走路风似的快，两根粗粗的大辫子在身后摆来摆去。她生育了五个儿女，头发也不掉。可以想见她有多旺盛的血气。她对靳大爷怀着小心和崇拜。靳大爷从来没有对她红过脸。两个差异很大的人养着三男二女五个孩子，过得甚是和顺。据私下传言，他们的性生活很和谐。靳大爷说他喜欢粗一些的女人。正是因为他读了很多书，走过很多路，转一圈，回过头来，觉得还是老家织的粗布做成的裤褂穿着舒服、可心。搂着靳大娘那冬暖夏凉的白肉，任是什么女人也不愿换了。

大北屋住的是以前古城火电厂的陈老板的遗孀陈老婆子。都知道她成分不好，我们从来不喊她奶奶，只喊她陈老婆子，她并不气恼。

那时一切都还平静，陈老婆子在夏天的傍晚坐在石榴树下的藤椅上乘凉。她摇一把绢扇，薄如蝉翼的扇面上，画着山水风景，有仕女勾连其中。扇柄处有一个绿色的流苏的缨坠，随着手的摆动，来回晃悠着。她掐一朵石榴花戴在右边的髻子上。她说，女人无论多老，都要戴艳丽些的花。夕阳的光照在她雪白细腻的脸上。谁都不知道她有多大年龄。她一身缟素的横罗丝绸裤褂，衬着红色石榴花瓣，像个仙人。

在我家斜对面，住的是寡妇薛大娘。她身板高挑硬朗，一头黑油油的头发在后边挽成髻。她的脸庞容长端庄，皮肤也雪白，眼神里有一种忧郁的神情。她是一个绝色佳人。古城里怎么会有那么多的美人？这些美人多出身于大户人家。肯定的，有钱人家娶媳妇儿，总会挑了又挑。那美丽的女子留下了，后来生儿育女，家族兴旺，那美的基因也遗传给了下一代。薛大娘嫁与豫东一大户，后来自然没好日子过。她很果断，生了薛黑薛白以后，独自一人带上两个儿子到古城靠给人做针线活儿过活。成分不好的丈夫仍在乡下。20世纪60年代初，她的丈夫在乡下死了。我母亲常说："你薛大娘心够硬的，咋不把老薛接到城里呢？"薛大娘心不硬不行，她一个妇道人家拉扯两个正等饭吃的儿子，娘仨能活下来已经不易了。但她的大儿子后来仍然没有保住。"文革"后期，她大儿子被追查参与武斗命案。查来查去，一干人就她大儿成分不好，顶死罪的必然是他。于是，他被判了死刑，拉去西南城坡枪毙了。薛大娘起不了床，听到枪声瘫软在那里，眼睛几乎哭瞎。

我们家在二进院的西厢房住，对门住的是武大爷一家。院子里的空间不大，门对门，脸对脸的，几乎像一家人了。对他们家，记忆就更深了些。

武大爷时已四十开外，他头发自来卷儿，脸色黑红，皮肤粗糙。现在有一种说法，说这种皮肤叫橘子皮，男人长这种皮肤有福，女人长这种皮肤就没福。

武大爷身体结实，据说练过拳脚。他一身黑衣黑裤，上衣是对襟盘扣，大裤裆宽腰，一左一右叠挽起来，用一根粗的布绳子束腰，裤管有绑腿，尖口平底布鞋，站在那里，显得很利落。这是当年古城男人的典型装束。如果不是吃俸禄饭的，不是耍笔杆子的、教书的，而是靠双手劳动吃饭的，男人差不多都是这老派打扮，说是干活方便。

武大爷干的活计是杀猪卖肉。

每天天不亮他就早早起身到曹门城外杀猪，然后拉半扇猪肉架案板到石桥口集市上去卖。他的成分归在小商贩类，从来没有在公家单位干过事，自己摆摊卖肉，养活家人。家有老母，还有一儿一女。前几年死了妻。

这年夏天，院子里的女人们凑在一起，说武大爷这个老骚狐干旱了几年，现时是第三次迎娶新娘了。新娘进门当晚，同院的女人们要蹲房墙根听房。她们说，这老手不知该咋样折腾女人呢！

武大爷给人的印象是豪爽、义气，说个理儿、评个是非有公道。都知道他发起火来脾气大，吓人，但他待人很和气，讲话幽默。眼睛不大，总是笑着。很粗壮的一个汉子，鼻子上却长有菜花一样的赘瘤。明白人都知道，这是男人传染上性病，没有得到及时治疗落下的。大家也都知道，武大爷好女人这一口儿，以前到南关胭脂河那个青楼之地逛窑子染上了毛病。但是谁都不敢拿这个说事儿。武大爷何等强梁人物，杀猪刀手里攥着，寒光凛凛，充满杀气。

可他的爱好却是极雅。

他家屋子正厅的条几上方，全是值钱的字画。我在他家墙上挂的书法作品里读到过"停车坐爱枫林晚，霜叶红于二月花"的诗，读到过一大幅岳飞的《满江红》："怒发冲冠，凭阑处，潇潇雨歇。抬望眼，仰天长啸，壮怀激烈。三十功名尘与土，八千里路云和月……"这字迹是行草，多数看不懂，我常会问武大爷一些看不明白的字。

武大爷喜欢上等瓷器，家里摆满了青花瓷、钧瓷以及许多有讲究的瓷瓶，里面插着孔雀羽毛和卷轴字画。

我对这些，虽不解其意，却也有少年时心头一动的清雅。

他上午卖完猪肉回家，吃完午饭，自己就站在堂屋里慢慢品咂他的那些宝贝。他说，似他这等杀生之人，沾满血腥；如果没有些雅致的东西托着，养养性情，稍不留神，一个起怒的念头收不住手，会惹出滔天大祸。身后进地狱时，怕是连阎王爷都不肯收留了。

他还有一好就是女人，但他身边却留不住女人。

他的第一个妻子是个识文断字的女学生，因为家里遭遇变故，经媒人说合，嫁与武家。武大爷的父亲是做玉石买卖的，家底殷实，女学生做武家儿媳也说得过去。洞房之夜，女学生怯生生地望着这个壮实的黑红脸膛的男人。她文弱如竹，呼气如兰，喜欢李清照的诗词。而他血气正旺，常常觉得内里有火像蛇一样乱窜。女学生无法承受他过旺的性要求，生有一女，便与他分了房。临近解放，女学生留下女儿，与一早相识的国民党军官去了台湾，从此杳无音信。

在他和女学生过着少盐没醋的生活时，耐不住那种热，胭脂河就成了他常常光顾的地方。武奶奶跺着脚骂，这家全败了，这家全败了。他弟兄二人，弟弟抽大烟。他说，男人可以嫖，但千万不能抽。人一抽上，那必定是死路一条。嫖女人，是让自己风流快活，是享受的事儿。那年他弟弟到黄河北岸的菏泽城去催债，临出门时问娘："我的大烟土你帮我装包袱里没有？"娘说装上了。走到黄河边，船开过来正准备上，他弟弟烟瘾上来了，赶紧解开包袱找大烟，谁知娘在骗他，想让他戒烟，根本没在包袱里装大烟。他弟弟难受得控制不了自己，一头扎进黄河，再也没冒出来。

武大爷娶来的第二个媳妇是同乡一个本分的老实姑娘。高挑个，很安静。他人粗，却喜细致之物，其中包括女人。那娇喘微微的模样，他以为是俊俏、斯文。第二个妻子生下一儿一女，在儿子8岁、女儿5岁那年害痨病死了。

我母亲说，那年生完我妹妹，满月时清早起床，天刚擦亮，一开门见对面老武家正堂直直放一口白生生的棺材。我母亲当即吓得回了奶。

有人给武大爷算命，说他命属火，身体太旺，而那些木质兰心的女人被他烧着了，招架不了他这种男人。属土的女人才适合他。

这话还真被说着了。

武大爷现在第三次娶亲，新娘子是西郊杏花营38岁的寡妇吴珍珠。

白天的事不必絮烦。只说当天晚上，院子里一干妇女很兴奋，待武大爷关了大门，她们开始贴墙根儿听房。院子很窄，对门不过5米，各家有什么动静，都保不住秘密，准能传出来。

屋子里先是油灯还亮着，灯花很小，暗晕着颜色。贴墙听房的妇女说，老武在哄新媳妇呢！有好事的，踮脚用舌头把窗纸舔破一个小小的孔，伸长脖子往里看。东西厢都是些古色古香的房子，大门是两扇狭长的一通到底的木门，上边雕着很漂亮的图案。窗户要占一面墙的三分之二，仍是木质窗棂，镂有菱形、双环等图案。隔不久要换贴窗纸，再穷的人家，也要买雪白柔韧的粉莲纸糊窗。记得冬天过春节前贴了新窗纸，东北风吹来时，外边呼啸着，树枝被吹得咣当落地，屋子里仍是严严实实的。然后又是下雪，我们躺在床上，下边铺褥垫着的是母亲买来的晒干的洁净的麦秸，看银白色的雪映着粉莲纸，屋子暖白，像一个童话世界。

把很费钱的新窗纸弄破，人家肯定心疼。但这是婚时，在民间，谁家娶媳妇儿，都要臊他、闹他，再过分都不会伤和气，这才叫看得起；没人闹腾、安安静静的，这叫没面子。

听房的妇女们片刻安静下来。不一会儿，有人小声说："你听听，老武在啃新媳妇儿的大奶子呢！嘬得是有滋有味的那个香甜。"经这么一说，妇女们想起来，白天进门的徐娘半老的新媳妇儿，身穿大红碎花细市布邻襟夹袄，胸脯前一对大奶子颤颤的，鼓胀得往外撑着，像两个大红梨杵在前边。说到身体的性器官，妇女们自己就觉得身子热了，湿润了。

屋子里，两个有着各自生活历练的新人，在隐秘中向对方走近。窗外，月色撩人，树影筛进来，影影绰绰。他看到她喜悦的闪亮的眸子。女人一喜悦，男人身上的春潮就冲过堤坝，决了口。他闻到那香味从她的腋窝一点点散发出来。他把头埋在她的怀里，那温暖的女人的肉体，让他迷醉。他深深地叹了一口气，那张黑红粗糙、疙疙瘩瘩的脸刹那变得平展柔和。他开始脱掉外衣，他帮她解开衣襟。

这是秋天，有些寒意。她顺势把他拉进红锦缎的被窝。她不嫌弃他的癞疤脸，不计较他的过去。杏花营这个有见识的寡妇，喜欢坏男人。此刻，他们都已经干旱了很多年，再也耐不住情欲之火，名正言顺地互相追逐、引逗着。

她忍不住地呻吟。

她朝他微笑，在没有光的暗影中，她的明媚，就像在他面前铺开一条金子一样的大路。他曾经历过慑人的难熬的孤寂。他旺盛的身体，是多么希望每天夜晚都有女人依偎。名分中属于他的女人，他总是看护不好。在他的热情中，女人像霜打的残枝败叶，很快就蔫了、凋零了。那烟花女子，则用毒药一样的风月烤炙着他，让他的皮肤一寸寸溃烂。

眼下，他身旁的女人，充溢着柔韧而缠绵的阴性力量，那里是一大片肥沃的土壤，让他的火变成生机勃勃的种子播撒开来。在纯粹的肉体里，他想要歌唱。精壮的男人和饱满的女人，他们彼此滋养，相互馈赠。

他们闹出了响声，已全然不再忌惮窗外听房的妇女。

次日清晨，一对新人不贪恋睡觉，早早起身干活去了。武大爷拉车，新娘子，哦，我们从此要改口称她武大娘，武大娘跟在身后。从此，石桥口卖猪肉的案子旁，武大爷切肉，武大娘过称，两口子有说有笑地做买卖。

差不多中午就可以回家了。下午，武大爷坐着抽烟，武大娘在一旁沏茶。

不一会儿，武大娘开始拾掇屋子。她身体强壮，把家里的墙角旮旯都打扫个遍，柜子、条几、凳子也都擦拭得锃亮。屋子里原来总有隐隐的陈垢的味道，现在弥散着清爽的气息。

武大娘用搓板搓洗着武大爷油腻腻的衣裤，她下力很大，忽悠忽悠的两个大奶子，让武大爷花了眼。他禁不住从后边搂了腰，两个人哼唧着。武大娘一边佯推，大白天的，让邻居笑话，一边却笑着，更多是鼓励，于是，两个人又滚在了一起。

武大爷等不到夜晚。夜晚无疑有更强烈的刺激。他发现，女人和女人之间有太大的不同。他以前娶的两个妻子，他和她们都很别扭，隔着心，千山万水一样的远，那是因为她们不需要他，不需要他的强壮有力。他知道自己的身体里边总有用不完的劲儿，那好像是一股子邪气，撺掇着他。他用不完这力气的时候，掂起锋利的尖刀，借助于杀猪这个被允许的残酷嗜血的行当，来释放自己身体内部那些破坏性能量。要不然，他憋得难受。现在这个每天夜晚都与他同床共枕的女人，却很是喜欢他的入侵。

同院的妇女们都看出来了，武大娘是一天比一天明艳。刚过门那阵子，她还有些虚胖，经过几番云雨折腾，她的身子渐渐瓷实，腰肢也更加柔软，眸子里也满是甜蜜的神情。两块旱地挤碰着，竟涌出丰沛的甘泉来。有人问：老武，啥时候再让媳妇儿给生个大胖小子？他只是嘿嘿笑着。后来听说，武大娘没有生育能力，也让人觉得天下再好的事终会有遗憾。

武奶奶不待见武大娘。清晨她坐在门口的红木凳子上，用牛骨梳子梳她花白的稀疏的头发。她很慢地解开脑后小小的髻子，梳一把，然后捡起掉下来的每一根头发，装在黑丝网套里。每天梳头，都重复这动作。网套里已装了一大团的头发，有黑的、灰的、白的，这是一个女人沿着她的精血之路，一天天从旺盛到枯槁的全过程。并不惊心动魄，却有着缓慢的哀恸。武大爷的父亲太能干，经营玉石生意发了大财。可天不假人，又早早死了。武奶奶熬寡，操持家业，拉扯两个儿子。她认为两个儿子都不争气，都是败家子。一个嫖，一个抽。那个抽的已经死了，她掉了几回眼泪，然后说，权当没有生过他。多亏了新社会，强迫着大儿子改掉了恶习，让老武家留下一条根。可这个没出息的儿子就那么稀罕女人，新来的女人又是那样馋男人。看着两个人每天出双入对的，她撇着嘴，满是不屑。她说，儿女都顾不上管了，都撂给我老婆子了。

喜欢女人的男人，不像父亲，只是男人。他的心全被女人占了，匀不出地方给子女。男人常常觉得空虚，儿女们填不满这个黑洞，心爱的女人才可以。

晚饭以后，院子里的男人会凑在一起抽口烟。烟是武大爷自己用纸和烟叶卷的旱烟。有人笑他，老武你是离不开女人的色皮鬼。他不恼，慢慢地说，谁不这样？平民百姓，也就这点儿最实惠最看得见摸得着的了。就连咱们北宋的皇帝徽宗，不也好女人吗？已经掌了那么大权力的皇帝，却修着暗道去会东京汴梁城的名妓李师师，而让蔡京、童贯掌管着国家的军政大权。后来方腊、宋江闹起义，他忙不迭把位子让给儿子赵桓，也就是钦宗。

武大爷卷好一支烟，递给旁边的孔大爷。接着说，这男人嘛，各有各的性情。有一种人，注定不喜欢坐龙廷。他不喜欢拿着别人的生杀大权过瘾。徽宗就是这种男人。他喜欢诗词歌赋、花鸟鱼虫、字画瓷器、美人香草；他就是不喜欢征伐厮杀、血洒疆场、兵戈冷箭、马革裹尸。有个知心的女人靠一靠，即便这女人是烟花青楼之人。只有这种女人，才懂世事浮沉，才懂人间愁苦，才会是他的心灵寄托。

武大爷人干的是粗活，模样也瘆人，但读过私塾，肚子里仍有些文气底子。他表面看像是个五毒俱全的流氓地痞，却可以讲出些道道。他尤其可以为混世魔王一般的男人找些这样活的理由，或者说是借口。

他吐了一口烟，接着说，人不能一个劲儿干活，像个蝼蚁那样一直在土里啃噬，或者像个叫蝉那样一直在树上不歇嗓地叫唤。尤其是男人，得有个嗜好，有个消遣、享受的嗜好；要不然，他看别人有歇下来的时候，就会心烦意乱不顺眼，就会憋屈着、不展扬，就会生出奇奇怪怪的坑人念头和行止。人玩够了，舒坦了，看人看事会平顺很多。

男人们抽完几根烟，各自散去。

日子就这么一天天走着。很索然、很平淡，只有武大爷两口子过得让人眼馋。上午两个人去集市摆摊儿，中午回家。下午武大爷养他的鸟儿或玩斗鸡。

他的屋檐下用铁丝垂吊着挂了几个精致的鸟笼子，他养许多鸟，画眉、鹩哥、鹦鹉等啥都有。他给这些鸟儿添水喂食儿，鸟儿啄着他的手，他满脸快活样儿。有一天，他抱来两只斗鸡，一只赭黄，一只紫金黑色，羽毛闪着光亮，长颈长腿，威风凛凛地当院站着。很多人围了看。一声哨响，两只斗鸡腾地跳跃起来，那种机警、凶狠，很揪人的心。斗鸡尖硬的嘴狠狠啄向对方的脑袋和眼睛。如果其中的一只败下阵来，它会耷拉着脑袋，颤抖不停。古城常有斗鸡比赛。正式场合斗败的公鸡，是再也不可能上赛场的，它自己会发怵、发抖。这斗鸡从此就淘汰了。

院子里的妇女们一般不看这些刺激的、揪心的游戏，男人们会去看。

　　每逢这时，武奶奶踮着小脚会去后院大北屋找陈老婆子聊天。陈老婆子皮白如雪，到老了仍是婷婷娉娉；武奶奶个矮，脸上有细麻子，穿着也俗。但她们俩可以唠到一起。

　　武奶奶对陈老婆子说起自己死去的丈夫。她说他命该有此大劫。他做了一桩大买卖，怀揣钱财返程，半道上却被黑道盯上了。按他原来练武的身手，他完全可以冲出包围，几个劫匪并不在话下。却是头一天晚上，他在黄河北岸的东明县城会了相好。那女人太甜，他在温柔乡很受用；但遇危机，力气却是躲着藏着，使不出来，于是便落得人财两空的结局。

　　武奶奶瘪瘪嘴说，这都是人的命。命该绝，即使熬过三更，也熬不过五更。她说她的丈夫、她的二儿子都抛撒了，她把眼睛哭瞎也没用。再说了，都是他们自找的。放着好端端的日子不过，总想花哨事儿，是自个要了自个的命。她说，女人逢到男人不争气，得把心硬起来才能活下去。

　　陈老婆子坐在床边把她的衣服一件件叠好，放到樟木箱子里。她答话："男人太争气了，也会把自己累坏的。我那男人，干事太拼，挣了那么大家业，还不是五十多岁累得吐血死去。做男人其实并不好，他们总弄不好自己。玩儿和不玩儿的，都留给女人太多伤心。我们女人，如果心敞亮些，面对大灾大难也能挺过去，能安静地待着，别有那么多的怨恨，也别有太重的伤情，日子可以平坦地过下去。那种大起大伏敲锣打鼓的闹哄都长不了，不言不语的日子更贴心。"

　　陈老婆子的丈夫在中华人民共和国成立初将火电厂交给了国家，算是红色资本家。交厂子的第二年，丈夫就得急病死了。剩下她一个人。1956年以前她靠吃利息生活，后来就没有利息了。她靠原来的积蓄做日常花销。手紧时，会变卖些首饰和衣物。她有个在中学教书的儿子在别处另过，每个月会过来看她一次。她基本不用保姆。

她说，女人一辈子都得勤快。越是大富大贵，越得找些事儿干。她北屋西边有巴掌大一块地，她翻土垒沿，在里边种上芍药和丁香。她自己剪枝、浇水。干完这些活儿，她坐在旁边的石榴树下。夏天里，她常常一身白，白色杭纺真丝上衣，斜襟盘扣，白色撒腿裤子，脚下是皮底黑色绣花鞋。她说大热天女人穿白色才显得又利落又清爽。她人很秀气，伸出双手却是又肥厚又粗大。她常常劳动，动手干活。人干活，出一身汗，周身脉络就通。脉走四肢，手是末梢，血气能走到手上，人才能吃得香睡得甜。尤其女人，血气通、充沛，才会看起来年轻。

院子里很少有人去听她讲话。武奶奶喜欢听她讲话。陈老婆子说，夏天再热，也不要睡竹子编的凉席，女人尤其不能受寒，沾凉气太多，气血会滞。生瓜梨枣也不能贪吃，女人暖一些好。很多妇女生不了孩子，都是因为凉湿滞气，这叫"宫寒不孕"。看她的脸色，白而粉润，很少瘀块和色素沉淀。她常在门口摆动两臂，像鸟儿一样自自在在的。到她这把年纪，身段仍然苗条，不发胖。

武奶奶对她说，我就是看不惯我大儿找的这个女人，贴男人忒紧。陈老婆子说，有女人替你管着他，你高兴还来不及呢！瞎生闲气。

武奶奶气消了。

　　大院里每家每户琐琐碎碎的日子就这么过着。

　　夏天一到，孔大娘就推车去街上卖冰棒了。一根冰棒3分钱，自己可以赚5厘，每天卖400根，赚2元钱，一个月可以有60元进项。这在当时，比得上一个科长的收入了。

　　院子里每个人都得靠双手吃饭。民间之人，身体得强壮，这样才能有换取吃喝用度的资本。人不能生病，如果你起不了床，干不了活，谁养活你？有几家能像陈老婆子那样有家底垫着？武大爷那样好玩儿，也得杀猪卖肉换来钱财。我母亲在汴绣厂绣花，每月工资很低；我父亲在外地工作，每月寄来的钱不够支付家用，家里很穷。那时每个人的家里都不富，都是仅仅只够温饱。

　　我躲在自己家西厢房的门后，扒开日常生活的孔眼，在似懂非懂中去看。我没有想到，这院落里的各色人等，他们的生活细节、命运走向，都将构成我日后观察、判断事物的重要背景材料。

　　一个小伙伴喊我出去。我们跑出大院，在这条有些偏僻的街道上玩耍。我从小就不是一个快乐的人。上小学前生伤寒病后，在床上躺了三个月，吃的东西也没营养。记得那个冬天下雪的清晨，我觉得终于有力气可以下床了。走到屋外，见到满地白雪。一阵风，却又把我吹倒在雪堆上。以后头发就开始大把大把地掉。身体已经虚得不成样子。可是毕竟是孩子，稍一恢复，就想着跑出大院，到街道上去玩。

— 2 —
街道

我们这条街道东西走向，有许多个院落，院子对面的距离还算宽敞，这条街叫"火神庙后街"。在这条街的北边延伸处，又有翟家胡同、屈家胡同，属南北走向，这胡同里又有许多院落。

我们玩遍了这街道上所有的角落。在旮旮旯旯的地方，我们晚上去捉迷藏。

这年夏天，古城格外炎热，屋脊上的蓝瓦松都晒得瘪成细缕的条条，不再有往常圆润的水色晕染在房顶上。

热了多天之后，深夜一声闷雷，开始下起大雨。大雨下了整整一个星期。我们院子没有排水设施，满院汪汪的，像一条小河。各家的门口、窗前都一拉溜儿摆着青砖，供人们踩着出入。孩子们在这个时候非常快乐。我们蹚着水，踩踏出哗哗四溅的水花。

天再放晴时，古城上空到处都响着呼啸的子弹声。半夜里有时稀疏，有时稠密。听大人说，这是一些工厂、学校在搞武斗。有人冲进南关的红洋楼驻军营地，武器流散出不少。

不久，一队红卫兵进到我们大院，把前院栽种的美人蕉给铲平了。又有一天，在我们这条街西边的一块空地上，摆放着一个从地下挖出来的神像，神像背后可以打开，听说里面藏了不少金银财宝。这是火神像，在我们小学的礼堂地下挖出来的。礼堂原来是一座庙宇，供奉的是火神。开封多水，黄河流经这里，并且是顶在头顶的一条悬河。黄河底部与我们北门的铁塔尖在一个水平线上。这尊神像，是为祭祀之用。学校礼堂，也就是原先的火神庙，后门就在我们这条街的南边，火神庙后街故此而得名了。

再不久，冲进院里的人直奔北屋，陈老婆子被带到西边这块空地上批斗，她的胸前挂着"资本家臭老婆"的大牌子。

空地上已临时搭起了台子，同时被批斗的还有街道上另外几个人。一个是街东头院子在自己家行医的吴清奇、吴家宝两夫妻，说调查发现他们出身于豫东一个家有千顷地的大地主家庭，两人挂的牌子是"地主阶级的孝子贤孙"。开缝衣铺的宋明霞也被批斗，她的丈夫是国民党军官，在中华人民共和国成立前夕丢下她和女儿到了台湾，至今下落不明，她挂的牌子上写着"台湾潜伏特务"。还有一个是我同学范良的父亲，已是白须白发的老翁，他在中华人民共和国成立前在省会当公安厅厅长。我同学的母亲是他的第五房姨太太，小他40岁。冬天总看见他在空地上晒太阳。

这些"牛鬼蛇神"的种类都齐全了，批斗会便开始了。折腾了一上午后，仍然有一些人去陈老婆子的住处抄家。她家的箱子柜子都被砸开，东西被乱七八糟地扔在地上。她年轻时穿过的各色旗袍非常漂亮；那一摞摞的手帕、袜子、丝巾，暴露了她过去的资产阶级生活方式，现在全被放火烧了。过去，她在天晴时会打开箱柜，让这些衣物见见太阳、吹吹风，满院曾经飘散的都是樟木的香味。

整个夏天和秋天，只要开批斗会，她就会被揪走。她总在低头认罪，她的腰也弯了。再也见不着她坐在石榴树和夹竹桃下赏花。她已经70岁，身体在饱受折磨中垮掉。她的儿子没来看她，听说是与她划清了界限。武奶奶再也没有去她家，毕竟自己家里也可能随时被查到有历史污点。

是年冬天，陈老婆子已经完全不能动弹，一个人躺在床上。她家里的煤炉已经熄灭。她挣扎着用凉水泡小米吃了几天。那天夜里，她已经知道自己不行了，就摸索着穿好她的黑色真丝棉袄棉裤，那上边是同一色的大朵大朵的牡丹花。她穿好黑缎子面棉鞋，把那件黑色的裘皮大袄也拿出来穿上，等着去死。

第二天上午，她没有了呼吸。下午，街道居委会的人说她已经死去。没人为她殓葬，街道居委会找人将她用席子草草卷了，拉上架子车傍黑儿送到曹门外的荒坟岗子埋了。院子里的人后来说，拉她出院时，看见她的腿耷拉在车外，人肯定是没死透。后来又听说，当天夜里，她被埋的地方已经被人扒开。盗者将她那件黑裘皮大袄偷走，卖了400多元钱。这在当时，应该是个巨额数字了。

被揪斗的那对夫妻吴清奇、吴家宝，说起来，与我们家后来还成了亲戚。他们此时被揪斗，实在是冤枉。吴清奇原本是乡下一个穷人家的孩子。吴家宝家确实是方圆有名的大地主，她家只有这一个女儿，自然当她是宝贝。她的父亲看上了同村少年吴清奇，觉得这孩子眉清目秀，虽然家底菲薄，但是上了几年私塾，甚是勤奋好学，若加以栽培，日后必有出息。他便将独生女儿许配给他，并让他入赘吴家，也改姓吴。

于是，吴家宝的父亲将他送到城里读书。他果然聪慧，考上了上海辅仁医科大学。学成回来，他与吴家宝完了婚。

在我的印象里，吴家宝人高，像竹竿，头发蓬乱着，眼睛总是眨巴着。当年，吴清奇入赘，她一口气生了五个儿子，实乃虎虎生威，全都姓吴。在土改时，她父亲被批斗而死，但好在已了却了延续香火的夙愿。

住在我们街道的每家每户，似乎都有奇奇怪怪的来历。而这里面每户的家底，又好像是晾晒在太阳下，没有隐私，街坊邻居都知道。市井中人，前世今生，都透明。

吴家宝整天迷迷糊糊地在街道上走着，不知道她在忙什么。吴清奇则是另一种形象了。他戴着眼镜，是深度近视，镜片一圈圈，很厚。他长得甚是儒雅，有些像京剧大师梅兰芳。他四平八稳地走路，衣着整洁，制服居多，皮鞋锃亮。挨批斗前，他就是这打扮。

吴清奇虽学的是西医，可他给人看病，用的是中医手法。大家都知道他看妇科有一绝。他还有一绝是治羊痫风，也就是癫痫。他在自家给人看病。我们街道东边尽头，有他在墙上挂的一块牌子，上面写着某某医师，擅长治疗什么病，地址哪里。

他家里养了许多猫。听说他这是为自己配药所用。院子里，猫蹿上蹿下的。拿这些怎么配药？外人不知道，只有吴家宝知道。他看病，她配药。这药是吴家祖传秘方。在吴家的窗前，海棠花的香气总夹杂着中草药的苦涩气息。

吴清奇从来没有恣意地过活，他总是被监视、被揪斗的对象。他神秘的医术，他家里蹿动的猫，他如戏子般俊俏的扮相，都让人对他的来历产生怀疑。那年的冬天，他又被抓走了。说是以前上大学时参加过"三青团"。有一天，吴家宝在胡同拐弯处拽住我母亲，非要拉我母亲到她家花两元钱买走她一个上边雕着菊花图案的樟木箱子。她急着用钱，变卖家产来换钱买些米面给几个正饿得慌的儿子。风吹着她蓬乱的头发，她仍是迷迷糊糊的模样。多少年过去了，那樟木箱子仍然外观紫红，花案漂亮，是我家最醒目的家具。

吴清奇被放出来了，他仍然悄没声儿地行医。毕竟病人是会传话的，找他医治的人很多，有的患者从外省赶来找他看病。

吴家宝蹲在地上喂猫，她原本是大身架子，现在腰开始佝偻。她手捋着猫的毛，自己就像一只大马猴儿，她从来都不讲究。而吴清奇只要放出来，第二天出现在人们面前时，总是衣着光鲜整洁。一副金边眼镜，他就像个日本翻译。而吴家宝与他全不相配，他们不知道在一起怎样行夫妻之事，她就像他家的一个老妈子，却在十年里为他生了五个儿子。

在运动后期，吴清奇被看管得不那么严了。有一天，他找到我母亲，说是要到东北采购一些高丽参和红参配药，想让我母亲把我姥爷在东北的地址给他，算是有个熟人接应。

那一年，我母亲的继父老家闹饥荒，他带着我姥姥和我舅舅逃到东北，在沈阳小羊安屯住下，同行的还有他的几个叔伯兄弟。吴清奇要到了地址，他上了火车，直奔那里。

已在东北落户多年的人自是豪爽，又加上是故乡来人，自是好酒好肉的一番款待。吴清奇有可靠的熟人帮忙，买到不少又好又便宜的药材。他看病灵验，首先是帮病人疏通血脉，身体的经络通了，那些元气不足之人随后就得大补，他的药剂里边自然少不了这些红参。如果经脉不通之人，红参、高丽参这类热劲儿的大补之药不可乱用，否则会出大毛病。吴清奇显然已精通人体的许多秘密。

他在原地过得憋憋屈屈，在这里，如此的盛情让他甚是受用，况且，事情又办得如此顺利。此处，将是他日后频繁往来的一个落脚点。他好像也有一份报答的意思，看到一个在饭桌前端菜倒酒的面孔红润、动作麻利的姑娘，得知是我姥爷弟弟家的三闺女，也就是我称之为三姨的，他当场说要带回古城，与他最小的儿子小五成婚。事情就这样定了。随后，我三姨在吴清奇又一次来东北返程时，打理停当，跟他回去，成了他的儿媳。

我三姨其实嫁得并不好。她个子不高，却结实、健康，讲起话来，是很有韵味的东北普通话，嗓子亮亮的。东北的玉米、大豆、红高粱，养出的女子，有一种茁壮的美。

小五则是另一种模样。他人还清秀，我三姨可能相中了他的外貌。可小五并没有继承他父亲的医术，却继承了他父亲的高度近视。他身无长技，整天东跑西窜，没有养家糊口的任何本领。我三姨嫁他以后生了儿子，小五就常不着家。我三姨给人家长期当保姆把儿子拉扯大。但儿子长大成家，也与她很少来往。后来干脆找不到小五了。后来听人讲，他双眼失明后，已死在外地。我三姨现在河南大学一教授家继续当保姆。如果我三姨不嫁到古城，在东北找一个勤劳朴实的能干男人，兴许比现在过得要好。可历史哪有假设呢？人怎么开头，就顺坡滑溜着过下去了。

再说吴清奇。70年代初，他的医道逐渐又被人接受，可以光明正大地行医了。

他更加讲究了。他不知给自己吃了什么补方，总是不老，皮肤细腻，不见皱纹，没有人知道他多大岁数。他的感情生活也开始有了变化。在向他求诊的女患者中，被他医好的，那是千恩万谢也不足以表达。女人在心里头，真是想用以身相许的方式表达这谢意。

吴清奇从来明白，行医之人，必得遵循医德之道。那么多的肌肤触碰，必须严格要求自己不得对异性患者有任何的轻薄念头，更遑论轻薄行止。但是他不想干什么，却保不定他的女病人没有种种的活思想。她们在他的治疗下病情开始好转。

那天下午，他在给一个女患者诊治，他手指并拢，推拿患者的瘀结部位。他很少讲话，因为要用内力，很累人。

这是一个少妇，因病不能生育，丈夫弃她而去。

她来这里治疗半年以后，原先黄皮寡瘦的她，脸上漾着红润的光泽。她其实是个美人胚子，只是再美的女人，只要是有病，都残破得不成样子。她现在每次来，都会用一双含情的眼睛注视着他。吴清奇心里明白，却是不动声色。

他检查她的腹部，她撩开衣襟，虽然那雪白、丰满的双乳隐隐约约覆在衣服下面，但那里像两只蹦蹦跳跳的大白兔一样，仍是晃花了眼。人常说，身体有三种人不可瞒：父母、夫妻和医生。小时候的身体不可瞒父母，长大以后，身体就得瞒着父母了。而医生从小到大任何时候都不可瞒。女病人在吴清奇的面前撩开衣襟时，并没有羞怯，而是举止大方。

他的手指触碰到她的身体时，那满足和惬意的笑容像风一样掠过她的嘴角。生命力，正从身体的深渊处，像岩浆一样涌动。她喃喃地说："医生啊，我该怎么报答你呢？"他依旧沉默。

女病人在心里说："当初我来找你诊治，看到你的眼里写满了疑虑，我的心流血不止。我不知道我还有没有活下去的命。

我已走到绝路，是你把我拽回来。我现在拿自己没办法，我想把我的身子给你，这身子尽管以前被别的男人碰过，现在它却是新的，崭新而圣洁。这身子本来就是你的啊。"

她望着他，没有任何的不安和羞耻。在她血气充盈的身体里，仿佛点亮的烛光，正照在幽暗的长廊；又仿佛晶莹的露珠，滴洒在快要干枯失水的花瓣上。渐渐地，在手指的摩挲中，仿佛催眠术一样，她感到一阵阵眩晕般的快感，她闭上了眼睛，然后泪流满面。

吴清奇俯下身子，深深地吸了一口气，他明白，他和这个女人，不再是医生和患者之间的关系。他的未来，需要有个人陪伴，这个人不是吴家宝，而可能是这个女人。

他感谢吴家的栽培，却也替吴家背了许多年的黑锅。吴家宝这个被宠坏的独生女儿，不谙世事，也不谙男女之事。她认为这事肮脏。他们分床而卧，多少年来并没有行几次房事，但行一次房就生一个娃儿。多年来，外边的政治风浪打得他晕头转向时，他顾不上想这些，现在形势一天天变得宽松，他开始觉察到身体里边常窜出一股股的火焰。他憋着忍着，可是前列腺部位胀痛。他是医生，当然知道男人的性不可过久压抑，得有释放的渠道，否则身体失衡，会出大毛病。男人常常不是非要违逆道德，而是拿自己的身体不知该怎么办。他觉得自己这一辈子已经对得起吴家宝了，他该为自己活一次了。

后来听说他到了省会郑州行医，身边陪伴的正是这个小他30岁的漂亮女人。后来又听说，他们到了南方的深圳，吴清奇如果活着，也该有90岁了。

　　我那时还根本不会去想更深远的东西，我只是本能地不喜欢胸无大志的人。

　　那时，到处停课，我们不用上学，每天是蹚河游水、爬城墙。下午累了，就相互传看禁书。

　　我到隔壁大院去找兰朵借书。她因为有个哥哥，禁书的来源就多些。我从她那里借到不少小说，读到的第一本小说叫《风雷》，仍然记着书中男主人公的名字叫祝永康。读这书时，许多字还不认识，顺着往下猜，囫囵吞枣，硬是啃了下来。再接着读后来的书，识的字就多了起来，然后读《晋阳秋》《高粱红了》《红旗谱》《野火春风斗古城》等。

　　直到现在，我仍然能品尝到那时读小说口舌生津的甘洌滋润。事情真是充满悖论。那时的书很少，并且在禁锢期，传到你手里，你得赶紧看完它，否则排在你后边的人就要催你了。那种急迫和渴望，使得阅读带有着魔般的刺激。现在，书籍多了，公开了，人反而不那么急迫地想读了。

　　有一天，从兰朵那里借到一本《三家巷》，书中巷陌幽深的三家人，那里边各走各路的年轻人的生活际遇和情感纠葛，读得我心旌荡漾。湿漉漉的岭南梅雨，浅草、美丽的区桃、革命与恋爱的故事，在一片萧严的语境中，让人的内心对美对爱的向往疯长。想象如金色的麦粒，在爬满青藤的巷陌落洒，一些东西在悄然生成。

　　我总是喜欢和兰朵坐在她家的屋檐下读书，这屋檐很宽，叫出厦。她家的窗台上，晾着一些玫瑰花瓣，那香味醇厚，闻着非常舒服。兰朵跟着姥姥、姥爷一起过。她家世比较复杂，母亲当时在南京工作。兰姥姥把这些玫瑰花晾干、捣碎、放糖，然后做成玫瑰馅儿馒头。她家的院子里，种着玫瑰。屋里屋外到处飘散着玫瑰花香。古城有品位的女人怎么都那么爱花呢？

兰姥姥特别喜欢读书的女孩子，她说女子知书达理，一辈子心头敞亮，那才叫好。下午她看我们读累了，会掰块玫瑰馅儿馒头让我们压压饥。

兰姥姥长相富态，面孔端庄。她肤色不白，却细腻光滑，到老年都不长皱纹。她喜欢绿色，这个春天里，她总爱穿绿色厚丝绸夹袄夹裤。她盘髻在后，一脸的正大仙容。她的眼神里面总是喜悦，然后淡淡定定，就像一个有贵族血统的人。其实她出身十分微贱。那时的古城，每个人的背景都是公开化的，难有什么秘密。大家都知道兰姥姥当年是戏楼子里的头牌，河南坠子唱得呜呜咽咽，婉转动人。

那一年，江南丝绸商人兰姥爷来到汴梁古城，与元隆庄做一桩大买卖。闲来移步，发现此处红粉氤氲，却听得兰姥姥一声坠子，把他的魂儿给牵了去。他抬眼望去，那女子年方二八，牡丹一样的脸上，眼睛晶亮，神情沉着，哪像是风尘戏子？他后来与戏班老板几番商榷，最后用重金为那女子赎了身。

兰姥姥之前已注意到兰姥爷江南才子般斯文儒雅的模样，随后他对她的呵护有加自不必说，尤其是感受到那份待她的情真意切。她在北方长大，却对南方男人颇有好感。她随他一路舟车，到了他的老家诸暨。

兰姥爷老家有一正房，也是良淑温婉之人，只是婚后多年未有生育。正房见兰姥姥举止得体，虽出身微贱，却有一番贵气，对她也是尊重有加，再想到兰姥爷多年的情意，她也早有心让兰姥爷找一个他看中的女人。兰姥姥正合她意，遂以姐妹相称，不分大小。兰姥姥十年间生育五女二男，正房帮她一起料理。

正房后来病逝，兰姥姥、兰姥爷皆是哀痛无比。后来，他们四处辗转，最后在汴梁安家。他们的儿女都受过良好教育，其中有早早加入革命队伍的。因此，中华人民共和国成立以后，并没有人将他们拿来整治。他们一生恩爱，也一生平安。

兰姥姥看我们读新借来的《红楼梦》，就说："老不看'三国'，少不看'水浒'，青年男女看《红楼梦》也得留点儿神。"兰姥姥很有见识，也跟着兰姥爷识了不少字，看了不少名著。

她说可以看，但不能把自己给看痴了。

给他家送水的青年男子，个子高高的，眼神忧郁，很少讲话。他每天拉着一个大木柜一样的东西，到屈家胡同街口的一个公用水井打满一木柜水。木柜下端有一个小孔，木柜里水满了以后，会用一个小木栓缠上布塞住；到了送水的人家，拔出木塞，水流到桶里。送水的这个年轻人隔天来兰家送水。那时没有自来水，殷实一些的人家，会有人定时送水，每桶给相应的钱。送水的年轻人很负责，他把水倒进人家的水缸里，地上有任何的水渍，他都会用随身带的抹布擦干净。他爱上了一个姑娘，最后感情无望。他把自己想象成了贾宝玉，无法自拔，得了精神病。兰姥姥说不要读《红楼梦》把人读痴了，指的就是这送水的男子。

少女时代，借助阅读，某种奥妙情愫的萌动，与《青春之歌》这本书有很大关系。我们欣赏林道静一身蓝色旗袍一条白色丝巾绕颈的清雅，我们尤其喜欢书中的男主人公卢嘉川、江华。

他们是有远大理想和忠勇坚毅气质的革命家。这是林道静喜欢的男性，也同时是我们少女时代对未来恋爱对象的情感启蒙。我们喜欢这些志向远大的人；对古城的男人，有种本能的嫌弃。

在我走过很长的生命之路以后，我在回望古城时，才逐渐清晰地听到隐伏在我身体和灵魂中的秘密。

在青涩的成长期，我还暂时不知道这些隐秘。我们仍然在奔跑和阅读中，扑面而来的是成年人正在继续的故事。

写到这里，我停下笔，为自己沏了一杯咖啡，用勺子搅了搅，咂了一口。我得给自己提提精神。

一般来说，我不大喜欢叙述性太强的写作，而偏好那种诠释性命名式写作。这后一种写作其实是吃力不讨好。这是一种理论认知类文字，自己写得累，别人也读得累。我走了一条偏僻而狭窄的写作之路。我明明知道，这些拗口而艰涩的劳什子，与普通人的生活毫不相干。可我得坚持多少从黎明到深夜的苦读，坚持多久不能稍有懈怠的攀爬，才能略知一二。而这知识的累积又是非常连贯的，你必须走很长很长的路，甚至要搭上健康，才能在后来某个时刻，理解和洞悉事物的某些真相。

可我却是执拗地喜欢理论的阐释，回避叙述与故事。

这一次，我的写作不再跳出生活的原地，我用笨拙写实的笔法记忆着古城许多的人与事。古城有太多的故事，信手拈来，就是写作素材，它比虚构的作品更有戏剧性。我的成长初年，已经在这些情节与故事里浸泡得太久。

这些情节与故事，是一些雾岚的氤氲，是一些落叶的飘零。这些弥漫与堆积，曾经让我感到无边无际的虚无。这里面生活着的人，经历着不可抗拒的受摆布的命运。我在古城的腹地生活着，那些院落、街道、市井里的一切，都与我息息相关。当我稍微长大，却为什么总想逃离呢？我想跳出经验的世界，寻找超验吗？

我的古城有惊人的美。它位于中原，气候不冷不热，风不湿不燥。它湖泊遍地，充满灵性。它有那么深厚的历史积淀，我们随便奔跑游玩的地方，都是来历不俗的遗址。它的四季都有花：春天的槐花，夏天的玫瑰，秋天的菊花，冬天的梅花，古城一年到头，都飘散着浓郁或淡雅的花香。而且，古城的男人和女人都长得耐看，有匀称的骨架和容长面庞。毕竟，煊赫的世界闻名的北宋国都建在这里，过去一千多年的历史，那优良美妙的基因都还传承潜流在血液里，难以改变。

如果不是有一段时间的折腾，古城宜于做梦。

梦境的空间，我感到惘然。我的惘然只属于我自己，这与古城的人、事毫不相干。我只是命定地希望自己去扒开那氤氲的雾岚，拂去飘零的落叶，去勘察一条认知的道路。这道路上的标志是：追问、反省，思考人的前世今生。

我在认知的道路上胡闯乱撞。

我稍稍长大，就开始逃离。逃离对古城的叙事，逃离对历史的钻研；再长大，我让自己进到陌生的西方世界，寻找西方贤哲的书籍来阅读。我是如此不自量力，我居然去读康德、黑格尔、费希特、贡斯当的书，去读胡塞尔、海德格尔、韦伯、哈耶克的著作。当我某一天读到帕斯卡尔的那句"不思想的人就像脆弱的芦苇，一滴水也能把他击穿"时，我感到脊骨发凉。那一刻，我明白了一些东西。后来我写了一些东西，有人说，你太喜欢西方的理论，让人看不懂。可我知道，如果这些学习里面有某一句我领会了、懂了，就足够了。

多少年过去了，我的逃离终于变成回望，或曰返乡。

让我继续打开尘封多年的古城旧事。

−3−
旧址

那一年，宋徽宗站在北国秋天凛冽的风中吟诵：

　　天遥地远，
　　万水千山，
　　知他故宫何处。
　　怎不思量，
　　除梦里、有时曾去……

才华横溢的徽宗皇帝，嗅到了霜晨的秋原之上，那卷曲着丝瓣的阵阵菊花香味。他梦里常去的地方不是汴梁城的古吹台。那里是春秋时期乐师师旷抚琴而歌之处，凉台清沁，杂花丛生。唐代大诗人李白、杜甫与高适在此相会，共吟《侠客行》。他梦里常去的地方，也不是有着经卷藏书、大雄宝殿的相国寺。那古刹青灯，冻僵了男人的血脉和神经。

他把自己当成一个男人，而不是一个帝王。他的梦，他梦里常去处，是那珠帘绣额、红烛摇曳的樊楼。东京汴梁五大名妓徐婆惜、封宜奴、孙三四、王京奴以及李师师，他最迷美丽妖娆、舞技精湛的李师师。后宫三千粉黛，随他享用，他却觉得乏味至极。他通过幽幽暗道，把心提到嗓子眼儿去会那个千娇百媚的女人。她有时会不见，有时会拉下脸子，他会失望、期盼、等待，这一切都让他感受到做一个男人的万般滋味。他的笔端，因此才有那天遥地远的苍凉与孤寂。

他依偎在粉色帐帷那绝色的美人怀里，用手抚摸着她那张滑润的脸。这才貌双全的李师师，如果眼神里有一道愁苦的光闪过，他都会揪心般地疼。他是那样喜欢一切美好之物，在那柔软、滑腻、飘忽的感觉里，他沉溺不醒。他不喜欢坐在皇廷龙椅上倾听大臣冗长的奏表，不喜欢边关利刃冷箭席卷的腥风血雨；他喜欢躲在静谧的书房，吟诗、作文、习字、作画。他把国家军政大权交给蔡京、童贯。只要有人替他管着国家，他就万事大吉。

他的心里，常常有着霜一般的空虚。他要找到一个至爱的女人，做他的红颜知己。

他喜欢最美的女人，也喜欢最美的艺术与最美的城郭。他嫌城池太小，下令拆毁重建。他花重金从苏杭一带购来孔洞幽秘的太湖石，与廊桥拱门、飞檐翘角、红墙朱户，衬托出如诗如梦的繁华京城。正所谓："梁园歌舞足风流，美酒如刀解断愁。"

徽宗统治25年，张择端著名的《清明上河图》在这个时期完成创作。

写到这里，我停顿下来。我发现，美的极致与爱的极致，都是毒药。人沉溺于销魂夺魄的欲望之河，享受的是窒息一般的快感。

宋朝的历史，应该是一部人文史而不是政治史。它留给后人的，是丰饶典丽的遗存。那是最绮丽的城市，最浪漫不羁的文人，最柔肠百结的宋词，最精湛细腻的湛白官瓷，以及古老的享乐主义。

宋朝的人文历史，一定和开国皇帝太祖赵匡胤有关。赵太祖骁勇善战却又足智多谋。他用武力结束了晚唐五代的割据纷争，"陈桥兵变""杯酒释兵权"的壮举每每为人称道。仅仅在位八年的太祖，却让荒芜的田园变为"稻穗登场谷满车，家家鸡犬更桑麻"。他废除苛捐杂税，工商业都在这段时期得到发展。

心力交瘁的赵太祖的临终遗诏，不是操心重臣的安置和继位者的能力，他留下的竟是："任何时候都不可杀文人。"

从此，东京汴梁，文人相携而至，雕栏画栋处，长亭水榭边，以及柴扉茅舍中，都有文人吟诵的朗朗诗音。

宋朝是文人的年代，是以美为全部尺度的年代；它同时也是中国历史上最煊赫夺目的年代。起码北宋的166年，写尽了锦绣繁华之最。宋代的词人，多如繁星，而且个个璀璨，苏轼、辛弃疾、晏几道、周邦彦、李清照，以及创作词之标高的柳永。

文人的柳永放浪形骸，他少年时代就在汴梁过着"多游狭邪"的生活，"好为淫冶讴歌之曲"。他试举失败，自诩"白衣卿相"。他混迹风月场，"仙禁春深，御炉香袅，临轩亲试"。在倚红偎翠中，他写下："对潇潇暮雨洒江天，一番洗清秋。渐霜风凄紧，关河冷落，残照当楼。"他写下："多情自古伤离别，更那堪，冷落清秋节！今宵酒醒何处？杨柳岸，晓风残月。"他为文，笔多艳冶。

柳永晚中进士，仍纵情于秦楼楚馆。临了死去，竟还是有情有义的青楼女子为他殓葬。

文人的宋朝，花间词曲，莫不是念奴浣溪、香草美人，那阵阵熏风将陌上麻桑吹得东倒西伏；人们在歌舞升平中，忘掉今夕何夕；吟诵的是宴酣之乐、别离之愁。

宋神宗时，与边境诸国签署了一百年无战事的协议。从此，战袍簇新，马肥草长。鼙鼓、箭镞深藏于府库，上边落满尘埃，无人擦拭。

据载，宋朝每年的节日有72天。大家总是欢天喜地去出游，春天踏青，夏天避暑，秋天赏菊，冬天观雪。

这样的社会太诗意了，太唯美了，太令人陶醉了！可这样一来，人哪里还能抖擞精神，起身去干些什么？

文人的宋朝，是一代明君宋太祖奠定下的。他为什么会有这样的遗诏？

当年他一路鏖战打下金陵。亡国之君南唐后主李煜，此时正在郊外的静居寺听经。在李煜束手就擒的那一刻，赵匡胤一定是看到了他脸上那种静穆与安详。赵匡胤把李后主押往汴梁，在他坐江山的八年里他并没有杀后主。李煜被囚期间，写下那柔婉、细腻、凄美的千古绝唱。后人甚至把他的词归到宋词中。

李煜被囚之地，我们小时候常在那附近游玩。

穿过午朝门，不往龙亭正殿奔跑，我们会去杨家湖外沿的西北处。那里有许多小的湖泊，湖上有五孔桥、七孔桥。湖边是大片大片的芦苇，苇子花在风中飞舞着飘向湖面。不远处有个村庄，不大，夏天，绿树掩映着灰黑色的砖墙屋瓦。这村子原名逊李唐，后改叫孙李庄。却原来，这个古朴安静，靠近市区的小村庄，正是南唐后主李煜的被囚之地。李煜活到41岁，却正是在囚押期间，写出声泪俱下，却又感天动地的绝佳词句："窗外雨潺潺，春意阑珊，罗衾不耐五更寒。梦里不知身是客，一晌贪欢。独自莫凭栏，无限江山，别时容易见时难。流水落花春去也，天上人间。"

在逊李唐这个小村庄，李煜透过小小的铁窗，看到春天田野上黄灿灿的油菜花开了。雨从昨天夜里就一直下着，遍地的黄花，沾满水滴，显得那样鲜亮。万物是那样美好。他却是一个数着日子的阶下囚。故国安在？心爱的女人安在？只有这满腹词曲的倾吐，聊慰残生。

从精神气质和命运遭遇来说，宋徽宗与南唐后主李煜都颇为相似。徽宗在位的最后一年，他将皇位传给自己的儿子钦宗。严格来说，北宋的末代皇帝仍应该算是徽宗。后来"靖康之乱"，金人入侵中原，徽宗被囚于寒冷遥远的东北，最后死在黑龙江的依兰县。南宋迁往杭州，偏安江南。

也于是，留给古城开封的，是挥之不去的北宋的气息。它基因和血脉里的传承，是最惨烈最悲绝与最绮靡最繁奢的双重性。

当年洲桥之上的明月是否依旧照在今年的湖面上？

宋朝的风是否又吹向今朝的城堞？

我现在陷入对历史的钩沉和对自己生命记忆的时空闪回中。我的内心充满了对古城十分复杂矛盾的情感。

2010年4月中旬的一天晚上，我在朋友的陪伴下到恢复重建的"清明上河园"里边，去看大型歌舞剧《东京梦华》。这依旧取的是宋代孟元老所撰《东京梦华录》的意境，并以宋代词人的词曲串演而成，是一株美不胜收的艺术奇葩。它的背景就在恢弘的天地之间，四周的水榭、亭阁、廊桥、湖岸，以及岸边的垂柳都是它的舞台。在灯光闪烁、水色潋滟里，在明暗相通、飞桥悬檐中，人们仿佛看到宋朝盛世漕河便利，市集熙熙，那空前繁荣的商贸与市井的真实画面。

一切是那么美，让人恍入梦境。

我再一次想到沉溺这个词。我这个人有受难情结，对享乐、幸福天生抱有警惕，对它深感不可信赖；对适度的美感到惬意，而对极致的美又有怀疑。我深感美的背后隐藏有不美的东西。美是有时间的，犹如烟花，在今夜满天开放，刹那便是寂寂湮灭。

更何况，这太多的熏风柔情，太多的旖旎绮丽，太多的缠绵缱绻……让人透不过气来。声色犬马的刺激中，只想沉沉睡去，再也不想起身去干什么了。而某种悲愁，如同塬上凉峭的春寒，让人在整理自己的情绪以后，逐渐变得清醒。

我不得不说，古城的基因和血脉里，有太多徽宗的遗存。尤其是在男人那里，传承得更多。我前边部分写到的武大爷、吴清奇等人，都有这种性情。

那宋代的遗存，对雄图大业向来是不感兴趣的。北宋各朝君臣，都只是把个东京修缮得花团锦簇，犹如仙境，充满迷人的情调与情趣。他们却不喜开疆拓土，放弃不择手段的进攻，没有那种贪婪的热情。千年之后的古城男人，即使职业卑贱，身份很低，他们也有不俗的爱好，有洒洒脱脱的公子哥儿习气。他们的陌室，总会挂几幅字画。他们也喜丹青，不见木纹的陈旧桌面，放有文房四宝。

话说政府官员去看本市下岗工人。工人双手抱拳道一声：谢谢你来看我，我没甚可谢，就送你一幅字儿吧。然后铺开宣纸，满蘸墨笔，当场挥毫，写了一幅龙飞凤舞、笔力遒劲的上好书法作品。

在古城人看来，干什么不重要，要紧的是要有份雅兴。在古城生活的人，过去多是靠自己的双手和力气吃饭。他们是摆小摊的，卖肉、卖大饼、卖胡辣汤、卖菜的主儿，他们生活寒碜，经济上并不宽裕。因为古城没有高尖端科技企业，没有现代金融贸易。计划经济年代令人骄傲的几家大厂，如空分设备厂、仪表厂、阀门厂、拖拉机厂等重型工业，都面临倒闭危险。下岗工人拿很少的钱，日子过得甚是艰辛。这些做小买卖的和下岗工人，其情趣仍难改变。他们很少抱怨。玩几笔丹青水墨，拉一手好的二胡，吹几口笛子，业余仍有滋有味地活着。在满城蹬三轮车的人那里，有大把的书法家、画家和二胡演奏家。

古城多是些知天乐命的主儿。一个卖大饼的，他上午卖够了一家人一天的开销，下午他就收摊不干了。干什么？下午去新华楼泡澡堂子。有搓背、捶肩、捏脚的伺候着，热气腾腾地泡上一泡，然后躺在那里睡上一觉，舒服得很。这爷们儿说，我挣够了一天的吃食儿不就结了，干吗非要把自己累个半死？

不多的钱，心态却好着呢！再有空，提着鸟笼子，出城，到城墙根儿的槐树林逗鸟去了。那里有很多和自己一样玩鸟儿的人呢！凑在一起，抽口烟，聊聊自家鸟儿的习性。又回家了。出汗了，脚疲了，人也饿了、乏了，家里做的粗菜淡饭吃得香甜。家境好些的，晚饭时会抿上两口。然后一夜无梦，赛过神仙。

过去我心里甚是不喜欢古城这些没有高远志向的男人。

但我活到这个年龄，看人看事的眼光已发生变化。

古城的男人，在市井、在民间很真实地活着。他们大都在体制外靠双手讨生活。在生产力相对低下，经济条件有限，只够温饱中，在挣扎的缝隙中找些快活、满足，也是自救的路。他们自己挣钱自己花销，不给政府带来累赘，也很少占用公共资源。这是个内消费、小循环的经济圈。你还能让他们怎么样呢？

现代社会，男男女女都在拼一个锦绣前程，有相当一批人认准的是体制内前程。而古城人大多数无前程可奔，他们只能在自己的城中，就这么过。不这么过又能怎么样？如果天开始变冷，他会添件夹袄；如果大地开始结霜，他则会裹紧棉衣。一切的道理都很平常、很朴素，用不着拿那些痛不欲生、吞噬、深渊等字眼来折磨自己。

古城人在民间，以身体的劳作换些吃穿用度的钱两。他们对权力原本是抱着敬而远之的态度。过去的那些个年月，权力的握有者却是无端由地要把古城人谋生活命的那根稻草连根拔掉，这时他们才开始惊恐起来。过去徽宗的玉玺，极少是砸在人头上的生死斧钺，更多的是精美雕饰的徽章。他们从历史中继承的过多虚无、过于顺适逍遥的做派不能再继续下去了。

在民间，无权力的人过日子大多是少有保障的，任何的风吹草动，都会让人随遇而安的日子招致摇撼。他们起码得为子女的出路伤脑筋，自己若是再遇上冤屈受人陷害，就希望能与有权力的人搭上个话，帮上个忙。在民间，没有真正的洒脱之人。

徽宗是弱势政权吗？他的确不大爱理会社稷之事。他的王孙贵胄在汴水之上乘舫泛波，而引车卖浆者则摩肩接踵、熙熙攘攘。庙堂很远，只过自己柴米油盐的日子。传承给古城的遗风，让人们安时处顺，乐而忘忧，安逸苟且地活着。

仔细推敲，却觉得这些个所谓洒脱的爷，怀着的是古老的认知，他们在现代社会，可能会遇到很大麻烦，他们的生存可能随时受到威胁。如果人仅仅只知道受活，什么时候都只为自己的厄运寻找解脱的口实，而不是寻找解决的办法，他就可能是不负责任的推诿。古城的男人在很多时候就是在推诿，古城的女人则是承受着，帮他们开脱。

洒脱也有理由。在饱经忧患的古城历史中，正是这份洒脱，让他们顽强地活着。

古城其实从来都在忧患中。

那头顶的悬河，它高兴时会造福四方，它愤怒时会祸害千里。而更多的时候并不是因为它的脾气，而是人为的祸端。

有人说开封地下埋有三座被淹的城。据考证，不是三座，而是六座。算起来第一次开封城被淹，应该是秦始皇夺魏，他攻开封，城池坚壁如铁。后来他扒开黄河，水漫城内，方才攻下。城中30万人，最后仅余3万。

古城从来都在忧患中，可它从来又是如此柔韧与顽强。每次城池覆灭，人们又在旧址上重新修建，就这样，路上有路，桥上有桥，房上有房，城上建城，层层叠叠中，依然是紫微秘阁、兰苑仙宇，依然是民物丰裕、富饶典丽。

　　这里面的坚持，与历来古城人面对灾难时，无师自通的相对主义、淡淡一笑的化解能力，以及洒脱坚忍的承受力不无关系。这使得古城每每在惨烈悲绝过后，又能如此神奇地在世人面前焕发出绰约风姿和傲人风骚。

　　现在，这个春天，我在开封的大街小巷上走着，呈现在我面前的，是它近些年变化如此之大的面貌。

　　古城在《清明上河图》蓝本的基础上，正在有计划地恢复重现北宋当年的繁华盛景。"宋都水系"已进入二期工程。古城开封不缺水，除龙亭两侧的潘、杨二湖之外；且不说小的水洼子，单是有相当规模的湖泊，至少有五个。这里有包府坑、四方坑等。说坑，其实就是湖。包府坑是当年包公包拯的府尹之地。"宋都水系"将把五个湖泊打通，沿湖逶迤，无不拱桥水榭、亭台楼阁勾连。

　　这天晚上，我沿着建好的一大段湖岸溜达。夜景璀璨，美得令人惊叹。古城的确是个宜于造梦之地。在缺少梦的现在，古城，这个有着几千年历史的城市，处处有鲜活生动的遗存。它是世界古老的城市，其文物价值和文化价值，不仅属于中国，而且也属于世界。在缺少梦的现在，它给人一个谜一般的梦。

　　宋朝三百一十九年，多少楼台风雨中。

　　风雨中，古城走到现在。

　　古城可能不适宜其他城市那喧嚣急遽的快节奏。街上，车辆不是特别多，大工厂停歇后高高的烟囱已不再冒出滚滚浓烟，空气很透明。春天的阳光下，树上的叶子闪着洁净而鲜亮的绿光。

　　或者，古城的确不该再重蹈别的城市经济发展的模式，比如那种先工业化、后城市化的做法。那种做法，是财富积累的同时，人的生存空间却被破坏。人生活在污染的环境中和混沌的空气里。人虽不再缺金钱，却缺了健康、情趣和丰富的想象力。

在中国最新公布的最具发展潜力的地级市中，开封忝列其中，它无疑已被公认为有着不可小觑的后发优势。那些已经创造了令人瞩目的经济奇迹的地区，有着先发优势，也积累了宝贵的经验与教训。后来的人，深得其益，至少可以少走许多弯路。

我在自己熟悉的大街小巷走着。我为我成长的古城每一点发展变化而欣慰。这里有我的同学、朋友、邻居和亲人，我希望他们好。我想，古城在走自己的特色路线。它在缓慢而寂静中，令人着迷。那虽然是在造梦，却可以吸引世人的目光，这无形可以带动古城经济的多方面发展。有时我会想，如果这个区域的发展是有序的、冷静的，它其实不必无节制地搞扩张，让那头经济怪兽张牙舞爪地膨胀。财富不必车载船装那般多，人实在应该安静地去想一想，人除了赚钱，还有多少有意思的事情值得我们去尝试、去感受。当然，必须要在市场得到充分发展的前提下，否则，一切都会因政治权力的无边际、无监督，人们仍然会走上奴役之路。这时，如果奢谈美的感受，只能是骗人的空话。比如现在，古城的造梦远景，仍然需要市场经济的资本介入，这中间虽然也有权力博弈，但它是可行的和靠谱的。有市场，就会有负责任的人。

我在古城的大街小巷走着。我听说在宋都水系的建设中，市区的许多院落、街道要拆迁。我的心一沉。我记忆中的许许多多旧址，都将在推土机的隆隆声中，化为平地，在上边建上别的什么。我的记忆从此不会有实在的物存。

静悄悄中，我回到自己原来的院子。我们家早已搬到父亲单位的家属楼了；可我依旧牵挂我的院落。我进来，发现原来觉得宽敞轩昂的地方，显得那样逼仄狭窄。房屋已经在岁月的剥蚀中显得破旧，卫生设施仍然陈旧。

是有些伤感。

院子里一些长辈不在了。

孔大娘脾气太烈。儿子婆亲，本该是件高兴事，她却嫌那个小眼睛，总是眯眯笑的丰乳肥臀的儿媳太妖，甚至怀疑孟大爷与儿媳眉来眼去。这样的疑心病还怎能是个好，别人的日子和自己的日子还怎能过下去？最后是她气急攻心得了偏瘫。那一年我从乡下回家，买了一包糖去她住的屋子看她。屋子里到处是呛鼻的异味，因为她的生活已无法自理。她头发花白，原来胖胖的一个人，如今瘦骨伶仃。她眼睛睁圆，盯着我看，有泪流出来。她有恩于我，我终生铭记。她在病榻上挨了五年，去世时刚过六十岁。孔大爷在她之后不久也离世。

武大爷的女儿玉妞因为和未婚夫赌气，喝农药自杀了。武大爷默默流了一阵子泪，说这女子性情太刚，在世上长久不了。我这辈子养她这么大，是欠她的；她去了，我的债也还清了。但这之后，他就咳嗽不止，后来查出患了肝癌，73岁没了。他去世之后，武大娘每天卖馍维持生计。她总是天不亮就起来，有一年冬天下大雪，她出门时脚底一滑，跌成骨折。她没有生下一儿半女，自己住了养老院，不过一年就死了，时年85岁。她一直干到死，身子骨一直健康，如果不是跌了这致命的一跤，她不会就这样离世。

　　靳大爷还给人时不时打几场官司，恢复了干律师的老本行。他有一晚回家敲门，他家的门是老式样的两扇门。靳大娘颠颠儿地给他开门，竟在门后没离开。他推门进屋，靳大娘仰头倒地，再没有醒来。靳大娘是上辈子欠靳大爷的，如今以这种方式还了他的情。她算长寿，已过80岁开外。

　　薛大娘还活着，青光眼。年轻时暗自哭得太多，现在差不多双眼失明。她已90岁了，仍摸索着自己做事，不与儿子儿媳一起住。

　　看着往日熟悉的场景，早已物是人非。我没有敲任何一家的门。悄悄看了看，离去。

　　生命一代代的，就像一茬茬的麦子。

　　这是我从小出生和成长的院落。在这里，我懂得了很多东西。我懂得了世界上大的事物会变小，厄运也会转变。如果盲目、使性子，好的又都会变成坏的。我懂得了种瓜得瓜、种豆得豆的道理。人可以笨拙，不可以懒惰。我懂得了思想可以有虚无的闪念，但不可以沉溺于虚无，连美的沉溺都应该警觉；而劳动才是保障。如果有时候你沉溺了，也不要过分自责；随后你试着用严肃的事物和加倍的劳动来弥补。这就是对你沉溺的解脱和辛勤的犒劳。

　　在这里，我懂得了凡事都要看得开。小道理总会被大道理管着。人如果有了坎坷，不要埋怨，平静地看着它折腾就是。在这里，我学会隐忍自己的不快，知道人大都会无声无息地退场，无论是平民百姓还是帝王将相。如果人像烟雾一样地消散，应该想到那是熟透以后的身子化作尘埃。

很可能自己并没有学习到很沉重的事物，而是在那里，从大院里的女人们身上，我学会泰然面对突如其来的灾难，只要自己曾经认真地活过，此生足矣。并且在隐约中她们传递给我物质主义的在世迷恋——无论在什么样的境遇下，如果有风，女人们就该尽情嗅着那柔软丝绸的四溢芳香。我曾经说过我不大喜欢古城的男人，认为他们玩物丧志、相对主义。但是现在我发现，当我不必功利地生存时，那些洒脱的男人也是不错的玩伴儿。

我一路走着，在问：民间在哪里？

它就在普通人家飘来的一阵阵饭菜香味里，在推车串巷叫卖的吆喝声中，在男人们叼着烟卷逗鸟的神情里，在女人们晾晒衣物时手臂上扬的姿势中。

民间在哪里？民间远离庙堂，毗邻江湖，紧挨乡野。民间演绎的，从来都是不必虚构，就能吸引人心的生存故事。民间有太多心酸难熬的事情，想想，就得放下，不放下怎么办？人总得活着。

民间因此相信传奇，相信因果报应和轮回。民间学会的是祷告，而不是诗歌与哲学的讨论。

我想，对于整体性社会，它有的是历史感；对于民间百姓，它有的只是无常感。

我曾深深地向往远方的生活，以为那里是富足、向上，可以摆脱无力感的地方。我不必矫情，这向往的确构成我奋斗的动力。

在我此时对古城的回望与记忆中，那混浊厚重的黄河水，那满树沁人心脾的槐花香味，正拥在我的四匝。我过去无论怎样浅薄过，但我知道我怎么样都会改过。因为我的民间、市井生活，早晚会为我的真实存在提供前提。

美学生活

考察中国新时期以来女性的写作，是件让我颇为踌躇的事，而且工程浩大。我的笔触，将聚集在女性主义写作的范畴。之所以重点提及女性主义写作，是她们在不同代际的艰辛努力中，以身体呈现给人经验和真相，并以此来叙事、来思考。这种写作方式带着狂飙突进的勇猛，对传统现实主义的文学观念与框架，甚至对经典作家和作品，都进行了某种程度的解构与颠覆。这范畴里，部分女性写作者的注意力将集中围绕与男性的情与欲的关系展开，而这又是颇有争议的。谁都不想和盘托出自己的隐私，让人窥探，并会激怒一些人。社会和文坛某些时候对女性主义写作者有过阵阵冷嘲热讽以及睥睨反感。她们被认为乖张、颠踬；那午夜中蝴蝶的尖叫，是过于聒耳了。

但是，你如果真诚，怎能忽视女性在文学创作中的崭新经验？她们直抵生命本质的真诚、率性和无畏，对新时期中国文学做出了积极贡献。是的，一般的生活无法帮助她们的书写，只有在那秘密的暗夜中，迂回往复的穿行，才让她们的触觉和嗅觉像花萼一样扩张着、怒放着，从而可以捕捉那金色颗粒的字迹与气息。这使我想起丹麦思想家克尔凯郭尔曾经说过的一段话。他把一般生活和写作生活做了区分，其定义是，一般生活属于伦理学生活范畴，它暴露、公开、敞透；依循的原则是无藏、平滑、安全，不需要斑驳复杂的事物干扰自己，人生活在公共化的白天。写作生活则属于美学生活范畴，它阴郁、藏匿、隐蔽；伴随着的是僭越、冒犯、造次，在种种错综复杂的纠缠中折磨和煎熬自己。人生活在私密性的夜晚。

我不知道人们注意到了没有，其实许多男性哲学家，始终在以自己真诚无畏的思考，有意无意地在帮助女性作家厘清纷乱杂沓的思绪。原以为波伏娃、杜拉斯等人是女性作家的教母，其实她们顶多是长姐，和她们的妹妹们一样陷入困惑。像克尔凯郭尔这个男性写作者，却在不期然而然中，成为女性作家的教父。

陆陆续续的，我读到过克氏的另外一些书籍，除了《恐惧与战栗》，另外还有《论怀疑者》《哲学片断》《一个勾引者的日记》等。他常常用假名发表作品。他不计较行文是否肃正，思考是否无懈可击。他说他是永远要和专心一意搞哲学的人说再见了，说即使某时仍听到他们的观点，他也决心不加理会。因为他们的话太空，太骗人了，而他则有着太多伤心的经验。

而女性作家又有哪个不是始于伤心的经验？

多少年来一直在问：写作的女人活得好吗？不知道，只有她们自己心里清楚。从她们决定开始书写的那一刻起，她们就与一般和普通拉开了距离，和日常的公开化的伦理学生活拉开了距离。她要过写作的生活，那生活是将阳光、鲜花、青草关在门外，而自己则蛰伏在阴郁中。她常常为那些句子、段落、整体结构而苦恼，把自己弄得心悸、胸闷、烦躁不宁。她常常过不好自己的一般生活。也许只有颠踬、冲突才让她有话可说。她如果有僭越以及秩序外的情感经历，也只是为了让自己在故事中，有延伸思考的秘密通道，将这些作为叙说的质料，以及通往语言的借力和道路。

接下来我将从自己对女性作家的几部作品的阅读中，谈谈她们那伤心经验的意义与价值。

我的笔将首先从张洁描述的那个漫天飞雪的北方冬天展开。

—————— *1* ——————

张洁：开拓女性主义写作的先河

在渺无人迹，天地间仿佛混沌初开，四野空寂的茫茫大雪中，胡秉宸正站在"五七干校"的那个雪坡上眺望。山下的小路上，一个清丽的独处女子挑起了他的好奇心。

《无字》的开端，仍然复活了那个令张洁永远难忘的场景。稍稍上了年龄的人，大概都还记得20世纪下半叶，在粉碎"四人帮"以后的中国，在新时期文学的发轫之初，张洁以小说《爱，是不能忘记的》带给人们的强烈震撼。

记得当时家家户户还在听小喇叭。每到中午，中央人民广播电台会播放这篇小说。此时，人们放下手中正在做的事情，屏声静气地收听。今天没有播完，再等着明天，那种祈盼，真是幸福。

张洁的小说，写的就是这场思念和热爱：雪日偶尔相遇。从此，缠绵悱恻的情感贯穿了人生命的始终。现在觉得这种男女情事算什么呀，太普通、太一般了。可是放在刚要解冻的初春，这荡气回肠的思念与热爱，仿若激情澎湃的春水，冲开并且滋润着人们板结干涸的心灵。1966年到1976年这10年间，人们记住的是以阶级斗争为纲，无产阶级专政，是一场接一场人人难以自保的政治运动。人常履薄冰，哪个不战战兢兢？人不会微笑，男女间更不要说会有拥揽搂抱的姿态。禁锢压抑日久，人的表情和灵魂都很麻木。

日后，无论我们有怎样妖姬曼舞、情色无边的故事，切莫忘记，正是当年勇敢的张洁，不仅仅是以女性细腻温婉的感情，而且以长风破浪的人性吁请，成为中国思想解放运动中，筚路蓝缕的开拓者之一。

写作《爱，是不能忘记的》这部小说，当时作家还处在强烈感情的抒发中，因此男女主人公的形象还显得模糊。但在隐隐的句式中，人们猜测为女主人公所恋的男人，是个高官，至少在中央是部一级任职。这真是奇了。在铁板一块的国家意识形态中，这个人竟然是个未被除尽的异数。而这样的异数，在峻险的一波又一波的政治风浪中，竟然又可以不被掀翻而稳居要职。这真真是奇之又奇了。

到《无字》，这个男人的庐山真面目稍稍显现出来。这个时候，即使对他不再是眷念，而是清算，但张洁笔下的胡秉宸这个男人，依旧有着无穷的魅力。

让女人魂不守舍的胡秉宸，出身世家，从小在优渥舒适的生活环境中长大，然后接受过良好的教育。再后来，追求真理，发誓要推翻旧制度，报国为民，从而走上革命道路。在20世纪上半叶，令无数优秀男儿为之慷慨献身的事业和理想就是革命了。胡秉宸曾经是学生运动领袖，长期从事地下党的工作。1945年在重庆周公馆，他机智地甩掉了40多个特务的盯梢和追捕。他到过延安，在陕北公学学习，成仿吾是其校长。1949年在新旧政权的更替中，他因为身份隐秘，差一点儿让其革命生涯在无人证实中成为零。在最重要关头，他为自己恢复了党组织关系，成为新政权中得以晋升的高官。即使在"文革"中，也未受到伤害。"他的革命资历，一页页的，可以积累成百科全书。"吴为这样说。

这就是那年代出色的男人：集才华、能力、政治智慧于一身。而同时，他又风度翩翩，倜傥潇洒。张洁写胡秉宸：在毕业照中，他戴着黑色的礼帽，并有意把帽檐压低，把领口竖起来，在神秘中，露出坚毅的下巴和性感的嘴唇。

更要命的是，他对女人有极高的鉴赏力，他对吴为说："我喜欢你那件软缎衬衣，那条裙子；还有更重要的，那种知道自己是漂亮的神气。"

还有他对情调的敏感，如果他发现了让自己有好感的女性，并可能与她单独面对时，他会像一只开屏的孔雀那样，将自己拾掇得非常醒目利落。在暖和的天气，他穿着雪白的衬衣。如果天冷了，外套里边，也隐约露出雪白的袖口和领口。况且他总是刮干净面颊。

啧啧，真让后来的我们和我们的妹妹们羡煞了长姐辈的女人了。她们见识过如此出色、优秀的男人，这男人有聪慧的大脑，有丰富的人生阅历，有让人仰慕的社会政治地位，还有让人惊叹的风度和情调。从此，这样的男人不会再有了。我们只能退而求其次：如果你取他风趣幽默的那一面，就得忍受他不会运筹，只凭意气和侠肠，在当今社会，无法混得风生水起，只能成为一个边缘人。你对他最低的要求就是，还有碗饭吃，还有个好身子骨。因为身体不难受，还可以保持着调皮的笑容。如果你取他得风得雨，他大小握了些权力，就会戾气横生。就算有的男人脾性还平和，却也乏味，了无生趣。

我们是很难见到优秀的、全备的男人了。只有张洁她们那辈才能见到呢！我们学会的常常是自我劝慰：人不都是这么过的吗？即使饮鸩止渴，这一生也得过下去呀。聪明的，或者去努力营造一个心中的幻影，将此生尽量过得有意思些。

可是当我们还没有缓过羡慕的表情，那边厢如此的郎才女貌、如此的才子佳人就要恩断情绝了。这让人止不住唏嘘感慨了。

爱，是不能忘记的；爱，又是最容易忘记的。爱，在短暂的时间才有可能；时间过去，爱即消逝。

一般的人，不爱了，吵吵闹闹就散伙了。只有女性作家，才会不厌其烦地追省。张洁可以一直抒写，和她对男人爱恨交织的强烈情感有关。她的美貌和敏慧，让她穿行于一个秘密通道，走出来时，那每一页纸上，都写满了字。

我没有见过张洁，我翻看了《无字》的封衬上她的照片。都说张洁是个大美人，果真如此！在灰墨色背景中，印着张洁一张清秀的脸，她微微上扬着脖颈，风似乎吹乱了她右额上端的头发，左边后方也见卷发微翘着，十分有动感。那是风中的玫瑰，双唇紧抿，眉黛清朗，眉心有些微蹙，整个神情显得刚毅，但那弯弯的笑眼则是柔和的。

经过了那么多磨难的女人，竟然还保留着这清丽空灵的神韵，况且又是如此的才女，这真是奇之又奇了。

奇异的男人和奇异的女人相遇，怎么能不产生世纪的吟唱？

如此美丽的女人，一生得有多少故事？有故事的女人，自然得提起笔来书写，只摹写真实，如在目前，便是上乘文字。

那时的上乘文字，是将爱理想化、纯粹化。这种认识，是普遍的、公共化的看法，它应该归属于伦理学范畴。持这种看法的，又往往多是女人。男人的爱很现实，很驳杂，与情欲有关，这让女人为此非常反感。两性的战争由此开始。当然，在生命的秋天里重新结合的吴为和胡秉宸，情欲的问题不是最主要的，他们的纠缠琐屑、无聊，就像一地鸡毛。他们曾经是那样相爱的人，到后来，吴为当年为之沉迷的胡秉宸的做法却让她感到是那样卑鄙。她伤心欲绝，失望和绝望如铁锤一般，砸向她。她不无讥讽地总结自己的这种感情：

"感谢此生有这样一次豁了命的爱恋，我从没有这样爱过，从没有一个人像你这样让我动情，以至把我一生的两性相悦之情都在这次燃烧光了。"

张洁于是借这部长篇，不厌其烦地写自己的怨恨，书的每一页，都仿佛被焰火点着了。与她同时代的王蒙评论此书是字字血声声泪。诙谐了些，却也中肯。

原因在哪里？是因为婚姻吗？还是婚姻形式并不适合写作的女人？如果吴为和胡秉宸始终保持若即若离的婚外关系，是否可以避免这种不欢而散的结局？让爱的颂辞变成挽歌，让人觉得一点儿意思都没有了。

从婚姻上寻找对女性作家创造性发挥不利的因素，当然也可以说出些理由。比如她要担起许多的家务杂事，人来人往难以独处。人不能入静和不能感受时就烦，看谁都会添堵。写作者，要求寻找到一个幽隅、古堡，在隐匿和想象中建立一个从无到有的文字世界。可话说回来，如果人弃绝婚姻，认为是找到了绝对自由，这只说对了一小部分。完全的、无拘束的放达自由，就像一个人待在旷野无人的荒地上，没有人，只有风。这人有绝对的自由，无拘束成了常态，这种自由在常态中就不是自由了。比起在荒原上待在屋子里的人渴望冲出去，这个人渴望外边自由的渴望，会更迫切、更真实。反而，那个完全放任、无拘束的人，自由反倒成了负担。

那么也就是说，婚姻与创造力的关系不是绝对。有婚姻你觉得是累赘；没有婚姻，那种绝对的孤独也会把人压得更加虚无，再也不想写什么东西了。

不管是在婚内还是在婚外，总之，男人与女人的关系最后中断了。旧的平衡打破了。那个悲情的夜晚，在淅淅沥沥的雨中，难以入眠。会痛一阵子，以后还会再寻找新的关系，达到新的平衡。人倔强地离开彼此，相信都会有新生活紧随身后。关键是，你从中学习、领会、内省到了什么？如果人一直坚持执拗的、不理性的思维模式，这将使下一场关系也不会有更愉快的结局。人对待上一次的事情，不是遗忘推倒，闭上眼不去想它就过去了。如果一直怨恨别人，却不从自己身上寻找原因，下一次还会隐伏重重危机。

张洁她们这代人，有着对崇高、神圣、纯粹的痴迷。而眼下的大地到处是瓦砾、碎屑、尘土飞扬。还有，看到男人那副嘴脸，真让人受不了。这时的女性，好高过洁的心灵，无法忍受她们认为不纯粹、理想破灭的东西。

吴为看起来是为爱而生，可要知道，爱的本质，正是自由的精神理念。这理念，对他人，以理解和善待；对自己，以内省和质疑。这不仅是针对情爱关系而言，同时也是对待世界的一种姿态。吴为她们，已经很难改变了。张洁设计她的最后命运是疯了。人疯了，这伤心的经验更加触目惊心。在张洁，要写的正是对他者的怨恨与控诉。

把怨恨发泄了一通又怎么样呢？一地鸡毛，满目疮痍，让人更深陷沮丧。

把控诉进行得淋漓尽致又怎么样？无非是认为有对不住我的人，我认为自己是对的，对方是错的。错的对方干扰了我，让我烦和怨，我才会如此愤怒。

这种怨恨和控诉的文字，无论把伤心的经验写得多动人，它却提供不了人面对窘况时任何建设性意见。

张洁开了女性主义写作的先河，却又不那么彻底。她在躲躲闪闪中，被困在传统的现实主义叙事的窠臼里。

吴为可以一疯了之，可现实中，女性还得继续生活，继续面对理不清的情感纠葛，她们该如何处理？我不禁想到不久前看过的70后女作家盛可以的一部长篇小说《道德颂》。

───────── 2 ─────────
盛可以：开始学习不安与愧疚

我与盛可以在一个单位供职，是同事。盛可以面孔精致，一双眼睛看似迷离，其实有穿透性魅惑之力。

她从云南大理回到广州，穿着民族服装，大红花朵，绿色叶子，布料原色披挂于身，长发飘飘，透着花红柳绿的鲜妍，甚是抢眼。她平时总显安静，讲话不多，一旦言语就细声慢气，几分慵懒。但内里潜藏着无限张力与蓬勃，富有气场。

　　她的文字，如同本人，清冽中有艳光。因为她有写诗的功底，至今在诗歌写作方面不曾放弃，时有试笔。这样，她便和当今文坛匆匆上阵，以悬疑、玄幻、穿越性写作者区分开来，保持着自己对文学纯正性的追求。她讲究语言的华美逸彩、饱满结实。更重要的是，其文字背后，闪着寒峭之光，有直面人性的勇气和坦率。因其冷峻，更添神秘。这也因此使她和一些女性作家某种感性的偏颇有了些区分。她依旧是写情感题材。敏慧的女人，体验晦暗不明，各种滋味冲撞着她起兴，情感是关注的要点。她只需娓娓道来，就能引人入胜。

　　盛可以笔下的女性，多是在无从把握的现实中摸爬滚打的自食其力者，身份地位一般，却心性姿容不错。她笔下女性不像安妮宝贝所写的多为文艺女青年，在虚无的帐帷中昼伏夜行。盛可以笔下的女性，当初可能还存有任性执拗的脾气，当她学会了心平气和去面对事实真相时，当她明白怨恨他者于事无补，只会让人愈加陷入困境时，她就学会了设身处地去思谋，学会尊重客观规律去改进；这样，她的心里就升起了更丰富的东西。这和前些年月的女性题材，以及女性主义写作，都隐隐有了些不同的东西。这就是我接下来就盛可以此部长篇要说的一些话了。

　　书中女主人公叫旨邑。她自己开了一家玉器商店，既自立，也自主。看了题目，你切不要以为是个身穿洁白裙裾，站在菩提树下高唱道德颂歌的古典女子，她着实是个可以置礼教于不顾，敢做敢当的新潮女性。她年近三十，情感经历丰富。倒着来看，书在结尾处，则写她无边无际的空。

　　谢不周死了，患脑瘤死了。那个粗犷的鬈夫，大大咧咧，满嘴糙话的爷们儿，却好行大侠大义之举。他尤其善待女人。他曾送做医生的前妻去英国留学，几乎花光了自己的全部积蓄，后来做房地产才赚了些钱。他的第二任妻子吕霜，吵着去美国留学，却是一去不归。他不管女人的小心眼里是怎么盘算的，他从不对女人计较。他与旨邑，是介于爱与亲情之间的关系。在旨邑未婚先孕的窘迫中，他甚至希望他可以出面娶她，以使她可以名正言顺地把孩子生下来。她说他是一面墙，可以随时让她靠上去，尤其在自己软弱、无助的时候。可是这个男人死了。

秦半两另娶别人，而不是旨邑，这别人正是旨邑的女友原碧。秦半两是个画家，极具艺术气质。他欣赏她戴稻穗长垂的耳环，着绿底玫红花色的衣衫，藕节般手腕上戴的那青色玉镯。也爱她神情既认真又闲淡的样子。他是旨邑的同龄，不像兄长般的谢不周。他牵着她的手，带她去一所古旧的楼房，那里有满屋的油画。她看他戴着黑色的鸭舌帽，发尾蓬松，穿黑色高领毛衣，她欣赏他像一匹骏马一样结实。当他冷峻忧郁时，他又像一头遥望远方的豹子。她甚至带他回自己的老家。他们彻夜交谈，有无穷的谈话的欲望，就是没有性。是旨邑不给。旨邑觉得与秦半两不是那种关系。当他完全无望时，他娶旨邑的女友为妻。

旨邑爱的男人叫水荆秋。眼下的关系遭遇破裂。他们曾经是那样相爱。他们的爱，还不像张洁她们那一辈的女人，多信奉纯净的柏拉图式的精神恋爱。二十一世纪的男女，深谙生命的本质欢悦，一定与情欲相关，不说全部，至少相当部分是这样。旨邑与水荆秋的爱，是性爱几乎代替了一切，"对身体的反复阅读，占用了全部感觉，他们几乎抽不出时间去评论"。

男女之间的性爱满足和欢悦，是致命的毒药。这样两个人，如此的肉身穿透，如同遵循神的旨意。在那个神秘的高原之上，他们经历的是死亡面前的相遇。经历过生死的人，更知道生命的有限性，在随时将至的中断、崩裂等无常面前，那片刻和瞬间的欢悦，就是无限和永恒。在两性关系中，我情愿，构成了相互交往的正当理由。这是"我与你"的关系，与任何第三者无关。德国哲学家马丁·布伯在《我与你》的一本不厚的小书中，阐释了这种关系，这种我与你，如同我与上帝，带着虔诚和神圣性，与淫荡卑劣无关。与之有关的，只是相处中个人经验的担待，担待中的两个人，能同时抵达心智的力量深处，以及自由的想象力空间。

是这个时代在变，在日益对人性的强调中，赠予了心智和体能强悍的男女一种无师自通的哲学理念。关键是他们学会了自由掌控生命，在彼此的肉身相遇中，可以交流私密的个人经验。

水荆秋长得不但不帅，反而有些草率，相貌憨钝，鼻子大，嘴唇厚，额头上有刻痕，这让他比实际年龄显老。眼下的女人，审美标准在变，她们中有人并不喜欢手指纤长、虚静如竹的男人。这些过于文雅的君子，多多少少有自恋倾向，尤其像旨邑这样桀骜不驯的女子，她有着超出她这个年龄的女子对男女情事的成熟理解。她尊重直觉给她的暗示与牵引。当她与水荆秋在高原之上，因偶尔倚靠一起时，她身体内部有一股股热浪在涌动，面颊在微微泛红，眼睛奇亮，正变得好看。那场电流的辐射，从来不是在单独的一极做功，她与他将同时发出召唤、做出应答。

旨邑说自己就像大地上一种贴着地皮生长的草，爬一截，就长出一把根须和草茎。如果没有阻拦，它可以爬绕整个地球。

水荆秋说他欣赏生命力顽强的东西，他喜欢女人的独立、执着与自由，喜欢旨邑柔弱与野性结合的独特气质。他说他喜欢中国女人，就是不靠大胸也能性感。

看到这里你就知道了，盛可以之所以引人注目，是她凛冽、大胆、奔放而又诗意的文风。这风，野性地扑面而来，映衬得那些抖抖瑟瑟的小儿女情长，弱质、逊色得多呢！

二十一世纪的第一个十年里，时代真的是在变化。比起张洁理想化的古典主义情怀，盛可以笔下的男女更有人的粗重、真实的本性。水荆秋不再是假门假式的伪善男人，旨邑也不再是扭扭捏捏的小样女人。他们彼此交流着私密经验，言语粗率糙粝。这是他们之间密不可分的黏合剂。当然，还有穿透一切的肉身的触碰、抚摸和性爱。这是两性之间，最难舍难分的危险而又甜蜜的姿态。

对了，水荆秋的身份还没有介绍，他是一名大学历史教授，获得过法国颁发的骑士勋章奖。哪类奖，不必深究，作家之所以这样设计他的身份，是说明他是有学问的那种。有学问，有见地，又有肉身的激情和敏感度，这就是新时代女性喜欢的男人类型。水荆秋显然对知识分子的身份有着精到见解，他说知识分子不仅是有知识的人，其特定含义是，强调其立场批判和智力水准。看起来，他的确没有沾染一般知识分子的迂。

他们对了眼，一切都很好。

以至于旨邑说在水荆秋之前和之后的男人，都如蜻蜓点水，全无留恋。谢不周那样调侃、玩世不恭的人，对着旨邑曾经发出过那样深情的表白：我就是你坟头的白色野菊花，日夜开放。可是旨邑也只是把他当成自己的兄长、家人。她和秦半两，即使在幽闭的画室，在远足的旅途中，都是君子，互不触碰。关键是她，在最可能发生故事的地方，她都没有冲动。即使当她看到秦半两在冷峻和忧郁中像头眺望远方的豹子，心里头惭愧自己不是正值绚丽年华的梅花鹿时，她心里仍然是有自己的骄傲的。因为她有自己的男人，这让她踏实有底。

在深深嵌入灵魂和肉体的人那里，人很忠诚，一点儿都不花。相信吧，女人尤其如此。当然，爱之深时，男人也如此。只有当他们之间出现间隙时，才会去寻找新的解脱方式。可是，爱与欲望都很深时，一般不大相信还能找到让自己更入迷的人。当然，这是女人的逻辑，男人就不大会这么想了。

盛可以在这部长篇中，没有指斥贬低男人，她写的男人看起来都不错：谢不周旷达，秦半两深情，水荆秋丰富，都没有对不起女人的地方。是女人，是旨邑，将这所有的爱，都挥霍得一干二净。

眼下，旨邑遇到了大麻烦：她未婚先孕了。她想把孩子生下来，水荆秋坚决不同意。她由爱到恨。只是最后，水荆秋告诉她自己的难处时，旨邑恍然大悟。她的良心受到极大的震动，并陷入深深的不安和自我谴责中。

一个未婚女子与一个已婚男人的这场情爱，在女性心里，常常会有不平衡，伴随着酸楚、嫉妒等多重滋味。旨邑越陷越深时，她开始了讥讽的小把戏，她愤怒于水荆秋为何已有妻室，还来撩拨于她，享齐人之福。她心里常替水荆秋惋惜，他的妻子何德何能，竟拥有了他，可否懂得善待这块好玉？她自以为可以无条件承受一个走到自己面前的男人的一切现状和历史，事实上，常常做不到。当她终于堕胎，从手术台走下来，她的心里已经没有了任何对水荆秋的爱。她恨他，或恨普遍的男人没有贞操感，却常常以责任感自豪。

只是最后，当水荆秋告诉她，其妻救过他的命，并且现在是一个久病难医，靠透析才能存活的人时，旨邑很是后悔。她多次想象的强大竞争对手，竟然是个病弱女人，她居然对一个病态枯槁的女人醋劲十足。她感到了自己的可笑和羞耻。

水荆秋对她说，我没有资格爱你，也没有资格请求你的原谅。我心疼你，你是我内心的骄傲。

他后来循循善诱地说了一句：切记，不要爱已婚男人。

应该说，水荆秋仍然还年轻，还一副知识分子腔调。他不像那曾经沧海，遍体布满现实生活的磨折，却仍保留巨大心智力量的老鬼男人。老鬼男人兴许比他大上几岁，在潜意识里已经把自己的情爱对象想清楚了。他说，我不开垦生地。过于年轻的女子，青涩如杏，四肢纤弱，那平坦的胸脯，无肉的臀部，都让人看到的是个孩子模样。他不会动这些女孩子的念头，不会去开垦，也全无兴趣。他又说，还有就是，不要去招惹那些未婚女子。如果让人家陷进去了，你能给她什么名分，有个什么完满结局吗？没有。好，大家趁早回避，千万别发展关系。

老鬼男人会用老辣的口气去谈论男女之间的那些花花绿绿。他说，当然希望那心智和肉体都旗鼓相当的男女相遇，这样交往起来会更有诚意。他说他喜欢女人有些历练，有过婚史，年龄大小不是问题。当然女人不能太老，这老和不老都是相对而言的；

说的是，女人只要腰肢依旧柔婉，皮肤紧致而细腻，眼神妩媚而风情，她能老到哪儿去啊。能和这样的女人搭上讪，那也是一生幸运。归到了，他说他喜欢成熟的女人，即使皮肤略有些松弛，如果依旧白皙、丰腴和媚态，那几乎是让人掉进肉欲糜烂的温柔乡里了。为什么要求女人的心智？因为这种心智高的女人自我掌控命运，不会对男人提什么要求。男人都是些怕麻烦的主儿，好端端是惬意无比的事，弄得副作用极多，得不偿失，就不必了。

好像在盛可以的《道德颂》里边，谢不周也说过，女人最麻烦，只有和婊子交往最简单。

老鬼男人又说，别把下层女人说得太难听，给过你男人欢乐的，你都要感谢她。这个她，我且称之为小妹。与小妹交往当然最简单，拿钱摆平的，都是容易的。但凡还有些文化的男人，他都会止住自己的脚步。因为那样做，不仅不安全，还会自己轻贱自己。有这样的心理负担，看自己赤条条一堆白肉，还不自己恶心自己，什么事儿还能做成？旧社会的男人，有卖房子卖地往青楼跑的，那也是他在找自己情真意切的相好。

瞧，这个老鬼男人倒是振振有词。比起水荆秋的嗫嗫嚅嚅，索性，留一些时间听老鬼男人大放厥词也好。

他说，现在气氛宽松了，男人这东西，稍稍不把持些自己，坏念头就起了。有大功名、大志向的哥们儿，可能不会再上心这些事儿，他的心会被更高远的目标和追求占了去。可女人们也要知道，不把你放心上，不给你情和欲的男人，那可不是女人的福份。给你房子和票子，不给你疼爱、搂抱，不给你满足的男人，你觉得就足够了吗？当然，得到满足的女人，会成为安静的女人，因为她们会感到十分幸福。

老鬼男人继续说，和贞烈女子说这些，她们马上就会呸呸，唾沫星子喷脸上了。女人如果聪明，该听听男人的真实想法。这就是为什么说男人遇到了心智和体力都匹配的女人，那是满心满意欢喜的缘故了。可这样的女人去哪里能寻觅到或碰上？寻找了又如何？只能是可望而不可求了。如果求不到，男人会退而求其次。比如我这样的人，无论是因为怎样的机缘走到我跟前的女人，我都会好生看护。只有当女人觉得自己优越得不行，要掉头离去时，爷们儿也不会哀求，他会叹口气，同意分离。不属于自己的，无法强求。

男人的另辟蹊径，是因为他不担心自己没女人爱。类似老鬼男人，身材匀称，下巴没有赘肉，他打拳跑步，身手矫健，他姑且是个职业自由些的人。像《道德颂》里边的谢不周、秦半两、水荆秋，盛可以为男人们设计的职业，很少是正儿八经的机关公务员，因为这些人在体制内很容易就丧失了自由愿望的自我表达。而这些有个人空间的男人，尚存江湖之气，喜欢长风大漠、孤烟寒崖，自然也就喜欢妖娆奇异、想象奔放的女人。

如果喜欢的这类女人寻不到呢？老鬼男人说，可以往低地、往底层去寻。尤其当他在高级的女人那里碰壁时，他会和不高级，自然也不骄傲、不优越的女人发生联系。假定这是个朴素的女人，是个良家妇女，她生活中遇到了麻烦，很可能她有一个嗜赌的丈夫，或一个瘫在床上的老母亲。她有一大摊为难的事。她身体结实、健壮，皮肤微黑，透着土地的厚实温暖。这时，如果恰巧她碰上了老鬼男人，当他一旦瞄准了她那块肥沃水草福地，几句幽默调皮的话逗得她咯咯大笑时，在心底，她已经向他敞开，接受了他。况且，她正值好年华，夜晚燥热中也渴望男人。他们走到一起的原因很简单。

他们走到一起，很可能是彼此的需要。他会周济她生活的窘迫，经济上给予一定的帮助。他说，男人的钱不就是用来给女人花的？她当然也喜欢这个爽朗义气的男人。底层的女人从来难以感受到男人的关心和疼爱，她破涕为笑，非常知足。

当男人感受过很强势的女人的骄傲、优越以后，他宁愿和这样朴素的女人在一起，会觉得更平等、更自然。但这里仍有一问：他认为的平等是平等吗？比如，他成为一个施予者，女人绝不可能压他一头了，况且女人的丰乳肥臀，让他入迷、晕乎乎的。他本来就不追求女人有多高文化，他本就把自己放在非文化的定位上。他自己就是在非主流文化中，在边缘地带跟跟跄跄行走的一个，他不要求成功范例的女人，只要女人朴实善良，再加上强悍的生命力。女人窘迫生活中有所企图的私心，都让他成为女人需要的对象。他和有求于他的女人在一起很放松。

如果他这样给自己定位，他将不愁女人。总有哀哀无告的低地女人，想要倚靠在这个男人的肩头，他也需要女人的身体，这叫互通有无吗？

写到这里，发现一定得扯断这个老鬼男人正兴致勃勃的一番议论了。因为他说的是一个伪命题。男人施予，女人接受，这是一种不平等。这只能是前现代性的产物。那时女人没有独立的经济能力，嫁汉嫁汉，穿衣吃饭。而当她现在还不是嫁汉，只是遇上了老鬼男人，这个老奸巨猾的男人，纵使他不睥睨，也疼护她，她一旦为了改善经济生活而付出身体，那就是交易，而不是精神的平等。再往真相上说，这样的两性关系绝对没有说出来的那么浪漫。窘境中的女人，白天将有太多的烦心事，有沉重的劳作，吃的是不太讲究的粗糙的食物。没几年下来，她的双手和皮肤都将变得皲裂，她脸上很难找到嫣红的水色，也不会有饱满凹致的腰窝。她常常很累，只想躲开任何人躺下来蒙头大睡。她的性欲已在劳作中耗散，实在稀薄。

况且，女人不是物件，她有血有肉。普通劳作的女人，担不起他人翻滚的欲望。向来如此，没有被思索和自由意志开启的女人，很难有如此的承担能力。法国思想家福柯认为，在两性关系中，欲望和快感不是一回事。欲望谁都会产生，是生理本能；而快感，则产生于双方心智与身体的双重和谐，抵达仙境。只是这种要求太高，基本上很难达到，是一种身体乌托邦。

福柯还对两种性态进行过分析，觉得也有必要拿出来讲一下。

福柯说在前现代性中，两性关系属"血缘象征"。这非常符合中国1949年以前的状态。有实力的男人，妻妾成群。在一溜的厢房和阴森的老宅里，圈着几个女人，老爷轮流光顾她们的床榻。女人以多子为多福。这样的家庭模式，不为性爱与快感，为的只是保证后嗣众多，以及血缘的纯正性。

福柯说到现代性时，他将两性关系用了一个军事术语来表达，即"性态部署"。在旷野之上，一个个碉堡散布，男女分别占据不同的堡垒，蹲伏着，对峙着。他们的和解，必须先经过战争才能达到。关于家庭后嗣，已不在主要考虑范围内。男女都在坚持着个性，好则合，坏则分。

一路顺溜着下来，话题似乎岔开了不少，仍然接着前边讨论盛可以的长篇。

旨邑现在与水荆秋关系转坏，需要分。当旨邑听到水荆秋的最后解释，她不安、愧疚，还开始了对他们这场关系的反省。

要让女人一下就很理性，凡事处理得滴水不漏，那就实在没有必要连篇累牍地写这些和读这些文学作品。事实是，每个女人都有一个心灵蜕变的过程，其痛苦和怨恨，一点儿也不少。只是她在逐渐冷静下来以后，不希望始终被痛苦和怨恨攫住。这对别人不好，对自己也不好。所以理性能力的恢复，都和这个人将自己的健康快乐综合考虑进去有关。不善待别人，自己不会快乐，也不会健康。不信，你试试。

旨邑试了试，觉得怨恨时自己陷入了深渊，面孔难看，身体病恙。这样，她撑不住自己未来的命运了。虽然她不是主动反省的，而是在知道别人的难处以后。但不管怎样，她已经开始朝向自我反省的路迈出了一步。她说她开始承认自己的伤痛不是水荆秋给的，那只是上天的旨意。盛可以给她的女主人公起的名字，暗合的就是这意思。旨邑说自己命中注定有此一劫，就如同她注定要在高原死里逃生，并且与水荆秋相逢相识。他们在一起度过了许多甜蜜时光，他们是相互享受着这时光的。她从这个城市搬到另一个离他最近的城市居住，都是为了方便自己与他见面。他有婚姻，对病妻不离不弃，却又对旨邑拿出真情，这怎么能说他卑鄙？他应该对妻子好。他这种男人，对任何有缘走到自己身边来的女人都会很好。只是，生命给他的轭重，已深深勒进他的肩胛，勒痕显著，并且渗出血渍。只是上天见他可怜，让他相逢了另一个女人，去宴享一些生命的甘霖，这样才不至于让他渴死。如果是那些在幸福中被宠坏的长不大的，在和平年月心智和能力都退化的男孩儿，自然不会看上，当然也不会有这场遭际。

旨邑反省着自己，她感到是她强加给了水荆秋巨大的责任和重压。她应该独自处理随之而来的各种后果，这只是她自己的事情。

一般来讲，女性题材关注的多是男女情感，这没什么不好。关键是怎样处理人物的领会力。盛可以试着让一个看起来已经伤痕累累的女人开始反省自我，这为女性题材带来了比较开阔的视角。

这个傍晚，又开始烦了。我们女性常常有这样的时候。她烦的是自己，而不是别人。放着那么好一个男人，自己却不珍惜，并且产生许多恶毒的念头，去羞辱他。她这样一个女人，真不善。他已经给过她那么多的欢悦，还不知足，这个女人多么贪婪。她看起来善良、温厚，内心却是又狠又硬。男人已经挣扎日苦，在她这里，以为能体会到松弛和放下、欢悦和甜蜜，她却重锤敲击，他从此怕了。人心里一点点在计较、蔑视别人时，到后来都会无形放大。当人感到情已不再，受辱的感觉强烈时，大都会掉头离去。人放不下，牵挂不舍的，是温暖、熨帖的真情。

旨邑感觉到自己被梅卡玛，也就是水荆秋的妻子打败了。她的强悍败于水妻的软弱。水荆秋在家庭责任的承担中，虽然负重，却有道德优越感；他在浪漫之旅收获的却是无力解决的麻烦和窘迫。

盛可以在考虑女性的情感走向时，不再用拂袖而去、意气用事的办法，也不再是怨恨；而是开始考虑，在保证我个人自由精神的实现时，人和他者的关系不能扯断，交往不能阻绝。

西方哲学家哈贝马斯，当他考察了人类的当代精神领域以后，说在推重个人主体确立的事情告一段落时，面对人与人之间的冷漠、敌意，他认为还应有一个主体间性的维度，也即在西方以至世界引起思想界瞩目的著名的"交往理论"。这也就是说，当社会时代对个人的尊重成为共识，就要有个人主体向交往主体的转变。人都想在温情而不是怨恨，和平而不是战争的地方生存，这是大家的心向往之。这同样适用于对女性作品题材的认知。

我写到这里，发现有必要对二十世纪九十年代的中国女性作家的有关"私人化写作"做些提及。

———————— *3* ————————

女性主义与"私人化写作"

提及女性主义和"私人化写作"，就不得不说起林白、陈染、虹影、海男，以及后来的卫慧、棉棉等女性作家。

中国的女性作家群，蔚为壮观。像铁凝、王安忆、方方、蒋韵、毕淑敏、迟子建、赵玫、范小青、黄蓓佳、凌力、叶广芩等人，她们以其丰富的人生阅历和扎实的笔触，在作品中挖掘出人与时代的错综复杂的关系，每每见出现实关怀的沧桑之美。

而上述所提到的被归类为"私人化写作"的几个人，她们也不乏远阔沉潜之作。特别是现如今的林白，其文字中几乎很少能看到她摹状自我的兴趣。二十世纪九十年代，她们是故意把外边的风啊、雨啊阻隔，在内心世界，在世界的边缘处，在古宅、老屋、废园，去叙说女人的独白。宏大的关怀，我做不到时，我就搁置，我只拣我能够记起来的说。独语的女人，说不出什么大话，因身体而思想。这种直接，加上那诗意的文字，奇崛的想象力，神秘、唯美的意境，细腻生动的内心活动，唤醒了人们对细节的记忆与捕捉。

我依稀记得那些年间，当我去写理论那些劳什子写到累，写到头昏脑涨时，我就会去阅读林白、陈染、海男这些作家的文字。那历历在目的摹状，诗意的摇曳，让人读着清新自然。那些文字的才情，使人迷醉，诱惑你陷进去。

后来有很多人总是误解"私人化写作"中的这些女作家。除了虹影有一部长篇写得过于生猛些，其他的，你再去读一遍，无非是内心过于敏感的女子的自述。她睁着一双大眼睛，带着惊怵与恐惧，时时想要躲避这个外部世界。许多人还以为她们写了与男人在一起的什么隐私，还以为她们在性爱之河宴享鱼水之欢，其实不是。她们与男人有纠缠，有关联，却大都是神情怏怏，满脸不屑。她们与张洁特别理想化的爱情观不同处在于，她们不再对爱情膜拜，而是相信秩序之外的漫游，会给自己带来更多创造的灵感。

这是些为艺术而艺术，为语言而语言的女人。

那个年月，文学女青年在黛眉春水中出场。她们把艺术和生存化为一致性思考。而那时满天都是文学的花蕾，在激情中绽放。闪动着年轻眸子、飘舞黑色长发的她们，相信血是第一等的智慧，她们追慕秘密生涯的故事和细节，而将这些直接道来，便是绝妙好词。所有的秘密生涯，都成了语言的借力和道路。这后来让男人十分不快，以为自己曾经与之纠缠的隐私都被她们悉数抖落，一旦听到"私人化写作"的字眼，就躲闪不迭。

其实，其中有很多的误解。

就比方说林白和陈染，她们笔下的女性根本比不上如今盛可以笔下女主人公的凌烈、波刺。到底是时代变了。这变化，也与女性主义写作者曾经一点点勘察道路的努力分不开。

林白在《一个人的战争》中描述的是她的童年记忆。那个柔弱的小女孩，在白炽灯熄灭以后的黑暗中，被怪力乱神给攫住了。林白的一些中短篇里，影影绰绰的雨雾中，会走来幽灵般的女子。她着白色裙裾，移动着梦一般的脚步窸窸窣窣，花丛中抖动的露珠溅湿了她的脚踝。有时，她会躲在有着斑驳墙壁的老宅里，坐到桌前，揽镜自照，涂抹那血一样鲜艳的口红。

陈染的故事，总是始于那个早慧的忧伤的女子的视角。她执拗地叛逆，于是，她给她的女主人公干脆取名为"拗拗"。外表冷漠，内心却极具爆发力，这使她一个人的自我战争达到白热化，达到极度的紊乱、复杂。在她的笔下，那个玲珑俊美的女子总有无穷无尽的心事，这让她的美有了一种飘零的、出尘的动人，也有着与俗常的隔膜。她在寒冷的冬天久久站在无人的风口，衣衫单薄的她，渴望有一个人温暖地搂抱。这个搂抱，她不能确定可以在同龄的异性那里得到。病中，或者恍惚中，她抓住了一个年长者的手，她吻了一个如同父亲般的男人。这让她泪流满面。

这都是些柔弱如柳、虚静如竹的女子。首先她不适宜生活在民间，她们无法忍受厨房里泔水的味道，不喜欢动手去擦拭油污的灶台，也不能想象与一个言语粗俗的男人在一张床上翻滚。她们其实一点儿也不性感、不肉欲。在闭上眼睛的那一刻，如果有一双大手抚过脖颈，然后有一个吻时，她们会下决心将自己交出去。这其实是个献祭的姿态，而不是消受的陶醉，只为这一刻在疼惜和怜爱中的泪流满面。

她们甚至也没有在伦理生活之外学习到翻墙而过的僭越本领。那单薄纤瘦的身体，没有腾挪的敏捷。那看似狐媚子般的唇红齿白，实际上，仍然视那些粗壮男人如俗物。太过虚无了，只能馔食桂花与百合，啜饮流泉与清露。太过虚无的精神强迫自己与肉体的燃烧对接，却仍然不行，终究会像凌霄仙子，蹈踏于碧波之上，飘然而去。

比较适宜她们的，是卧榻时分。在躺了很久以后，她们越发地走进内心。稍稍恢复了一些微弱的气血，刚够在桌前写下文字的开头。再躺，再恢复，逐渐地完成全篇。

于是，在她们完成的篇目里，女人基本上都难食人间烟火。虚无到底了，就成了属金的命。这命表面柔美无言，却在内里强硬坚固，是那冰蓝幽寂的冷。从来没有学习过在伦理学生活中妥协、商量，更不可能逆来顺受。

林白笔下的女子，是白衣飘袂的精灵和山魈，只能以雾霭、老宅、旧墙为背景。她呼吸寒意，吐出清芳。哪个男人都不配与她站在一起。

陈染笔下的女子，只能在垂柳摇曳的湖边蹀躞。那重重的心事将一个单薄的身躯几乎压垮。她其实只是个任性的女孩儿，不知普通人为活下去而做的具体挣扎。她脆弱而敏感到极点，一根针掉到地上，都会让她惊恐地跳起，脸上满是痉挛的表情。她的心的确纤巧不粗糙，但她只是想让别人去疼爱自己，而自己并没有学习过付出的课程。又加上中国男人不懂得如何去爱，两个同样不谙世事者的相遇，就只能在互相折磨的破碎中互相仇视。

她们是从来都过不好伦理学生活的。

男人说他们想要的妻子，像宁静的湖水，她脸上有细小的雀斑，但笑起来很灿烂；她有一双肯干活的手，又有雪白的脖颈和柔软的腰肢。

任性的女孩和妖魅之气的狐仙儿不是他们的选择，她们也不想沾了这些俗物的龌龊之气。瞧这些男人，如果有几分超然的，也都是些大而无当的游侠。他们采菊、出游、漫想，放浪于山川形胜，却不想洒扫、擦拭、洗濯、稼穑等责任之事的承担。他们说这是在研磨信仰；可以做些劳动的，他们的骸骨总在迁徙，于是恋上匆忙而简陋的及时行乐。他们说太沉重的操持会令人窒息，若果不信可以与时间对簿公堂。

男人们一致认为快乐才是有形和无形的价值之物，那颜色一定是桃红。而女人们千方百计想要改变这种色泽，结果终归是徒劳。这是针尖对麦芒的各不相让，积怨日深，才找到文字作为托载。她们身世如谜，却猜得透大地如何把创伤裸露。

女人们希望文字拯救黯淡的日子。她们从身体里抽丝，织成救赎的绵帛，华美裹身，藏匿疲弱。但这世界的道理是有原罪才有救赎。她们从不设定自己有原罪，也的确只是挑剔的洁癖，并没有原罪的孽障。她们固执地认为原罪的责任在男人，这一点，在虹影早些年间的作品里尤其突出。在希望文字拯救黯淡这一点上，海男则比较明显。她在作品中写了那么多的缠密、多情与绝望，多血质的语言热焰，卷动着云南边地具有巫魅意象的文化符号，整个创伤呈现着旋涡般令人晕惑的诗境。她的小说的故事感并不强，但那才情迸溅，璀璨夺目的光亮，让人忍不住频频回望。

那段时间，"私人化写作"中的女性，大多对西方的现当代哲学思想、现代派作家，以及西方女权主义理论、创作有所阅读。尤其受到西方的女性主义理论家，如克里斯蒂娜、克拉苏等理论的影响，也受到像波伏娃、杜拉斯等有创作实践也有理论说服力的著作的影响，强调用身体思想的欲望化诗学主张，回归创作本体，恢复人的性灵感受，这在中国的写作历史上，是一件非常重要的大事件。它对人性、男女之间深层次心理板结僵硬的撬动，在一定程度上突破了单调、表面、浮浅的写作之风。男性虽有訾议，平静下来的时候，他也不得不服气。

曾经问过一个男性对"私人化写作"和女性主义写作的看法。刚开始他支支吾吾不想说。

看过这个男性写过的东西，那些活动着的人物，都在表面游走中，跟着外部社会喜怒哀乐。生活现象五光十色，他却写得不切己、不真诚，是晃晃荡荡的隔，不入心入肺，读之让人愈发觉得内心荒寂，长了草一样。他把人，或者说把那些男人的内心都给遮蔽掉了。而他本人，还比较有趣，说话虽然有些糙，却有较丰富的生命体验和隐秘的内心活动。

于是又问：你有那么多强烈而丰富的感受，为什么要回避这些，去写外部事物种种的劳什子？

他说，我就是要伪装、要隐蔽。我心里越是在想什么，写出的就越是另外的东西。你问男人想什么？不是干大事业的，不把宏伟目标担在肩头的，类似我这种，看到丰腴漂亮、眼神飘逸的女人，下意识会想入非非，产生种种的活思想，这些东西我怎么可能写出来呢？我内心越无耻，我越要去写理想、写崇高。我在书中，反倒会更加主旋律，是宏大叙事。我将兴奋点转换到对现实的官场、人际斡旋的观察上，根本不想触及内在最隐秘的部分。男人凡事都可以去做，但是不去剖析，更不想暴露自己的念头。这可能和男人这个物种有关。他要做的事，活思想太多，事情就做不成了。事前，他不能犹疑；事后，他也不能忏悔。否则，男人还哪儿来的雄风震荡？兴许我这种人属于比较无聊的类型，而其他弄文学的基本上是端正肃宁、有崇高感的。他们接受的是理学，而不像我这样有诸多不良嗜好。没不良嗜好的男人是君子。我承认我是小人。如果男人拿自己分析来分析去，那事儿做不成了，才是最丢面子的。男人不像女人，他有僭越的行为，却不必让良心拷问和忏悔。事儿做成了是体面是骄傲，事儿做不成了是丢份儿、掉价。如果说到私密，男人那些鸡肠狗肚里面，有多少好货色呢！越男人，越有许多色情质联想。如果写作时把这些都一锅端出来，去描述、分析，这真真是羞死人了。

话至兴头，接着又继续前边的话，问他是究竟怎么看待女性主义写作的。

他说，这些女人比较实诚，也比较傻。

于是又问：为什么？你们难道不想多了解一些她们的想法，然后与之更融洽地相处吗？

他说，男人一般都不大想知道女人的想法。她们的想法没几样是对男人有利的。她们想的大都是对男人厌恶的感觉和敌对的情绪，男人知道这些干吗？谁和写作的女人发生关联，谁叫蠢。男人最怕和女人的那些事，被她们一下子端出来，这岂不让人无地自容？可分明男人又多和文字女人发生关联。文字女人的趣味性，意味深长的笑容中隐含的丰富感受力，又会让男人觉得比较入迷，有挑战性。

他又说，男人会选择与那些既有风情，又有胸襟的女子交往，这样他不会有腹背受刺的担心。他们在一起无论干什么，都会觉得放松和安全。这类女人无论有怎样的隐秘空间，都很少会传绯闻。一是她本身有足够的能力将这些处理好，那是天衣无缝的平静，绝不会闹腾成桃色案件。再就是，她总在不休歇的劳作中，她有些个人隐秘，是对她的犒劳，否则她会被活活累死。她理应得到男人的热爱与看护。男人分得很清。他只是对那些动不动就拿隐私说事儿的女作家心怀防范。女人要矜贵些才好。自由与解放，让女人活得过于独立，不见得能活得有人疼有人爱，而是活得很辛苦。写这类文字的女人，又是何苦呢？

我说：这是些多么勇敢的女子，让内心敞开，学会说个人的话，而不是大而无当的公共话语，这些从旧有思维模式脱茧而出的女子，将内心昭然于外，这是我不下地狱谁下地狱的英姿，只能是让人肃然起敬。她们不再把文学当成宣传教化，而是恢复着语言揭开内心堂奥的功能，你们不该感谢吗？

他快快地，随后说，你讲得没错。私底下，男人也会看这些灵动缜密的文字。这些从小处去说，唤醒细节的文字，可以松动一下我们已经僵硬的大脑皮层。男人如果也弄文字，女性主义意味的作品会让他从中受惠。语言写作，本质上与阴柔气质相关。男人如果真诚些，他该对这种写作给予由衷的赞赏。只是，中国人，当然也包括男人，往往觉得非主流思想的文体，说起来并不那么响亮，那么理直气壮。人是虚伪的，功利性很强的，我也不例外。

听了这番话，我没再说什么。如果女性提出来的问题让男人先是恼羞成怒，随后又不得不思忖时，这就是社会在进步，哪怕它只是一点点。中国社会，如果有女权的提倡，它本质上将源自于社会大风尚中人权的自觉共识。女性主义和私人化写作，其女权主张显而易见，但这也绝不是针对男性。她们只是在片面的深刻中，寻找美学生活在幽暗之中的曙光。这种写作，应该说更具有恒久性。只要这个世界有男女两性的存在，他们的龃龉、冲突就不会消失。这正是生活变得如此有声有色的缘故。

女性作家在隐匿处选择了美学生活。

—————— *4* ——————

故事就是命运的中断

在女性作家的创作中，有像方方这样的，当然也有像林白、陈染等人那样的，这呈现的是认识民间和认识自己的两种写作途径，这没什么厚此薄彼的地方。正如同创作可能达到的，一种是明理，一种是启智的结果一样。

如果比较一下西方女性写作的发展轨迹，像法国这一支，从乔治·桑到波伏娃再到杜拉斯等人，是在层层叠叠的心事里，去寻找精神自由的超验维度。而美国的女权主义运动中的这支，则是为普通女性争取具体的利益，改善其不堪的生存处境。这从来都是并行不悖的两种权利诉求。

中国的女性写作者里边，"认识自己"，以启智为主的，与法国一支更接近；而"认识民间"，以明理为要的，则与美国一支相仿。但这两种写作也在交融中。比如，曾经是女性主义写作中坚的虹影，经历了去国离乡，结婚离婚，然后又结婚生女的种种人生经历之后，出版了一本《好儿女花》的长篇小说。这是在为亡母奔丧过程中，对母亲的追忆与忏悔的安魂曲。这基本上带有纪实性的小说，正如同虹影先前写的《饥饿的女儿》。主人公一直以自己是个私生女为耻辱，她把自己从小到大遭受的屈辱，被人鄙视的原因，归在母亲的账上。待她懂得了人生的复杂道理之后，她同时也懂得了母亲。母亲曾经在丈夫远去的那段日子，用自己的膏血养育几个嗷嗷待哺的孩子。她用单薄的肩膀，在江边扛麻袋赚钱，几乎掉进水里淹死。此时，一个男人伸出了手，把她拽回，再忠贞、再坚强的女人，在无助中，都会偎在那个男人的怀里嘤嘤哭一会儿。她怀了非婚的孩子并且生下，她怎么不知道巨大的社会舆论的谴责和歧视将可能置她于死地。但她让这个孩子活了下来。母亲，她作为母亲是如此伟大；她作为女人又是如此真实。母亲不会书写，她也无从申辩，有谁了解她痛不欲生的内心挣扎？没有。那么周围的人，又有什么资格去诽谤她、诋毁她？母亲就像蓬蓬的野草，就那么熬着活，也活到了八十多岁。

奇怪的是，虹影写到对母亲不善的人，除了挑拨是非的妇女邻居们，再就是自己的几个姐姐。男人并不坏。养父不坏，对她视如己出，每每关键时刻会护着她。仅仅见过一面的生父，更是一个有情有义的人。倒是女人，总在欺负、歧视自己的同性。前边提到的张洁，在《无字》里写到外婆墨荷时也带了这么一段情节。墨荷嫁到婆家，每天等着自己的有繁重的、干不完的家务活儿，直到她累得生下女儿以后就气竭血崩而死。刁难墨荷的，是家中的小姑和婆婆。在她死后，婆婆竟命人拿柴将她烧掉。女人整治女人，怎么这么狠？

可能有人会说，张洁写的是万恶的旧社会，与整个社会环境的封建落后有关。

可是虹影写的母亲，生存环境就是放到现在，她周围的女人们那恶狠狠的眼神与蔑视，荆棘一样带刺的语言，足以灭了一个不那么强大的女人。如果说旧社会，女人对女人是身体上的不体恤，冷血地看着同性早逝；在新社会，则是一些女人用自我道德优越的斧钺，向另一些女人身上砍去。中国女性被屈辱压抑的历史过于漫长了，这种集体无意识，让她们受虐，也同时施虐。

这受虐和施虐，将使命运中断，故事开始。可是，如果我们仅仅去叙述故事，有什么必然和必要吗？担当着提示内心隐秘和生命历史走向的女性写作者，应该说是幸运的，在当今这个彰显自由开放精神的时代，我们的女性主张才可以公之于众。而我们的主张将怎样展开，这就是接下来应该思谋的事了。

———— 5 ————
只有理性能将幽暗照亮

在这个阴雨绵绵的春天，我对写作愈发觉得虚无。一次次这样陷入虚无，又同时挣脱着它迷雾般令人窒息的笼罩。雨水正白，晶莹的线条落在地上就流走了。

阳光不在，把窗帘也拉上，只开一盏灯。世界更小，内心更大。这种幽隔的虚无，显然又是合心意的。至少在这暗中的隐匿形式里，我们选择去过创造性的生活。之于女人，在所有的创造性活动中，考虑性别之间的关系，几乎贯穿了她们大部分的智力活动。方方所写的，也是两性间性别关系，只是她把主人公生活的背景放在低地去描写而已。

其实当你有能力考虑性别关系时，实际上是将虚无推远，让自己进入语境的某种起兴里。看过史铁生《信与问》一书，他是那样明达通透，他根本不是羞羞答答地说什么性别关系，直接上来讨论的就是性爱关系。他说"从来不仅仅是性，那是上帝给人的一种语言，一种极端的表达方式。但是，这方式是不能滥用的，滥用的语言将无以言说"。

智者：史铁生。

写下这个人的名字，心里一阵酸痛。史铁生，他已于2010年的最后一天，绝尘而去，去过他沉思的德性生活。阿维罗伊说过这么一句话："人在此世的生活不能没有政治的技艺，而在彼世的生活，方才少不了沉思的德性。"

我记述下这句话，宁愿相信那些已逝的，却是曾经为语言活过的写作者，是去彼岸过更从容的沉思的德性生活了。史铁生，他是太懂语言微妙的发生学了。他为女性写作者细腻隐曲的情感表达，提供了充足理由律，让她们觉得心里有底，又觉得非常温暖。

我在这个雨雾涟涟的春天，尽量克服虚无，任由自己的思绪像雨水一样发散开来，并且自问自答，随意写出一些文字，试着触及女性思维的内核。

放不下那些相遇的细节。止不住想他，拿起电话，又放下。焦灼、失落、不安、思念，种种的活思想。怎么挨过这难挨的时光，只有书写。书写起兴于两性经验，无以言说的傍晚，这是让人不太困难就进入的语境。女人在书写那些复杂的感受。

相见，然后分开。分开以后，不是思念，而是烦躁。比如这一次，她见他脚蹬廉价力士球鞋，身着运动短裤和背心，一脸苍白，看出的全是他的贫贱。这让她闭口，心里不是滋味。他的贫贱，与她隆重的气质是不匹配的，他匹配的应该是更朴素一些的女人。多少次，她都会因为这男人的寒碜心生失落，在他离开以后，连同对这场关系的质疑。但是又必须隐忍，因为只有那秘密的光芒，才可以穿越黑夜，让她进入语境。

害怕轰毁，如果轰毁了，就找不到附着于这故事之上的种种感受了。没有了切己的感受，对人生、对世界、对制度的理性安排等公共空间的兴趣都打了折扣。一直不能理解那些在外部世界的关心中有不衰热情的人，他们怎么能坚持那么久？她不能够。她只能从热爱男人入手，然后才能热爱别的。她因此害怕肉身的凋残；如果凋残了，她将收不到这个世界向她发出的种种神秘讯息，她就没有敏感的反馈，也就没有言说的冲动了。她必须要感受生命诉求中的微妙，才可以保证写作的进行。她始终无法理解一个人可以靠功名利禄作为书写的动力，甚至作出那些煞有介事的有关公共空间的发言。如果对人性深处的东西不了解，那么对制度设计的荒谬或合理，就不见得精通要领。许多具有左翼倾向的知识分子，言必人格、无邪、操守、道义、担当，仿佛只有自己是揽天地于一身的道德家。他们的文字，也多是气势宏大、璀璨耀眼的大词，堆砌在不言自明的优越高空。那里没有冷风袭来时人抖瑟肩膀的寂寥，没有脆弱和呜咽。

背景只有壮烈。

但是现在，大词何补？豪言何用？中国多少年来，并不缺豪言壮语，这些不触及个人疼痛冷暖的大词大句，将生命的感受一点点剥离掉、麻木掉，并将阻塞住身体和真理之间的秘密通道。

却又是谁能这么振振有词地说？除非你拿出了由身体通往真理的实绩。

曾经有男人这么做过，那是荷尔德林、尼采、卡夫卡、普鲁斯特等人，他们将身体的残破当成了语言的传送带；将自己的病理学特征，当成了喂养真理的肥沃腐殖地；他们以悲剧性神学，凿穿身体和真理之间的通道。

曾经也有女人这么做过，那是杜拉斯。她已经过了接受观念和立场的阶段，已经可以独立思考，不需要移植，她现在只要故事和经验提供的启示。谁能让她魂不守舍，让她的大脑在想入非非中异常活跃，她就随了他。在午夜，她听到欲望像蛇一样在周身穿越的声响。这声响帮助她原创。这是欲望化诗学，将身体作为图腾，供奉最后的真理。

　　我们有谁能做到这些？在女性惯常的写作中，比较容易去注意男男女女的那些花花肠子之事，这没什么不好，先前已经引述过史铁生的话了，"那是上帝给人的一种语言，一种极端的表达方式"。只是我们不要滥用这语言、这表达。比如，你不停嚷嚷的那些感觉，可以写成日记留给自己欣赏把玩，那是你个人的私事，如果没有转换成具有题旨性的文字，谁有耐心听你的絮叨？你如果凭借文坛的一些江湖地位可以将这些絮叨得以发表，也不过是给已经那么多的文字垃圾再添几片纸屑而已。

　　文章千古事，超不出历来已定的"风、雅、颂"之功能。

　　这风，是红炉古灶春日醇酒之薰风；

　　这雅，是凉阶月悬花间细语之雅蕴；

　　这颂，是黄钟大吕雄浑豪迈之颂沉。

　　如果写作，大都离不了这境界。女性的写作也不能例外。

　　她躲开人群，躲进内心，欲罢不能的情感倾诉，可以作为起兴，写出心头所想，保证了出神和冥想的可能性。接下来的则是，她越是在欲望中，越是要有严肃的事物伴随。越是沸腾，就越该平静，这样才是一种平衡。

　　接下来，关于美学生活的要义就一步步展开了。首先，它要求一种严肃的思考方式。

　　清晨起来，她就要和自己的无耻做斗争。她将去读史，唐史、宋史、古希腊史、古罗马史；她将和那些伟大的心灵照面，他们是康德、费希特、哈耶克、韦伯和福柯。当她对严肃重大的事物充满热情，再将身体的堂奥引出，让恣意过后的人承担对历史课题的探究，这场秘密穿行就可能是对的。

她在阅读中又往往会走神。在当下，很少有人会像古典主义知识分子那样以殉道为担当的使命了。现代性中，人明白了，人生只有一世，草木只有一秋，知道命如琴弦无常莫测。哎，想到此，就知道什么是最需要拯救的了。辗转反侧，终于发现，情欲将针对问题，而问题又比情欲重要。但凡一个人说出的话是可以依赖的，这人就是踩着坚实的地面走，而不是悬在半空中飞。这人的生活方式里面，总有隐匿，在其中的沟隙缝穴，隐藏着最初和最终的真理。

她在走神，恍惚中忆起，是那呼吸太粗重了，山间燃起的野火烧乱了心性。魂不守舍，在撕掳与反抗自身时，把自己当成了一本书来读。要有更严肃更踏实的劳作，否则，人何德何能，竟有宴享生命欢悦的特权，有这轻而易举得到的道德豁免权？

接下来，她又找到了美学生活的另一个要素，那就是，内省与追问的展开。

在某种意义上来说，当女人不再关心性别之事，她可能就老了。当然，这仅局限于女性主义书写的情感发生学问题，别的话题不在讨论范围。如果她关心性别，就总会遇上烦心之事，就比如先前提到的盛可以《道德颂》中的旨邑。比较可喜的是，她学会了不安与愧疚，这是两性经验描写中的重要一笔，即她们不再是记仇、怨恨，而是学会了内省与追问。

西方哲人奥特说，思是追问，在路上，无有终止。只有问，才有思；不问了，思即停。

女性作家无论怎样开始的追问，只要有问，思才可以展开。男性对女性理性能力的不信任，是觉得她们赌气、任性，与之无法沟通。当她有了内省和追问，就足以令人信任。又比如先前写到的女人的烦，她看见一个男人的寒碜时的烦。如果她有追问，她接下来将问：这样的男人，你可以离开他吗？如果不能，那是因为她自己的需要，她将继续交往下去，这交往中的感受，又让她的内心始终是跳荡的、活跃的。这正是汉娜·阿伦特去做的。她一生都与海德格尔有不解的恩怨。海德格尔在纳粹时期成了海德堡大学的校长，而她则因反纳粹的理论著作《论极权主义的起源》而蜚声世界。海德格尔对她的成就故意视而不见，而她则尽可能找机会去见他。哪怕在他们交谈时，门缝里是海德格尔妻子的那双窥探监视的眼。

女人不能中断和男人的交往。内心一片死寂，那就只有疯长怨恨的蒿草了。汉娜·阿伦特是何等的冰雪聪明，她必须要保持与一个男人的联系，而不是推远。无论怎样的酸楚和幸运，她因真实的体验，而开启了对世界言说的秘密通道。她说了那么多足以令世界震撼的重大命题，她自己手执批判的武器，在撬动那些坚硬的问题石块。谁都帮不上她的忙，她只有自己靠自己。她擦了擦额头上的汗，依旧柔情地向着白桦林掩映的木屋，向着那个沉郁顿挫的男人的方向眺望。她不管他有多少被人诟病的地方，她即使有疼痛，她都认了。她在性别关系中的敏感、隐忍与大度，使她的思维总显得那样生机勃勃。起码，她不会陷在一片荒芜中。当她思考那些严肃的问题时，一是不会被负值情绪所干扰，再就是，那些毛茸茸感受的质料，正是她研究人性隐匿处极为准确的依据。

她写道："有史以来，直至我们这个时代，需要隐匿于私下的东西一直都是人类存在中身体的部分。"她又说："整部女性史就是被隐匿的历史。隐匿物所构成的领域在隐私条件下是多么丰富多彩。"

很多女性的追问，恐怕不会有汉娜·阿伦特那么宏大。没关系，即使是对细微之事发问，仍然会有重要发现。比如前边写到的一个女人的烦，她厌烦了那个男人的寒碜。如果她随后有追问，她该问自己，可以掉头离去，从此不再与他交往吗？如果不能，那么是她自己需要一个男人将她拽出时间的深渊。一个学会追问的女人，她的想法会非常实际。她与男人相遇，在生命的有效期，未雨绸缪，去为自己寻找一个合适的伙伴。她把这事做得天衣无缝。这做法，从根本上说，还不是为了自己有什么惬意的享受，而是为了保证有叙说的起兴、冲动和借力。

追问中，她的想法越实际，就越隐曲、复杂，不可能像倚靠在一堵厚重牢固的美德大墙上，有天生的优越和理直气壮。想法实际的女人，她会设身处地去想别人，同时也知道自己需要什么，不需要什么。这就又要说到张洁的《无字》了。男女主人公相恋了一辈子，老了老了，走进婚姻却是反目为仇，这真不值得。按照实际情况，吴为她本该知道，胡秉宸已是耄耋之人，他退休下来，因为不甘，闹出一个轰动效应，与一个著名的女作家结婚，让人们的视线仍然投向他。这本质上活给别人看的想法，吴为大可不必配合。她也不该对他日后生出那么多枝枝蔓蔓、越缠越多的矛盾。如果她明达，她得平和与仁慈，即使为那段自己不曾遗忘的历史，她可能在有距离的地方，互相帮衬和鼓励，别的就不必强求了。男人已经那么老了，他过去再耀眼的光环，再强悍的意志，再高超的政治斡旋能力，再让人敬佩的行政手腕，随着他从社会舞台撤离，一切都没办法展示了。他还原成一个上了年纪的老头，不时发作心脏病，腰身开始伛偻，腿脚不那么灵便，还有血压血脂高等病症。她遥望中，对他体恤才是。

更要紧的是，人上了年纪，看惯了春花秋月，很难找到让自己感兴趣、让自己快乐的东西了。原先的朋友聚会，曾是那样欢天喜地地前往，现在则是觉得兴趣不大。过去认为使人兴奋有益的精神交流，比如一起谈谈读书体会，对西方一个著名作家议论一番，或者找一个命题各抒己见，这些曾经让人眼神发亮的形而上的召唤，如今都恍然隔世。人变得虚无时，就干不动什么了。这就是真正老了。

如果洞明了世事，知晓了人性，吴为又何必去气哼哼恼怒，那么较真？如果知道对方和自己生命的有效期已过，身体不再骚乱，她与旧时情人，遥遥相望，不时依偎，便已足矣，干吗再生出那么多的不快？早该放别人一马。人在悲悯中，学会善待自己也善待别人。有爱，有自由精神，写作方面才会传递出具有生长性的美妙健康的气息。现代人是不会遵循折磨自己也折磨别人的处事逻辑的。如果把问题想清楚了，不再一根筋，那文字岂不是更有狂狷飘逸之意趣？

如果女人如妖姬般想事，她下笔反倒慎重。心里的复杂隐曲，是羞于直接端出的，这不是善，也不是美德的念头，必须得借助转喻。这不是虚伪，而是因追问内省而害羞。如果文字有了转喻，一些莫名的感觉融入人性内核的共同经验之中，或许能够提供些建设性意见。

幽隅中，与现实的伦理学生活拉开距离。沉潜在这晦暝无定的傍晚，进入创造。如果召唤来严肃的事物，追问和内省以及转喻能力，这一道道理性光束将照亮幽暗。此时女性写作者的美学生活可否到来？

—————— *6* ——————
我们的写作还能进行多久

有一天晚上，我翻阅一些文学杂志，看了一个女性作家的短篇小说。在小说标题的上方，还附有作家的近照。照片不算小，一片田野之上，她站在那里。这里传达了很美的意境。可是照片中的这个人，比起过去留给人的印象，那模样是大变了。她曾经是眼神迷离，眉黛如烟，一头飘飘长发掠过半边面颊，厚厚的红唇显示着无比的风情。她曾经的文字，也是姝美，如南方阴雨天滴露的大朵花瓣。

眼下照片中的她，可以用所有公开的好词来形容：目光中透着坚定、果绝，无畏无惧；质朴里有着顶天立地大女人的刚毅，还有，就是慈祥。时间的手，真有本事把人拽入普通和寻常。放心好了，她再也不会有流言蜚语。但我仍然不习惯这样的形象。我的记忆仍然定格在那风情绰约中又透着怯楚含羞的一刻。我对近照，感到沮丧。

我知道这是每个女人在时间的风中必然经历的真实造型。可我仍然没有做好充分的思想准备，去坦然面对我们的女性写作者同胞的变化。

那曾经是多么引人入胜的表情，她也曾经是个多么勇敢的人。她带着直抒胸臆的率性走向文坛，手掬沧浪之水，一点点流空，却让板结的话语土壤酥松。语言如春天的嫩芽，清新如媚。我们领略到诗意的炫迷。

也许，每个女人，都只能完成某一阶段的美学造型与思考。在中国女性作家长长的队伍里，她们或典雅俊逸，或奔放恣肆，都以动人风韵，立在晨曦初露里。

眼下，真的是树老了，鸟倦了，人乏了，美人迟暮了。女性主义的写作好像也偃旗息鼓了。曾经的青山远水，娥眉妖娆，现已渐行渐渺。漆黑的长街，只有风声和雨声。

或者说，女性主义写作的使命已告一段落，她们有些累了，从她们决定在文字中救赎自己的那个夜晚开始，就陷入到挣扎撕掳的暗井。现在，她将像换季的鸟儿一样，躲开人群，慢慢梳理羽毛。人们会对她的文字信赖，却对本人不信赖。觉得她有时眼神灼灼，有时眉宇间又阴郁低沉，仿佛把你的每个毛孔都给解析清楚。你害怕与她靠近，总在掩饰着，尽量掌握好分寸，以免被误解。但她却无疑充满聪慧、机敏、锐利，又有入骨的观察和犀利的披露。那生命力的顽强，谁也不能低估。如果文坛没有妖姬般的女人出现，日子就会平淡无奇地、流水般地淌过，人生岂不因此少了很多的色泽与丰富？写作女人让身体充盈饱满，为的是进行语言的探险和思想的发掘。有时，她的语言发生必须借助于一个缝穴，而情欲的缝穴裂开以后，语言的奇葩却是如此奇异地盛开了。人们不知明白过来没有，某种时候，对事物的准确性理解，往往与对情欲的理解无法分开。如花的女人，在本能中寻找另一纬度的宽阔和高度的证明。她不是俗陋粗浅，她没有想主动勾引挑逗任何人；她只是想在敞开中发现清晰明和的世界，并且寻找平稳、公正的判断力；她也许担纲不了世界的大事物，却在贡献某种羞于启齿却又准确的言说。

的确，文字、语言是个饥饿的馋鬼，它需要的好东西太多了。要有厚积薄发的知识储藏，要有对日常经验的反刍和提升；然后，无论你运用怎样的形式，都要将缠绕一团的感觉的雾霭理清，成形为读者认可的有创造性意味的文字。而这一切，又需要一个元气充盈、良好健康的身体。写作，要求人的综合因素太多了。谁能一直坚持书写呢？从生理机制上说，女性身体单薄，耗神损气，她们写到一个阶段就似乎写不动了。可是她们仍然在继续。

当她们再次登场，她们将给世界以更新的馈赠。